古典文獻研究輯刊

七 編

潘美月・杜潔祥 主編

第5冊

魏源《詩古微》研究

林美蘭 著

國家圖書館出版品預行編目資料

魏源《詩古微》研究／林美蘭 著 -- 初版 -- 台北縣永和市：花木蘭文化出版社，2008〔民97〕

目 2+146 面；19×26 公分
（古典文獻研究輯刊 七編；第5冊）

ISBN：978-986-6657-71-9（精裝）
1.（清）魏源 2.詩經 3.學術思想 4.研究考訂

831.18 97014025

古典文獻研究輯刊
七 編 第五冊 ISBN：978-986-6657-71-9

魏源《詩古微》研究

作　　者 林美蘭
主　　編 潘美月 杜潔祥
總 編 輯 杜潔祥
企劃出版 北京大學文化資源研究中心
出　　版 花木蘭文化出版社
發 行 所 花木蘭文化出版社
發 行 人 高小娟
聯絡地址 台北縣永和市中正路五九五號七樓之三
電話：02-2923-1455／傳眞：02-2923-1452
電子信箱 sut81518@ms59.hinet.net
初　　版 2008年9月
定　　價 七編20冊（精裝）新台幣31,000元

魏源《詩古微》研究

林美蘭　著

作者簡介

林美蘭
學歷：東吳大學中研所碩士
現職：彰化縣私立達德商工國文科專任老師
　　　環球技術學院兼任講師
著作：魏源詩古微研究
散文：1.〈登高抒懷——述「猴探井」風水奇聞〉
　　　2.〈生命如同〉
　　　3.〈美麗的「錯誤」〉
　　　4.〈微笑的人生〉
　　　5.〈青青河畔草——漢代古體詩欣賞〉
　　　6.〈唯書是寶——我的學習經驗〉
　　　7.〈「有打才有疼」〉
　　　8.〈以花草為師〉
　　　9.〈老頑童傳〉
　　　10.〈初航——日本賞櫻之旅〉

提　　要

魏源（1794 ～ 1857）是晚清學術運動之啟蒙大師，一生經歷了乾、嘉、道、咸四個王朝。政治上，是清朝由極盛轉為衰頹之際；學術發展上，則是發揚今文《公羊》微言大義之「常州學派」，漸次取代「乾嘉學派」之考據學。道光中葉後，世變日熾，魏源與一群師友：林則徐、龔自珍、包世臣等人，積極為紛亂政局尋找救亡補弊之途徑，於是紛紛將《公羊》思想導入政論中，冀望能獲得世用。於此時勢與學術氛圍中，魏源不僅代賀長齡編輯《清經世文編》，又編纂《海國圖志》，發揮經世致用之精神。復撰成《書古微》及《詩古微》二書，使「常州學派」由《公羊》一家之言，拓展成今文經全面之學，居功厥偉。

今文學家講論《詩經》，常依託某一詩篇以發揮其托古改制之政治理念，《詩古微》亦然，係魏源發揚《詩經》微言大義及以《詩》諫世之理想，所論頗有創見。本論文以湖南岳麓書社出版、何慎怡點校本為主，參酌魏源其他著述，以釐清《詩古微》之重要見解。因知人論世是研究之起點，故第一章先論〈魏源之生平著述與學術淵源〉；第二章〈詩古微之寫作動機與版本卷數〉；第三章〈詩古微論齊、魯、韓、毛之異同〉；第四章〈詩古微於前人詩說之批評〉；第五章〈詩古微於詩義之闡發〉；第六章〈詩古微說詩觀點之商榷〉。

目次

前言

魏源（1794～1857）爲開創晚清學風著名思想家，其學術思想培育之時，「乾嘉學派」戴、錢、段、王等大師，已先後凋零殆盡，漢學雖仍屬正統學派，已漸衰頽。「常州學派」劉、宋專治《公羊》，揭今文旗幟攻擊漢學家。至道光中葉後，世變日熾，包世臣、龔自珍、魏源諸人將《公羊》思想導入政論，冀望於當時政治社會各方面，產生救亡補弊之功用。今文學家論《詩》，藉由評論《詩經》，依託某一篇章以發揮其托古改制之政治思想，《詩古微》即爲清代今文學派研究《詩經》之重要專著。而《詩古微》、《書古微》二書，拓展「常州學派」視野，使其由《公羊》一家之言，衍生爲全面今文之學。魏源畢生以提倡經世致用爲職志，用心劬勞，其「能施之於實行，不徒記諸空言，不愧爲晚清學術運動之啓蒙大師」，〔註1〕此絕非溢美之詞。

研究魏源學術思想並不遲至今日，一九五〇年齊思和於《燕京學報》發表〈魏源與晚清學風〉，爲系統而全面研究魏源事功、學術思想之開拓者；五十至六十年代，馮友蘭、吳澤、黃麗鏞諸人於魏源、魏源變易思想、《海國圖志》等研究之論文，散見於《歷史研究》、《歷史教學》等期刊，吳澤之文尤有見地。其後大陸以魏源爲「尊法反儒」之一員，關於魏源研究之文章，見於期刊或報章者，連篇累牘，大致相去無多。一九六三年臺灣王家儉以《魏源對西方的認識及其海防思想》爲題，撰述碩士論文，四年後，復發表《魏源年譜》，用力甚勤。一九七九年香港陳耀南撰《魏源研究》，於魏源思想有進一步而全面之研究；一九八五年大陸黃麗鏞《魏源年譜》刊布，較王書後出轉精，收羅大陸、香港、臺灣、日本等地研究論文目錄，於吾人收集資料有極大助益。一九八八年李漢武《魏源傳》出版，李氏嘗親訪魏源曾孫女魏

〔註1〕齊思和：〈魏源與晚清學風〉，《近代中國思想人物論——晚清思想》，頁242。

韜，因獲頗多珍貴資料。而一九八九年由何愼怡點校《詩古微》之出版，亦爲研究《詩古微》提供許多便利。此研究魏源學術思想之概況。

觀上述所引，多偏於魏源政治思想、史學之研究，於《詩古微》，除湯志鈞〈魏源的變易思想和詩書古微〉、李漢武〈論魏源的經學思想及其影響〉、高橋良政〈詩古微的成立和它的版本〉、胡漸逵〈詩古微審讀識疑〉、何愼怡〈魏源論齊魯韓與毛詩的異同〉及〈詩古微版本述略〉、趙制陽〈魏源詩古微評介〉外，尙無專門研究專著，陳耀南雖立有專章以探究魏源《詩經》學，然偏於〈默觚〉之用詩。因尙無以《詩古微》爲題之碩士論文，故不揣淺陋，冀望藉此論文爲根基，爲日後進一步研究之起點。

本論文以湖南岳麓書社出版、何愼怡點校本爲主，藝文印書館影印《皇清經解續編》本爲輔，參酌歷代《詩經》重要著述，以詳究其大要。分六章：第一章：魏源之生平著述與其學術淵源；第二章：《詩古微》之寫作動機與版本卷數；第三章：《詩古微》論齊、魯、韓、毛之異同；第四章：《詩古微》於前人《詩》說之批評；第五章：《詩古微》於《詩》義之闡發；第六章：《詩古微》說《詩》觀點之商榷。

論文撰寫期間，承蒙朱守亮教授悉心指導，林慶彰教授溫厚勉勵，至親友朋眞摯關懷，謹以至誠，敬申謝忱。論文疏漏缺失在所難免，尙祈博雅君子不吝教導指正。

第一章　魏源之生平著述與其學術淵源

第一節　生平著述

一、生　平

清室以滿族入關，統一全國，於境內各異族採行高壓政策，長期壓榨剝削，迫使各族憤而反抗。乾隆中葉後，民變接連而起，顯示出所謂「乾嘉盛世」之背後，已有「山雨欲來風滿樓」之勢。故嘉慶、道光以降，有識之士，遂提倡要求變革圖強、經世致用之新學風。魏源一生，正値清廷由盛轉衰、面臨劇變之時代，於此種內憂外患動亂之境況，魏源深有感觸，嘗自述其生平云：

> 荊楚以南，有積感之民焉，距生於乾隆征楚苗之前一歲，中更嘉慶征教匪、征海寇之歲，迄十八載畿輔靖賊之歲始貢京師，又迄道光征回疆之歲，始筮仕京師。京師，掌故海也，得借觀史館秘閣官書及士大夫私家著述、故老傳說。於是我生以後數大事及我生以前上訖國初數十大事，磊落乎耳目，旁薄乎胸臆。因以溯洄於民力物力之盛衰，人材風俗進退消息之本末。晚僑江、淮，海警飆忽，軍問沓至，慨然觸其中之所積，乃盡發其櫝藏，排比經緯，馳騁往復……。〔註 1〕

當時朝野多數人猶醉生夢死，魏源及其志同道合之師友，早已是先天下之憂而憂，積極爲苦難中國尋求出路。

魏源，字默深，生於乾隆五十九年（1794），先世爲江西太和人，明初始遷至湖南邵陽金潭村。曾祖大公，祖志順，以農商並重，家境富饒。乾隆六十年，湘、黔

〔註 1〕〈聖武記序〉，《魏源集》，頁 166。

苗民起義；嘉慶元年川、楚、陝白蓮教起義，至九年方平定，連年征戰動盪，致民生凋蔽。復「値大饑，有司責賦急，合縣驚騷，幾致變。孝立公慨然赴縣，毀產代輸，邑眾以安，家亦中落」，〔註 2〕又因分家之故，原本家道富裕，至此已所剩無幾，因此，魏源幼時生活甚爲困窘。父邦魯，性慷慨，喜讀書，尤精星數地理之學，事以便民輒爲之，不以小吏自嫌，巡撫陶澍、布政使賀長齡、林則徐均重之，〔註 3〕日後魏源爲官，亦勤政愛民，蓋有邦魯之良好典範。魏源幼穎異，寡嬉笑，七、八歲入家塾，授書即解大義，常夜手一編，咿唔達旦，母憫其過勤，每夜滅燈令寢，乃俟父母熟睡，潛篝燈被底翻閱，其勤讀若此。嘉慶七年（1802），年九歲，應童子試，唱名應聲即對，縣令頗驚異。〔註 4〕幼嘗拜劉之綱爲師，終身敬重之。〔註 5〕嘉慶十三年（1808），十五歲，補縣學弟子生，始究陽明心學，嗜讀史，十七歲，食餼，名聞益廣，學徒接踵。嘉慶十八年（1813），始拔貢，座師爲湖南學政湯金釗，另一學政李宗瀚亦特別賞識魏源。〔註 6〕此年，以李文成、林清爲首之天理教，串通宦官，曾攻至京師，朝野大驚，〈聖武記序〉所謂「迄十八載畿輔靖賊之歲」即指此事。十九年（1814），隨父邦魯起復入都，途見黃河失修，兵禍饑饉，有感而賦〈北上雜詩七首同鄧湘皐孝廉〉，詩中云：

　　去歲大兵後，大祲今苦饑，黃沙萬殍骨，白月千戰壘。〔註 7〕

於民不療飢，屍橫遍野，留下深刻印象。

旅次京師期間，拜謁學術耆宿，爲一生學術思想奠定基礎。館於李宗瀚家，周系英偶見魏源詩作敦雅，四出揄揚，數日名滿京師，遂從胡承珙問漢儒家法，問宋儒之學於姚學塽，學《公羊》於劉逢祿，古文辭則與董桂敷、龔自珍諸人相切磋；因釋《大學》古本，埋首五十餘日，至蓬首垢面，令湯金釗頗爲驚詫。〔註 8〕胡承珙專治《毛詩》，魏源著《詩古微》，揚今文三家與《毛詩》並尊，當受胡氏之啓發。劉逢祿爲常州學派大師，由董子上窺六藝條貫，由六藝求觀儒學統紀，昌明《春秋》之微言大義，魏源後爲今文學之健將，亦淵源有自。於北京時常與陶澍、賀長齡、鄧顯鶴等湖南同鄉往來，陳沆傾身爲友，人多表不然，沆不以爲忤而交益篤；〔註 9〕

〔註 2〕魏耆：〈邵陽魏府君事略〉，（簡稱〈事略〉），《魏源集》，頁 847。
〔註 3〕黃文琛纂：〈人物志上，政學〉，《邵陽縣志》卷九，頁 337～338。
〔註 4〕同註 2。
〔註 5〕黃麗鏞：《魏源年譜》，頁 28。
〔註 6〕同註 2，頁 848。
〔註 7〕〈北上雜詩七首同鄧湘皐孝廉〉，《魏源集》，頁 577。
〔註 8〕同註 2，頁 848。
〔註 9〕李瑚：《魏源師友記》卷之二，頁 26。

其一生至交，如賀長齡、陳沆、陶澍、林則徐、龔自珍等，均於此時定交。

魏源空負經世之才，科名卻未早達。嘉慶二十四年（1819），中順天鄉試副貢生，未取得會試資格。道光二年（1822），中順天鄉試副榜，道光帝閱其卷，「揮翰褒賞，名籍甚」，〔註10〕會試落第；持所注《大學》古本，就教於姚學塽，姚指陳其得失，魏源憬然有悟，姚氏云：

古本出自《石經》，天造地設，惟後儒不得其脈絡，是以致訟。吾子能見及此，幸甚。惟在致力於知本，勿事空言而已。〔註11〕

魏源終身服膺不渝。赴古北口，館於楊芳家，於長城內外，考察山川關隘及兵家要塞，成為日後撰《元史新編》、《海國圖志》、《聖武記》之材料。道光五年（1825），助江蘇布政使賀長齡輯《皇朝經世文編》，遂留意經濟之學，以「審取」、「廣存」、「條理」、「編校」、「未刻」五項原則，〔註12〕輯錄清初以降，朝野經世文獻凡三千餘篇。魏源一班同志友朋，均有論說或奏議輯入，收有魏源文章十七篇，即：〈曾子章句序〉、〈子思子章句序〉、〈復魏制府詢海運書〉、〈海運全案序〉、〈道光丙戌海運記〉、〈海運全案跋〉、〈廬江章氏義莊記〉、〈刲股對〉、〈書宋名臣言行錄〉、〈再書宋名臣言行錄〉、〈孫子集註序〉、〈城守篇〉、〈答人問西北邊域書〉、〈湖南苗防錄序〉、〈防苗〉、〈乙丙湖貴征苗記〉、〈湖南按察使贈巡輔傅鼐傳〉。時陶澍為江蘇巡輔，凡海運水利諸大政，咸與魏源籌議。

道光六年（1826），入都應會試，與龔自珍均落第，時房考劉逢祿賦〈兩生行〉惜之，「兩生者，謂源及龔鞏祚，兩人皆負才自喜，名亦相埒」。〔註13〕「龔魏」自是並稱。試畢，旋返賀長齡幕，《皇朝經世文編》百二十卷輯成，代賀作〈皇朝經世文編序〉，並作〈皇朝經世文編五例〉，又編成〈江蘇海運全案〉十二卷。惜至交陳沆歿於此年，昔日詩酒唱和，空成追憶。道光七年（1827），因河患漕運受阻，倡行海運，終於以中飽私囊者從中作梗，積弊已深，遂罷議。八年（1828），遊杭州，從錢東甫習釋典，潛心禪理，此魏源學術生命又一轉折也。為莊存與《味經齋遺書》作序，推崇莊氏不為乾、嘉考據學派所撼，務求經之微言大義，為漢學之眞正精神所在，〔註14〕此亦為魏源畢生追求之學術職志。九年（1829），應禮部會試，不第，援例以內閣中書候補，得觀典籍掌故，益熟一代典故，為《聖武記》成書之基礎。〔註15〕撰成《詩

〔註10〕趙爾巽等：〈列傳二七三・文苑三〉，《清史稿》卷四九三，頁11215。
〔註11〕〈歸安姚先生傳〉，《魏源集》，頁357。
〔註12〕〈皇朝經世文編五例〉，《魏源集》，頁158～160。
〔註13〕同註10。
〔註14〕〈武進莊少宗伯遺書序〉，《魏源集》，頁236～238。
〔註15〕魏源以內閣中書候補，黃麗鏞《魏源年譜》列於道光八年，見頁82。當以魏耆〈事

古微》二卷。十一年（1831），父邦魯卒，爲擇葬父靈地，究堪輿術，四出探覽，不遠千里。魏源於風水堪輿頗爲內行，其後權知揚州東臺，以泮宮前多瓦窯，慨歎其爲多年科甲無望之因，執意遷去，因丁母憂未及行，後每引以爲憾。又任高郵知州時，奎星閣前有槐，穠蔽數畝，魏源以此爲高郵不沐帝恩、科甲不第之因，遂令伐去，後高郵遂甲科不絕。〔註16〕以魏源博學深思，爲中國最早接觸西方學術者之一，尚有近於迷信之舉，更不論一般無識之民也，此殆爲其多年抑塞心理之反映。

道光十二年（1832），卜居金陵烏龍潭，愛之，榜題小卷阿，後太平天國軍興，合家遂避兵禍於此，目前魏源曾孫女魏韜仍居此宅，並修爲魏源紀念館。〔註17〕此時其經世之學，已名重一時，江南漕鹽等大政，封疆大吏多與之商議。鹽政爲清內政一大問題，尤其淮河鹽區，魏源建議陶澍改行票鹽，果收成效，刊成《淮北票鹽志略》，其後林則徐、陸建瀛、李星沅凡有漕河、鹽政之議，多諮詢魏源。十五年（1835），置宅揚州，名曰絜園，古微堂即於園中，魏源多種名著均成於此。道光二十年（1840），爲中國近代史重要年份，於此年之前，以鴉片進口，流失大量白銀，有識者，如陶澍、黃爵滋、林則徐等均主嚴禁。至此年，林則徐銜命赴廣東禁煙，蓄意已久之英國，遂挑起鴉片戰爭，清廷無力抵抗，節節失利，林則徐成爲代罪羔羊。二十年夏，英軍擾浙江，魏源應友人邀約，赴寧波觀審夷俘，由其口供，撰成〈英吉利小記〉，後輯入《海國圖志》。《詩古微》二十卷本完成，發揮《詩經》之微言大義。二十一年（1841），林則徐貶戍伊黎，魏源迎晤於京口，二人風雨對榻終宵，林將所譯《四洲記》、《澳門月報》等資料，交付魏源，囑撰《海國圖志》，以喚醒國魂，此亦爲書生報國之途徑也。此爲林、魏兩人最末一次會晤，而知交龔自珍及景仰之前輩李兆洛，均逝於此年，魏源增添不少悲傷惆悵。

道光二十二年（1842），訂立〈江寧條約〉，魏源憤而著《聖武記》，輯成《海國圖志》五十卷；放眼天下，回顧禹域，撰成〈籌河篇〉上、中、下篇，主張因勢利導，使黃河歸北行，議不行，咸豐五年（1855），黃河改道，果如其所議。二十四年（1844），入都應試，中禮部會試第十九名，以試卷塗抹，罰停殿試。次年補行殿試，視同進士出身，以知州用，分發江蘇，魏源此時已五十二歲矣。旋丁母憂，二十七年（1847），遊嶺南，與張維屏論文數日，並訪陳澧，論《海國圖志》之是非。遊港、澳，爲《海國圖志》搜集資料。北歸歷遊兩湖、兩廣、江西、安徽、江蘇七省，沿途作詩記其勝景。魏源曾有一印：

略〉爲正確，見《魏源集》，頁848。

〔註16〕同註2，頁859～860。

〔註17〕魏韜：〈魏源南京故宅的歷史變遷〉，《求索》，1983年第二期，頁32。

州有九，涉其八；岳有五，登其四。〔註 18〕

此記實之言也。魏源以為：

夫士而欲任天下之重，必自其勤訪問始，勤訪問，必自其無事之日始。〔註 19〕

又云：

「及之而後知，履之而後艱」，烏有不行而能知者乎？〔註 20〕

此魏源足跡幾遍全國之註腳。其歷遊名山大川，非僅為欣賞風景，考其源流，明其方位，參酌史志，推陳出新，提出見解，方是魏源好遊覽之因，《書古微》由初撰至定稿，歷三十餘年，即因許多材料均經實地考察方成定論，故至晚年才脫稿。道光二十九年（1849），任興化縣令。興化地近高郵、洪澤二湖，勢如釜底，至秋必漲，因置五壩以資宣洩。魏源初蒞任，值漲甚，河員欲開閘啓壩，時秋禾將實，民情洶懼，魏源馳至制府，陸建瀛遂駐節壩次，河員不敢執前議，歲大豐，民謂其稻曰「魏公稻」也。〔註 21〕

咸豐元年（1851），擢高郵知州，患痁疾，至秋方瘳。二年，補輯《海國圖志》四十卷，成百卷本，撰〈海國圖志後序〉，三年，太平軍攻克揚州，魏源於高郵組鄉勇，意圖抵抗，旋因人陷害，以遲誤驛報遭革職。〔註 22〕《元史新編》殺青。十一月，奉旨復官，以年逾六十，無意仕宦，辭歸。絜園毀於兵禍，全家避居興化，魏源本即寡言笑，自歸後，不與人事，戶不聞聲，所謂「默深」者，即「默好深思還自守」之意，〔註 23〕殆為其生平性格之自況。惟手訂生平著述。遂專心淨業，自稱「菩薩戒弟子魏承貫」，猶不忘救世渡人，輯《淨土四宗》，以廣傳佈佛法。五年，撰成《書古微》十二卷；六年，遊杭州，寄宿僧舍，以眾生與世劫，惟佛法能救，此魏源晚年之信仰也。咸豐七年（1857），二月，偶感微恙，三月初一卒，〔註 24〕年六十四，以生平喜愛杭州西湖，葬於南屏之方家峪。子魏耆，以腳跛，終身未仕，孫三：桂、恒、繇，曾孫六：晟、昜、守謙、戒香、昭、韜，韜現居南京小卷阿，

〔註 18〕同註 2，頁 859～860。

〔註 19〕〈默觚下・治篇一〉，《魏源集》，頁 36。

〔註 20〕〈默觚下・學篇二〉，《魏源集》，頁 7。

〔註 21〕同註 2，頁 856。

〔註 22〕李柏榮《日濤雜著》以魏源「因側身洪廷，遂遭平墓之災」，然以魏源此數年之行蹤及詩文觀之，李說不可據，詳見黃麗鏞《魏源年譜》頁 199～202；及樊克政〈魏源為太平天國三老之一說辨正〉，《文史》，第二十三輯，頁 167～174。

〔註 23〕〈寄董小槎編修〉，《魏源集》，頁 820。

〔註 24〕魏源卒年，有咸豐六年、七年、九年三說，當以魏耆〈事略〉記載為正確，說詳樊克政：〈魏源卒年考〉，《中華文史論叢》，1984 年第一期，頁 297～304。

未婚，以魏家歷代樂善好施，其子孫非殤即早逝，至人丁凋零，令人憾歎。〔註25〕

魏源畢生以通經致用爲職志，以發揮今文經學之微言大義爲己任，用心專精，不論「嚴寒酷暑，手不釋卷」，〔註26〕故「終日一編不去手，終歲不窺園外柳」，〔註27〕因此，於古人古事，當代典故及漕河鹽兵等大政，均瞭若指掌。其登第爲官，雖甚遲，期間亦短，然長期居大吏幕府，以學術輔佐疆吏致治，以書生報國而言，亦曾產生許多效益。

二、著　述

魏源以著述銘志，至晚年仍讀寫不輟，所編著之書，至今猶存者尚有七百餘萬字。〔註 28〕範圍包涵經學、史學、子學、小學、地理學。其著述目錄見於史傳者，凡四十七種：即《聖武記》、《海國圖志》、《書古微》、《詩古微》、《公羊古微》、《曾子發微》、《高子學譜》、《孝經集傳》、《孔子年表》、《孟子年表》、《孟子小記》、《小學古經》、《大學發微》、《兩漢經師今古文家法考》、《皇朝經世文編》、《論學文選》、《明代兵學二政錄》、《春秋繁露發微》、《老子注》、《墨子注》、《說苑注》、《六韜注》、《孔子注》、《吳子注》、《子思子發微》、《說文儗雅》、《庸易通義》、《論語類編》、《孟子類編》、《籌鹺篇》、《淮南鹽法輕本敵私議》、《易象微》、《大戴禮記》、《元史新編》、《遼史》、《禹貢說》、《古微堂內外集》、《古微堂詩集》、《古微堂詩文集》、《古微堂文鈔》、《古微堂詩鈔》、《清夜齋文集》、《清夜齋史集》、《古微堂初稿》、《古微堂二稿》、《古微堂三稿》、《古微堂詩稿》。〔註 29〕此其大要，非全部著述之目錄。

其著述多亡佚，今存者有：《聖武記》、《海國圖志》、《書古微》、《詩古微》、《元史新編》、《老子本義》、《禹貢說》、《大學古本發微》、《孝經集傳》、《曾子發微》、《小學古經》、《皇朝經世文編》、《蒙雅》；魏源詩文集多次集結，各有異名，其最後結集爲《古微堂文集》及《古微堂詩集》，黃象離重刊《古微堂文集》，易名爲《魏默深文集》，北京中華書局以黃本及《古微堂詩集》爲底本，於一九七八年出版《魏源集》上、下二冊，爲目前收錄魏源詩文集最詳確之版本。〔註 30〕臺北漢京文化事業有限公司於一九八四年據以翻印出版。

〔註25〕李漢武：《魏源傳》，頁 63～64，及頁 292。
〔註26〕同註 2，頁 859。
〔註27〕〈花前勸酒吟〉，《魏源集》，頁 721。
〔註28〕同註 25，頁 65。
〔註29〕同註 5，頁 203～206。
〔註30〕〈編校說明〉，《魏源集》，頁 1～2。

未見傳本而《魏源集》收有序文者：《說文擬雅》、《董子春秋發微》、《子思子章句》、《論語孟子類編》、《兩漢經師今古文家法考》、《明代食兵二政錄》、《孫子集注》。《魏源集》未收序，而其他資料載目者：《高子學譜》、《論學文選》、《墨子注》、《說苑注》、《六韜注》、《吳子注》、《大戴禮記注》、《遼史稿》。

此外，《詩比興箋》，《魏源集》收序，文中謂該書爲陳沆所作，李瑚則以陳沆與魏源友好，故魏源以之相贈。〔註31〕又〈皇朝經世文編五例〉云：

> 尚有《會典提綱》二十卷以稽其制，《皇輿圖表》二十卷以測其地，《職官因革》二十卷以詳其官，更輯《明代經世》一編以翼其旨……欲脫全稿，尚待他時，先出是編，以質同志。〔註32〕

蓋因賀長齡奉調山東布政使，編輯工作停頓，故未成完稿。若論魏源著述於後世之影響，以《海國圖志》及《皇朝經世文編》爲鉅。《海國圖志》提倡「以夷攻夷」、「師夷長技以制夷」，〔註33〕於清洋務運動、戊戌變法，甚至日本明治維新均有影響。〔註34〕梁啓超評云：

> 魏氏又好言經世之術，爲《海國圖志》獎勵國民對外之觀念，其書在今日，不過東閣覆瓿之價值。然日本之平象山、吉田松陰、西鄉隆盛輩，皆爲此書所激刺，間接以演尊攘維新之活劇，不龜手之藥一也，或以霸、或不免於洴澼絖，豈不然哉。〔註35〕

《皇朝經世文編》輯錄清初以來朝野經世文獻，提倡經世致用之實學，由清末至民初，倣其例，以經世名編者，多達十四種。於此可見其影響。〔註36〕

第二節　學術淵源

一、常州學派之影響

魏源學不宗一師，以儒家淵源而言，荀卿與清初顧、黃、王三大家於魏源學術思想均有一定之影響，荀卿與魏源皆重經世實用、變動規律及《詩》之功用。就其重《詩》功能而言，《荀子》書中，於每篇末多引《詩經》爲證；而魏源政教

〔註31〕李瑚：《魏源詩文繫年》，頁119。

〔註32〕同註12，頁160。

〔註33〕〈海國圖志序〉，《魏源集》，頁207。

〔註34〕王家儉：〈海國圖志對於日本的影響〉，《大陸雜誌》，第三二卷第八期，頁242～249。

〔註35〕梁啓超：〈近世之學術〉，《中國學術思想變遷之大勢》，頁97。

〔註36〕同註5，頁263～268。

思想——《默觚》篇中各節，亦多引《詩》以抒發其君師政教之理想，其用法與荀卿用《詩》相似，二者思想確有共通處。〔註37〕而清初三大家論學於魏源思想亦有影響力，魏源輯《皇清經世文編》，自言體例仿黃宗羲《南雷文定》，〔註38〕且收顧炎武文章九十七篇；撰《詩古微》時，亦收錄顧氏提倡「眾治」、「寬刑」、關心民生經濟等十二則言論，與王夫之《詩廣傳》為〈詩外傳演〉，並讚美《詩廣傳》云：

> 鄉先正衡山王夫之《詩廣傳》，雖不考證三家，而精義卓識，往往暗與之合。〔註39〕

「精義卓識」即其於王氏改良主義之贊賞，由魏源深深誠服荀卿及清初三大家之著作來看，則荀、顧、黃、王於其思想定有影響。除遠紹荀卿，近宗顧、黃、王外，常州學派治學理念，與師友學術傾向，於魏源治學有直接而深廣之助益，茲分常州學派及其他師友之影響二項，以見魏源學術淵源。

清代經學凡三變，皮錫瑞云：

> 國初，漢學方萌芽，皆以宋學爲根柢，不分門戶，各取所長，是爲漢、宋兼采之學。乾隆以後，許、鄭之學大明，治宋學者已尟。說經皆主實證，不空談義理。是爲專門漢學。嘉、道以後，又由許、鄭之學導源而上，《易》宗虞氏以求孟義，《書》宗伏生、歐陽、夏侯，《詩》宗魯、齊、韓三家，《春秋》宗《公》、《穀》二傳，漢十四博士今文說，自魏、晉淪亡千餘年，至今日而復明。實能述伏、董之遺文，尋武、宣之絕軌。是爲西漢今文之學。〔註40〕

蓋漢、宋兼采之學，以顧炎武、黃宗羲、王夫之爲代表，因見晚明陽明末流空談心性，致亡於異族，故治學講究天下利病得失，志在民族復興，考據與義理並重。至乾、嘉時期，清室統治權威穩固，民族意識衰微，清廷恩威並用，文網嚴密，士人爲求免禍，諱言本朝事，遂群趨考據之途，本期以惠棟、戴震爲代表。乾、嘉末期，民變蜂起，清盛世已成過去，故此期學風厭棄考據，主張以西漢崇尚「微言大義」之今文經學，替代東漢專言「訓詁名物」之古文經學，以爲只有講求微言大義，方能經世致用，救國家當前之急。本期以莊存與爲首之「常州學派」爲代表。

〔註37〕陳耀南：〈荀子與默深〉，《求索》，1985年第五期，頁62～64。

〔註38〕〈皇朝經世文編五例〉云：「上法老泉《讀孟》，近仿梨洲《文定》」，《魏源集》，頁160。

〔註39〕〈詩古微目錄書後〉，《詩古微》附錄，頁889。

〔註40〕皮錫瑞：〈經學復盛時代〉，《經學歷史》，頁376。

1. 莊存與

莊存與，與乾、嘉樸學大師戴震同時，不滿考據餖飣之學，治學另闢蹊徑，不拘泥於漢、宋門戶，專重於剖析疑義。爲學務明大義，與當時諸儒異趣。嘗自撰齋聯云：

玩經文，存大體，理義悅心；若己問，作耳聞，聖賢在坐。〔註41〕

由此可知其平生治學及爲人，即有志於紹承與張揚西漢微言大義者也。於《易》主朱熹《易本義》，《詩》宗〈小序〉、《毛傳》，《尚書》兼主今、古文，《春秋》宗《公》、《穀》之義例，《三禮》采《鄭注》而參酌諸家。〔註42〕撰《春秋正辭》，闡發《春秋》大義，並著重經世致用，故於漢、宋學之有資經世者，加以采掇；於漢、宋學之無益經世者，予以揚棄。爲經世之需，故特重經書之大義，此爲西漢今文經學之特點，東漢後漸趨沒落，莊氏因講微言大義，遂由惠、戴所重之東漢許、鄭訓詁章句，上溯至西漢之今文經學；莊氏著述頗豐，輯爲《味經齋遺書》，魏源雖未親及，於莊氏之學推崇備至，〈武進莊少宗伯遺書序〉云：

崒乎董膠西之對天人，醰乎匡丞相之述道德，肫乎劉中壘之陳今古，未嘗凌雜釽析，如韓、董、班、徐數子所譏，故世之語漢學者鮮稱道之。嗚呼，君所爲眞漢學者，庶其在是，所異於世之漢學者，庶其在是。〔註43〕

龔自珍亦云：

學足以開天下，自韜汙受不學之名，爲有所權緩亟輕重，以求其實之陰濟於天下，其澤將不惟十世。以學術自任開天下知古今之故，百年一人而已矣。〔註44〕

可想見莊氏當時譽望之隆，影響之大。莊存與雖爲清代復興今文學之開創者，然莊氏並未眞正摒除漢、宋學門戶，其體例亦未謹嚴。有姪莊述祖傳其學，述祖有甥劉逢祿及宋翔鳳，大張今文學主張，常州學派至劉、宋方卓爾成派。

2. 劉逢祿

劉逢祿於各經均有撰述，於《春秋》鑽研最深，以《左傳》凡例、書法，均是劉歆竄入，因撰《左氏春秋考證》，謂《左氏春秋》，乃將《左傳》與《呂氏春秋》、《晏子春秋》歸於一類，非傳《春秋》者。劉氏以《春秋》爲經世之書，而其微言大義則藏於《公羊傳》，故特舉出何休三科九旨，以爲聖人微言大義之所在，發揚何

〔註41〕李柏榮：《魏源師友記》卷之二，頁14。

〔註42〕同註41。

〔註43〕〈武進莊少宗伯遺書序〉，《魏源集》，頁237～238。

〔註44〕龔自珍：〈資政大夫禮部侍郎武進莊公神道碑銘〉，《龔定盦全集類編》，頁295。

休一家之言，於「三世」、「三統」、「內外」之要義，多有闡論。經今文學之復興，至劉逢祿始有系統之理論，劉氏亦爲常州學派之奠基者。〔註45〕魏源於京師，嘗從劉逢祿問《公羊》，故其後談經，一本今文家法，並以發明今文學之微言大義爲己任。宋翔鳳學雜讖緯，多不足論。

3. 李兆洛

魏源承自常州學派之師承，尚有李兆洛，李氏上承常州前輩遺緒，講求經世致用之學，而不囿於文字、名物考証之末流，〔註46〕魏源稱李氏爲學：

> 獨治《通鑑》、《通典》、《通考》之學，疏通知遠，不囿小近，不趨聲氣，年甫三十而學大成，兼有同輩所長。……乾隆間經師有武進莊方耕侍郎，其學能通於經之大誼，西漢董、伏諸老先生之微森，而不落東漢以下。至嘉慶、道光間而李先生出，學無不窺，而不以一藝自名，醰然粹然，莫測其際也。並世兩通儒皆出武進，盛矣哉！余於莊先生不及見，見李先生，故論其大旨於篇。〔註47〕

由魏源所論，知李兆洛治學之所趨，《詩古微》二卷本完成時，李兆洛曾爲之撰〈序〉，故其爲學當亦曾受李氏影響。

魏源早年曾撰《大學古本》、《孝經注》、《曾子章句》，直求經文，揚棄東漢以來之疏解，似已傾向常州學派之治學精神。〔註48〕嗣後問學於劉逢祿，即以通經致用爲職志。於復興今文學之發展，與龔自珍同爲承先啓後之要角，二人繼續發揚《公羊》學術，開啓晚清經術論政之學風，故「今文學之健者，必推龔魏」，〔註49〕而「龔魏」並稱，於思想上有極重要意義。〔註50〕而二人思想大同中復有小異，諸如性格、詩文格局、治學門徑、史學及影響等方面，亦值得注意。〔註51〕龔自珍於《公羊傳》並無專門撰述，僅就《公羊》學幾項要點，尤其是「三世」之義，引爲其政論之註解，《公羊》三世之發揮，始於自珍，而《公羊》學至龔氏則成爲論政工具。

〔註45〕常州學派之興起與其主要思想，參見李新霖：《清代經今文學述》，《臺灣師範大學國研所集刊》第二二號。

〔註46〕李兆洛納入「常州學派」，孫春在：《清末的公羊思想》，李新霖：《清代經今文學述》，楊向奎：〈清代的今文經學〉等均未論及，惟張舜徽將之歸於「常州學派」，見張著：〈常州學記〉，《清儒學記》，頁497～498。

〔註47〕〈武進李申耆先生傳〉，《魏源集》，頁358～361。

〔註48〕劉廣京：〈魏源之哲學與經世思想〉，《經世思想與新興企業》，頁28。

〔註49〕梁啓超：《清代學術概論》，頁125。

〔註50〕韋政通：〈魏源〉，《中國十九世紀思想史》上冊，頁203～211。

〔註51〕許冠三：〈龔魏之歷史哲學與變法思想〉，《中華文史論叢》，1980年第一期，頁69～104。

魏源除就《公羊》數點要義外，更標舉出西漢董仲舒《春秋繁露》，以爲此方爲微言大義之所寄，此舉標示出清代今文學者，已漸次走出《公羊》之囿限，進而發揮自我思想。〔註52〕

魏源經學著述中，經其手訂、刊刻並廣爲流傳者，惟《詩古微》及《書古微》。〈詩古微序〉云：

> 《詩古微》何以名？曰：所以發揮《齊》、《魯》、《韓》三家《詩》之微言大誼。〔註53〕

〈書古微序〉亦云：

> 《書古微》何爲而作也？所以發明西漢《尚書》今、古文之微言大誼，而闢東漢馬、鄭古文之鑿空無師傳也。〔註54〕

而已亡佚之《董子春秋發微》，其〈序〉亦云：

> 《董子春秋發微》七卷，何爲而作也？曰：所以發揮《公羊》之微言大誼，而補胡母生《條例》、何邵公《解詁》所未備也。〔註55〕

由是知其治經均爲發明西漢微言大義，而《詩古微》、《書古微》之著成，則今文經學之復興，其範圍至魏源亦予以擴大。

魏源提倡經世實用之學，其經學思想之特點，爲經術與治術相結合。〈默觚上・學篇九〉云：

> 三代以上，君師道一而禮樂爲治法；三代以下，君師道二而禮樂爲虛文。古者豈獨以君兼師而已，自冢宰、司徒、宗伯下至師氏、保氏、卿、大夫，何一非士之師表？「小德役大德，小賢役大賢」，有位之君子，即有德之君子也，故道德一而風俗同。自孔、孟出有儒名，而世之有位君子始自外於儒矣；宋賢出有道學名，而世之儒者又自外於學道矣。〈雅〉、〈頌〉述文、武作人養士之政，瞽宗、辟雍、〈振鷺〉、西雍、〈棫樸〉、〈菁莪〉，至詳且盡，而十三〈國風〉上下數百年，刺學校者，自〈子衿〉一詩外無聞焉；《春秋》列國二百四十年，自鄭人游鄉校以議執政外無聞焉；功利興而道德教化皆土苴矣。有位與有德，泮然二途；治經之儒與明道之儒、政事之儒，又泮然三途。

以爲三代以降，治經、明道、政事判然三途，致經術與政事分割，成爲政治敗壞之

〔註52〕孫春在：《清末的公羊思想》，頁46～56。
〔註53〕〈詩古微序〉，《魏源集》，頁119～120。
〔註54〕〈書古微序〉，《魏源集》，頁109。
〔註55〕〈董子春秋發微序〉，《魏源集》，頁134～135。

因。其於此並非單純提倡復古，係於復古旗幟下表達其政治思想。其指出：三代士子均能通經致用，故：

> 能以《周易》決疑，以《洪範》占變，以《春秋》斷事，以《禮》、《樂》服制興教化，以《周官》致太平，以《禹貢》行河，以《三百五篇》當諫書，以出使專對，謂之以經術爲治術。

然乾、嘉樸學卻無關於民生經濟，乾、嘉學者：

> 以詁訓音聲蔽小學，以名物器服蔽《三禮》，以象數蔽《易》，以鳥獸草木蔽《詩》。〔註56〕

漢學家割裂經術與治術之關係，難以造就經世匡時之人才，且「畢生治經，無一言益己，無一事可驗諸治者」，爲今文學派所指責。魏源以「經術爲治術」之具體表現，即編輯《皇朝經世文編》，以提倡實學之重要，藉以救國。今文學家以倡導經學爲手段，通經致用爲目的，而通經致用之精神，即爲其經學淵源。

二、其他師友之影響

魏源嗜讀書，喜遊歷，尤廣交遊，其結識之友人中，有名臣、武將、詩人、學者，如陶澍、賀長齡、林則徐、黃爵滋等均爲當時講究實際、敢於負責之封疆大吏；楊芳、周天爵等則爲勇敢善戰之名將；而徐松、包世臣、鄒漢勛、鄧顯鶴諸人，均爲關心時務、講求經世之學者。由諸良師益友之爲學，亦可知魏源學術之部份淵源。

魏源旅次京師期間，尚曾問學於胡承珙、姚學塽，胡、姚二人各拘於漢、宋門戶，魏源從之問學，故能於漢、宋學基礎上，對漢、宋學提出駁難。〈默觚下．治篇一〉云：

> 工騷墨之士，以農桑爲俗務，而不知俗學之病人更甚於俗吏；託玄虛之理，以政事爲粗才，而不知腐儒之無用亦同於異端。彼錢穀簿書不可言學問矣，浮藻餖飣可爲聖學乎？釋老不可治天下國家矣，心性迂談可治天下乎？〔註57〕

宋學家空言心性，托玄虛之理，魏源斥爲「腐儒」、「俗學」；於漢學家專事名物詁訓，亦表不滿。〈武進莊少宗伯遺書序〉引徐幹《中論》云：

> 凡學者，大義爲先，物名爲後，大義舉而名物從之。然鄙儒之博學也，務於物名，詳於器械，矜於詁訓，摘其章句，而不能統其大義，以獲先王之

〔註56〕〈默觚上．學篇九〉，《魏源集》，頁23～24。
〔註57〕〈默觚下．治篇一〉，《魏源集》，頁36～37。

心，此無異乎女史誦詩，內豎傳令也。〔註 58〕

可知魏源其爲學，係由漢、宋出發而另闢蹊徑。顧雲〈邵陽魏先生傳〉云：

其學於漢、宋無不窺，而以儒者見諸實用，則陽明其人，然亦弗徇其良知之說，以祖陸而祧朱。〔註 59〕

魏源親長師友凡二百三十三人，〔註 60〕其中座師湯金釗爲學主敬，兼陽明慎獨良知之說，陳沆、董桂敷、賀長齡則主程、朱理學，由顧雲之言，則知魏源於修養論，雖受陽明之影響，亦不贊同陽明良知之說教，於朱、陸亦各有取捨。

魏源諸友爲學多重實務，如徐松嘗貶戍伊黎，精熟西北地理，著有《西北水道記》、《新疆志略》，魏源撰《元史新編》多採徐說；羅士琳精通算學，《詩古微》收錄羅著〈周無專鼎銘考〉；鄒漢勛長於音韻、史地，嘗爲魏源繪〈唐虞天象總圖〉及各分圖，惜毀於太平天國兵禍中；〔註 61〕漢勛與鄧顯鶴曾助印《船山遺書》，魏源因得見船山部份遺著。〔註 62〕而魏源與林則徐爲患難至交，同於困厄絕境中，尋求救國良方，林以《四洲志》等囑之，後魏源輯成《海國圖志》百卷，即欲向西方求良藥，以強盛中國，抵禦外侮，除常州今文經學之影響，上述諸師友之治學，於魏源學術思想之形成，定有某些助益。

魏源畢生學術與經世並重，源自常州學派之師承，故治經重主觀之體會，其治《詩》、《書》，均達到於東漢經疏外，別立西漢經傳之目的。承自其他師友之影響，則於修養論兼採程、朱，而實偏陸、王，言禮不重繁文縟節。其宇宙論及道德論，則仍受天地、陰陽與三綱等傳統觀念所支配。〔註 63〕且林則徐、陶澍、賀長齡等友人，均爲一時封疆大吏，魏源長期爲陶、賀之幕僚，故於事重致用，於國則倡西化以致富強，於是特重食貨、兵刑之實學，於鹽政、漕運、河運三大弊政，多有建言。士大夫并非無人言及食貨、兵刑，然因未曉知、行之關係，故所論多未能收效，魏源知其弊，故其認識論乃主張「及之而履之」親身體驗之知識。〔註 64〕而荀卿「法後王」、《公羊》「三世」理論、佛家「世劫循環」之信仰，尤其《周易》易簡健行、變通復運之哲理，配合《老子》相反相成之主張，匯成魏源變易思想及進化史觀，講求通經致用，落實至每項政務上，必求適世，欲求治世，則需知變、能變，故

〔註 58〕〈武進莊少宗伯遺書序〉，《魏源集》，頁 237。

〔註 59〕顧雲：〈邵陽魏先生傳〉，《鉢山文錄》，頁 147。

〔註 60〕李瑚：《魏源師友記》之〈出版說明〉，不註頁碼。

〔註 61〕〈書古微例言下〉，《魏源集》，頁 119。

〔註 62〕李漢武：《魏源傳》，頁 213。

〔註 63〕同註 48，頁 27。

〔註 64〕同註 48，頁 48～51。

云：「變古愈盡，便民愈甚」。〔註 65〕蓋以學術淵源觀之，則魏源著《詩古微》之動機及其思想之轉變，有其根源可尋。

〔註 65〕陳耀南：〈魏源與中國之現代化〉，《書目季刊》，第十三卷第四期，頁 50。

第二章　《詩古微》之寫作動機與初、二刻本之異同

第一節　寫作動機

「乾嘉學派」於《詩經》文字、音韻、訓詁、名物、典章制度等方面之考證，為《詩經》研究提供相當貢獻。然其學術研究亦有局限性，考據學者脫離實際，逃避現實，甚而進行繁瑣之訓詁考證，於社會實際問題毫無助益，其治學途徑遂為有識者所反對，故今文經學遂順勢興起，一則主張超越毛、鄭，據齊、魯、韓遺說，以探三家眞面貌，肯定三家優於毛、鄭；二則摒棄繁瑣之考證訓詁，闡揚微言大義，以達成經世濟民之理想，清今文學反對漢學家宗毛、鄭學說，而發揚三家微言大義，即為魏源撰述《詩古微》之學術背景，今述其寫作動機於下：

一、發揮《詩》之微言大義

今文學者以孔子為「素王」，視六經為孔子「託古改制」之作，孔子既作《春秋》，則其餘經書曾經孔子之手者，亦必有微言大義於其中。〔註1〕孟子曾論《春秋》與《詩經》之關係云：

> 王者之跡熄而《詩》亡，《詩》亡然後《春秋》作。晉之《乘》，楚之《檮杌》，魯之《春秋》，一也。其事則齊桓、晉文，其文則史。孔子曰：「其義則丘竊取之矣」。〔註2〕

〔註1〕周予同：〈經今古文學〉，《周予同經學史論著選集》，頁7～8。
〔註2〕〈離婁篇下〉，《孟子注疏》卷八，頁146。

故於六經當重其義，即重其「懲惡而勸善」〔註 3〕之社會功用，而略其事與文之修辭原則。後儒據孟子之意以論《詩》與史之關係，如宋・王安石以「《詩》，上通乎道德，下止乎禮義。放其言之文，君子以興焉；循其道之序，聖人以成焉」。將對《詩》之解釋與《春秋》等同對待；劉克莊以杜甫〈三吏〉、〈三別〉爲「新、舊《唐史》不載者，略見杜詩」，認爲杜詩具有史之意義與作用；明・唐順之以爲詩與史「其爲教一」也，其異者爲「史主於紀大而略小，詩主於闡幽探微」；明末清初之錢謙益更云：「人知夫子作《春秋》，不知其爲續《詩》，《詩》之義不能不本於《春秋》」；至清・孔尚任則以「其旨趣實本於《三百篇》，而義則《春秋》」爲其創作《桃花扇》之動機。〔註 4〕可見詩歌需深廣反映歷史內容乃學者之共識，詩既與史事結合，則《詩》之寓褒貶、別善惡，當與《春秋》之原則一致。孔子之後，傳《春秋》者，有公羊、穀梁、左氏三家，惟《公羊傳》於《春秋》之微言大義有所發揮。清常州學派復興今文學說，由《公羊傳》出發，以闡揚《春秋》之微言大義，然則何謂「微言大義」，皮錫瑞釋云：

> 《春秋》有大義，有微言。所謂大義者，誅討亂賊以戒後世是也；所謂微言者，改立法制以致太平是也。……孔子懼弒君弒父而作《春秋》，《春秋》成而亂臣賊子懼，是《春秋》大義；天子之事，知我罪我，其義竊取，是《春秋》微言。大義顯而易見，微言隱而難明。〔註 5〕

則「大義」者，可得而聞也，「微言」者，不可得而聞也。皮氏之論，雖非定論，然由其言亦可知清今文學者所欲發揮《春秋》微言大義之梗概。

《詩經》與《春秋》既同寓別善惡、區褒貶之歷史意義與政治功能，故劉逢祿論其關係云：

> 以《春秋》義法核之：《詩》何以〈風〉先乎〈雅〉？著《詩》、《春秋》之相終始也。〈風〉者，王者之跡所存也，王者之跡息而采風之使缺，《詩》於是終，《春秋》是始。……孔子序《書》，特韞神恉，紀三代，正稽古，列正變，明得失，等百王，知來者，莫不本於《春秋》，即莫不具於《詩》，故曰：《詩》、《書》、《春秋》，其歸一也。此皆刪述之微言大義，〈毛序〉、《毛傳》曾有一於此乎？〔註 6〕

〔註 3〕《左傳・成公十四年九月》，《春秋經傳集解》卷十三，頁 191。

〔註 4〕敏澤：〈試論「春秋筆法」對於後世文學理論的影響〉，《社會科學戰線》，1985 年第三期，頁 255～259。

〔註 5〕皮錫瑞：〈論春秋大義在誅討亂臣，微言在改立法制，孟子之言與公羊合，朱子之注深得孟子之旨〉，《經學通論四・春秋》，頁 1～2。

〔註 6〕劉逢祿：〈詩古微序〉，《詩古微》附錄，頁 880。

劉氏以此申孟子「《詩》亡然後《春秋》作」之旨。孟子於時間上，指出《詩》與《春秋》相承之關係，後儒尊崇亞聖，於「《詩》亡」之時間多有闡釋，亦多紛歧，魏源引趙岐、范寧、蘇轍三說爲例，指陳其誤，而自創新說，如趙岐云：「太平道衰，王跡止熄，頌聲不作」，是以〈頌〉、正〈雅〉詩樂不作，爲「《詩》亡」之意；范寧〈穀梁序〉祖鄭玄《詩譜》「於是王室之尊，與諸侯無異。其詩不能復〈雅〉，故貶之，謂之王國之變〈風〉」，故以變〈雅〉亡爲「《詩》亡」之誼。蘇轍則以「《詩》止於陳靈，而後孔子作《春秋》」，係以「《詩》亡」爲變〈風〉亡之也。於此三端，魏源均表異議，其論云：

> 夫以〈頌〉及正〈雅〉亡，則《春秋》當起幽、厲，何俟東遷？以爲變〈風〉亡，則王跡豈熄於陳靈之世？《春秋》曷始隱、桓？

以《春秋》與《詩》相始終而論，正〈雅〉止於幽、厲之前，而《春秋》始於魯隱公元年，即平王四十九年，若二者果相銜接，則不當相距百五十餘年之遙；若以「《詩》亡」即變〈風〉亡，則〈陳風・株林〉爲《詩》最晚期之作，何以《春秋》不始於陳靈之世，而始於百二十年前之平王，由是知：以正〈雅〉、變〈風〉亡爲「《詩》亡」之義，時間上無法相承，魏源因自創新解，其言云：

> 推其致誤之本，總由但爭《詩》之亡不亡，而不究王跡之熄不熄。試思《詩》何以關乎王跡，王跡果何以與於《詩》？《春秋》之作，何以能繼夫王跡乎？王者馭世之權，莫大乎巡守述職，天子采風，諸侯貢俗，太師陳之以觀政治之得失，而慶讓、黜陟行焉。故諸侯不敢放恣，而民生賴以托命，是陳詩爲王朝莫大之典，黜陟爲天王莫大之權。周自宣王以前，舉行不廢。至東遷之末，天子不省方，諸侯不朝覲，陳詩之典廢，而慶讓不復出於王朝。跡熄《詩》亡，諸侯放恣，是謂天下無王。天下無王，斯賴素王，故曰：「《春秋》，天子之事。」謂以袞鉞代黜陟，繼巡守陳詩之賞罰也。故曰：「吾其爲東周乎！」言不爲東周也。興文、武之道於豐、鎬，肯爲平王而已乎？知《詩》之存亡，繫乎王跡之熄不熄，而不繫乎變〈風〉篇什之存亡，則《春秋》繼《詩》之大本已得，而沿訛襲謬之說，晛消冰泮。

魏源以爲諸儒之惑，爲「一則由誤信《毛詩》變〈雅〉終於幽王，而謂西周無〈風〉，東周無〈雅〉也」；「二則誤信〈續序〉以〈王風〉有桓王、莊王之詩」；「三則誤信《毛詩》以〈王〉廁〈衛〉、〈鄭〉之間，而謂夷於列國」。魏源以巡守與采詩結合，則孟子「《詩》亡」之旨可知矣！以《春秋》始於平王四十九年，知變〈雅〉、〈王風〉一日不亡，則《春秋》一日不作，魏源續發「《詩》亡然後《春秋》作」之誼，云：

觀〈抑〉詩作於平王三十餘年後，〈彼都人士〉、〈王風〉皆作於東遷後，《春秋》前，故知變〈雅〉、〈王風〉一日不亡，則《春秋》一日不作。蓋東遷之初，衛武公與晉文侯爲王卿士，……王綱尚未解紐，列國陳詩，慶讓之典尚存。及衛武、晉文俱歿，平王晚政益衰，僅以守府虛名於上，王跡蕩然不存，故以《春秋》作之年，知《詩》亡之年也。若夫此外列國變〈風〉，下逮陳靈，是則霸者之跡，非王者之跡矣。觀〈齊風〉終於襄公，〈唐風〉終於獻公，而桓、文創伯，反無一詩，則知桓、文陳其先世之風於王朝。而〈衛〉終於〈木瓜〉美齊桓者，亦齊伯所陳，以著其存衛之功。……雖有伯者陳詩之事，而無王朝巡守、述職、慶讓、黜陟之典，陳詩與不陳何異？豈能以伯者虛文，當王跡之實政乎？故以〈王風〉居列國之終，示〈風〉終於平王，與〈雅〉亡同也。故《春秋》始於〈王風〉、〈二雅〉所終之年，明王跡已熄，不復以列國之變〈風〉爲存亡也。……明乎《詩》亡《春秋》作之誼，而知王柄、王綱不可一日絕於天下，而後周公、孔子二聖人制作以救天下當世之心，昭昭揭日月，軒軒揭天地。請以告世之讀《詩》、讀《孟子》者。〔註 7〕

周室東遷，勢已不競，何以《春秋》不始於平王初年，而遲至四十九年？魏源復論云：

吾於是見聖人忠恕之至也，畏天命之至也。〔註 8〕

至於變〈雅〉、〈王風〉何以俱亡，其言云：

王既不求言於臣，臣亦無復進詩於朝，變〈雅〉遂與〈王風〉同熄。是王朝自亡之，非簡編本有而佚之也。西周正〈風〉之亡，乃本有而中亡之，非刪詩者亡之也。列國變〈風〉，雖方伯間陳於天子，而無關王者巡守之黜陟，雖未盡亡，而無異於亡之也。《詩》之亡有此三義，而必以〈王風〉、變〈雅〉皆亡於平王末年，爲《春秋》托始之由。此夫子撰修大義，而子輿氏傳之者也。〔註 9〕

魏源以平王東遷後，天子不巡守，諸侯不述職，陳詩觀政之制廢止，爲「王者之跡熄而《詩》亡」之義；因天下無王，故孔子作《春秋》寓褒貶，代行天子之權，以《春秋》始自平王四十九年，知變〈雅〉、〈王風〉俱亡，即爲「《詩》亡然後《春秋》作」之誼。《春秋》既爲續《詩》而作，且同寓夫子之大義微言，故《詩古微》嘗多處發明《詩》與《春秋》互爲表裡之義，如論〈齊風〉詳於文姜、哀姜二人之詩，

〔註 7〕〈王風義例篇下〉，《詩古微》上編之三，頁 259～263。
〔註 8〕〈幽王答問〉，《詩古微》中編之四，頁 564。
〔註 9〕同註 7，頁 264。

魏源以爲：

特詳齊襄二姜之詩，一著其多難興邦之由，一著其恤鄰存魯之績。《春秋》書文姜皆詳於桓薨以後之事，書哀姜皆詳其初歸於魯之事，與《詩》相表裡。〔註 10〕

於〈鴇羽〉三言「王事靡盬」，則以晉曲沃搆難之事釋之：

是王師屢臨於晉，妨農失養，謳怨斯興，使〈無衣〉之請不行，王靈尚競於諸侯也。〈唐風〉獨詳於沃、翼興廢之際，皆《春秋》所不書，而《詩》存之。論其世而知其王跡，是詩史之誼也。〔註 11〕

又〈檜鄭答問〉云：

文公以昏楚之故，始終貳中夏而事蠻夷，三違孔叔之諫，幾陷叔詹於死。《春秋》特書鄭伯逃盟，以著背夏從夷之罪，《詩》與《春秋》一義也。〔註 12〕

魏源以「《詩》亡」繫乎王跡之熄不熄，天子巡守，諸侯述職，則得觀政治之隆污，至春秋則端賴五霸陳詩以觀王跡，因復論諸霸陳詩之義，云：

諸國之風，皆陳於齊桓、晉文。而桓、文以後，惟秦康公諸詩陳於晉襄，陳靈諸詩陳於楚莊，此外無聞焉。蓋晉景、晉悼，連年爭鄭，不過志在主盟，而采風陳詩之典闃如矣。鄭文公在位四十五載，與齊桓、晉文同時，故陳其詩獨詳。……《詩》之錄二伯，與《春秋》之獎桓、文，皆所以延王跡於一線。不讀〈王風〉、變〈雅〉終於平王，不知王跡所由熄，不讀列國變〈風〉終於桓、文，不知伯跡所由存也。〔註 13〕

因鄭文與齊桓、晉文同時，故〈鄭風〉多鄭文公時；至桓、文逝，采風陳詩之典亡，故子產執政後無一詩。然何以齊桓創霸後無一詩？〈齊風答問〉云：

晉伯嗣興，齊以大國羈縻頡頏其間；未必肯陳其詩於晉，故晉亦無由陳其風於王朝。〈齊風〉之終於襄公，見齊伯之始於桓公，王跡亦熄於桓公也。〔註 14〕

然則晉文後無一詩者何？〈魏唐答問〉云：

晉五世主伯，固不屑自陳其風，而他國齊、楚又無能代陳晉風者，〈唐風〉

〔註 10〕〈齊風答問〉，《詩古微》中編之三，頁 518。
〔註 11〕〈魏唐答問〉，《詩古微》中編之三，頁 528。
〔註 12〕〈檜鄭答問〉，《詩古微》中編之三，頁 499。
〔註 13〕同前註，頁 509。
〔註 14〕同註 10。

> 終於獻公，見晉伯之始於文公，王跡亦熄於文公也。〔註15〕

知霸者陳詩以續王跡之義，則十五〈國風〉次第可知矣。

十五〈國風〉次第自《孔疏》後，論者十餘輩，或以非有意安排，或附會爲蓄意排列，〔註16〕言之鑿鑿，一若夫子之特筆，然均難得周全之論，魏源既言霸者陳詩，復創新解。其論以《左傳》季札觀樂之次第，即太師舊次第，乃太師「取其民風相近，初非有大義其間。」〔註17〕至夫子正樂，則挈〈豳〉於末，先〈唐〉於〈秦〉。鄭玄援魯、韓之次第以述夫子之說，故《詩譜》〈王〉在〈豳〉後，〈檜〉處〈鄭〉前，魏源論十五〈國風〉次第云：

> 王轍東，〈雅〉變〈風〉，衛、鄭二武公首入爲平王卿士，以匡王室。及惠王子頹之亂，亦鄭、虢定之，皆中興首功，衛得邶、鄘，鄭得虢、檜，故以二國次〈二南〉爲變〈風〉首。嗣是，齊桓創霸尊王室，晉文繼霸定襄王，故〈齊〉與〈唐〉、〈魏〉次之。秦穆有同晉文定襄之功，且得西都舊地，亦次之。陳則先代後也，又次之。至〈曹風〉傷天下之無王而思伯矣。蓋〈王風〉始於東遷，故列國變〈風〉皆隨王室時勢而次第之。合諸國之詩，即一王之史，於是，習亂則好始治而〈豳〉繼焉，又傷卒亂而〈王風〉殿焉。〔註18〕

魏源以爲孔子有正樂之功，無刪《詩》之事，〔註19〕所謂「樂正，〈雅〉、〈頌〉各得其所」者，即：

> 後〈王〉於〈豳〉，後〈豳〉於諸國，先〈魏〉於〈唐〉，先〈檜〉於〈鄭〉，及〈雅〉、〈頌〉樂章毋失所而已。〔註20〕

故十五〈國風〉次第爲：〈周南〉、〈召南〉、〈邶〉、〈鄘〉、〈衛〉、〈檜〉、〈鄭〉、〈齊〉、〈魏〉、〈唐〉、〈秦〉、〈陳〉、〈曹〉、〈豳〉、〈王〉。《詩》既能廣泛反映社會百態，與《春秋》懲惡勸善同功，均寓夫子之微言大義，則觀諸國之先後，知王室興衰變遷之始終，合諸國之詩爲王史，尊王之義，亦炳然流行其間。〔註21〕〈毛序〉於《詩》三百篇，據周代之歷史發展，將三百篇依周王或諸侯之世次而排列，其所釋之世次，每多附會臆說，魏源於〈毛序〉世次排列多有異論，故於美刺、正變之說，頗有論

〔註15〕同註11，頁530。
〔註16〕蔣善國：《三百篇演論》，頁170～177。
〔註17〕〈王風義例篇上〉，《詩古微》上編之三，頁254。
〔註18〕同前註，頁257。
〔註19〕〈夫子正樂論中〉，《詩古微》上編之一，頁182～187。
〔註20〕同註17，頁257。
〔註21〕二卷本〈三家發凡中〉，《詩古微》卷之上，頁47。

述與創見，以破除〈毛序〉之滯例。〈詩古微序〉云：

> 蓋自「四始」之例明，而後周公制禮作樂之情得，明乎禮、樂，而後可以讀〈雅〉、〈頌〉；自跡熄《詩》亡之誼明，而後夫子《春秋》繼《詩》之誼章，明乎《春秋》，而後可以讀〈國風〉。正、變之例不破，則〈雅〉、〈頌〉之得所不著，而禮、樂爲無用也；美、刺之例不破，則〈國風〉之無邪不章，而《春秋》可不作也。禮、樂者，治平防亂，自質而之文；《春秋》者，撥亂返治，由文而返質。故《詩》之道，必上明乎禮、樂，下明乎《春秋》，而後古聖憂患天下來世之心，不絕於天下。〔註22〕

此魏源《詩古微》寫作動機之一也。

二、繼承西漢以《詩》諫世之傳統

孔子論《詩》，多載於《論語》，自孔子強調《詩》教化之政治功能，孟、荀一脈相承，故儒家言《詩》頗重其社會效用；春秋、戰國諸侯宴饗朝聘引《詩》證事、賦《詩》銘志，爲《詩》實用之例。漢儒解《詩》，每於《詩》中尋其微言大義，以利諫世致治；宋儒雖能稍重《詩》之文學性，仍多囿限於漢儒之說。至清儒治《詩》者，則或宗毛、鄭、或主朱《傳》、或治三家、或自創其說，宗主互異，成績輝煌。〔註23〕有清三百年，《詩經》著述，凡二百六十七部、一千九百六十二卷，輯佚者四十二部、一百二十四卷，卷帙之繁，可謂汗牛充棟。〔註24〕乾、嘉時期，人人賈、馬，家家許、鄭，雖致：

> 今世言學，則必曰東漢之學勝西漢，東漢鄭、許之學綜六經。……西京微言大義之學墜於東京，東京典章制度之學絕於隋、唐，兩漢詁訓聲音之學熄於魏、晉，其道果孰隆替哉？〔註25〕

然考據學風熾盛，輯佚學亦隨之蓬勃，治今文三家者，遂於宋・王應麟《詩考》基礎上，蒐尋魯、齊、韓之遺文殘句。除《詩古微》外，尚有范家相《三家詩拾遺》、徐璈《詩經廣詁》、丁晏《王氏詩考補注補遺》、馮登府《三家詩異文疏證》、阮元《三家詩補遺》、陳壽祺、陳喬樅父子《三家詩遺說考》及王先謙《詩三家義集疏》等。范氏《拾遺》體例遠較王氏《詩考》詳贍；丁、馮二書除輯遺文，復考證文字異同；阮元則補《詩考》之遺；陳氏《遺說考》完備繁富，賅綜諸家；至其集大成者，則

〔註22〕〈詩古微序〉，《詩古微》，頁131。
〔註23〕朱守亮將清代《詩經》學分爲十一類，見《詩經評釋》，頁25～30。
〔註24〕周浩治：〈清史藝文志詩經學著錄〉，《清代之詩經學》，頁23～76。
〔註25〕〈劉禮部遺書序〉，《魏源集》，頁242。

當屬王先謙之《詩三家義集疏》。〔註26〕

前人之輯佚，如魏源之友徐璈，〔註27〕其《詩經廣詁》雖於：

見其蒐輯《詩》義，上自《春秋內、外傳》，先秦、兩漢諸子，以及齊、魯、韓三家，王肅申毛之論，孫毓異同之評，莫不兼綜條貫。其有《詩》義未盡者，復引宋、元、明諸家之說以補之，其用意可謂勤矣。〔註28〕

魏源嘗就前人輯三家佚文之成績，提出批評，如〈兩漢經師今古文家法考序〉云：

及宋・朱子、王應麟始略采三家《詩》殘文而未得條緒；明・何楷、本朝范家相、桐城徐璈次第蒐輯，始獲三家《詩》十之七八，而余發揮之，成《詩古微》。〔註29〕

又〈詩古微目錄書後〉云：

《朱子語錄》中嘗言《漢書》、《文選注》及漢、魏諸子，多引《韓詩》，嘗擬采輯備考而未之及。宋末王應麟始作《三家詩考補》，以成朱子之意，而草創疏略。至明・何楷《詩經世本古誼》，旁搜博辯，往往創獲，大張三家之幟。本朝范家相《三家詩拾遺》，亦有補苴。最後桐城徐璈之《詩經廣詁》出，而三家遺文墜義，凡見《春秋內、外傳》及漢初諸儒所稱引。無字句之不搜，而三家詩佚文幾大備矣。顧其書案而不斷，於三家大義微言，待引申者，概未之及焉。〔註30〕

然「於三家大義微言，待引申者，概未之及焉」，故魏源遂以何楷、范家相、徐璈等人之書爲依據，撰《詩古微》，以發揚今文經學原「古」之「微」言大義，以茲經世致用。蓋自莊存與《毛詩說》，常州今文學者治《詩經》，即不言訓詁考據，而專論其微言大義，捐棄乾、嘉東漢訓詁之學，回溯西漢義理之學，此乃魏源所謂：

今日復古之要，由詁訓聲音以進於東京典章制度，此齊一變至魯也；由典章制度以進於西漢微言大義，貫經術政事文章於一，此魯一變至道也。〔註31〕

今欲復西漢義理之學，則需先明瞭今文經學之傳統，方能合經術、治術爲一，何謂今文經學之傳統？魏源云：

〔註26〕同註23，頁27。

〔註27〕嘉慶二十四年，魏源應胡培翬之邀，於京師萬柳堂祭鄭玄，與會者有陳奐、徐璈、胡承珙等，故魏、徐二人應有交往，黃麗鏞：《魏源年譜》，頁50～51。

〔註28〕洪頤煊：〈詩經廣詁序〉，《詩經廣詁》，頁1。

〔註29〕〈兩漢經師今古文家法考序〉，《魏源集》，頁153。

〔註30〕〈詩古微目錄書後〉，《詩古微》附錄，頁889。

〔註31〕同註25。

> 夫西漢經師，承七十子微言大義，《易》則施、孟、梁丘皆能以占變知來；《書》則大、小夏侯、歐陽、倪寬皆能以《洪範》匡世主；《詩》則申公、轅固生、韓嬰、王吉、韋孟、匡衡皆以三百五篇當諫書，《春秋》則董仲舒、雋不疑之決獄，《禮》則魯諸生、賈誼、韋玄成之議制度，而蕭望之等皆以《孝經》、《論語》保傅輔道，求之東京，未或有聞焉。其文章述作，則陸賈《新語》以《詩》、《書》說高祖，賈誼《新書》爲漢定制作，《春秋繁露》、《尚書大傳》、《韓詩外傳》、劉向《五行》、揚雄《太玄》皆以其自得之學，範陰陽，矩聖學，規皇極，斐然與三代同風，而東京亦未聞焉。〔註32〕

此即皮錫瑞所云：

> 治經必宗漢學，而漢學亦有辨。前漢今文說，專明大義微言；後漢雜古文，多詳章句訓詁。……武、宣之間，經學大昌，家數未分，純正不雜，故其學極精而有用。以《禹貢》治河，以《洪範》察變，以《春秋》決獄，以《三百五篇》當諫書，治一經得一經之益也。〔註33〕

〈默觚上・學篇九〉亦有相同之論。〔註34〕而且

> 語徵實，則東漢不如西漢，西漢不如周、秦；語知道，則眾人之見，不可以測賢人，賢人之事，不可以論聖人。〔註35〕

故需復西漢之學，以窺聖人之門。

漢世以《詩》爲諫書，其著名之例爲王式，式爲昌邑王師，昭帝崩，昌邑王繼位，以行淫亂廢，群臣均繫獄誅，式亦下獄當死，有司責問：「師何以無諫書？」式對曰：

> 臣以《詩》三百五篇朝夕授王，至於忠臣孝子之篇，未嘗不爲王反復誦之也；至於危亡失道之君，未嘗不流涕爲王深陳之也。臣以三百五篇諫，是以亡諫書。

式因得以減死。〔註36〕元帝時，匡衡爲少傅，每上疏陳便宜，及朝廷有政議，均執經義以對，言多法義。成帝即位，衡上疏戒妃匹，勸經學威儀之則，引〈關雎〉詩，以爲「綱紀之首，王教之端也」，〔註37〕此二則，即以《詩》諫世之實例也。

魏源曾言：「變古愈盡，便民愈甚」，而又欲恢復經學於西漢，其論點似有矛

〔註32〕同註29，頁151。
〔註33〕皮錫瑞：〈經學昌明時代〉，《經學歷史》，頁85。
〔註34〕〈默觚上・學篇九〉，《魏源集》，頁24。
〔註35〕〈豳風三家詩發微中〉，《詩古微》上編之三，頁281。
〔註36〕班固：〈儒林傳第五八〉，《漢書》卷八八，《新校漢書集注》，頁3610～3611。
〔註37〕班固：〈匡張孔馬傳第五一〉，《漢書》卷八一，《新校漢書集注》，頁3331～3344。

盾，其實不然，因今文家係以復古爲方法，適用致治方爲其目的，故今文家說《詩》，乃藉由評論《詩經》，依托某一篇章以發揮治亂改制之政治思想。因此，魏源提倡經學，於《春秋》，由何休《公羊解詁》上溯董仲舒《春秋繁露》；於《書》，由治〈禹貢〉通古地理，由通古代山川、水利，拓展至近代地理、水利之研究，進一步研究世界地理，達成其通經致用之理想。於《詩經》，除撰《詩古微》，以繼承並發揮今文經學之微言大義外，於〈默觚〉中，先「學」後「政」，爲書生報國學而優則仕之理想，其中，引《詩》凡一百八十三條次，〔註 38〕藉《詩》義以抒發其政治見解，爲其以《詩經》諫世之具體表現。故魏源論《詩》多兼實用，〈詩比興箋序〉云：

> 自《昭明文選》專取藻翰，李善〈選注〉專詁名象，不問詩人所言何志，而詩教一敝；自鍾嶸、司空圖、嚴滄浪有《詩品》、《詩話》之學，專揣於音節風調，不問詩人所言何志，而詩教再敝。……誦詩論世，知人闡幽，以意逆志，始知《三百篇》皆仁聖賢人發憤之所作焉，豈第藻繪虛車已哉。〔註 39〕

又〈御書印心石屋詩文錄敘〉云：

> 蓋詩樂之作，所以宣上德而達下情，導其鬱懣，作其忠孝，恒與政治相表裡，故播之鄉黨邦國，感人心而天下和平。〔註 40〕

魏源治經以發揚今文經之微言大義爲要務，以繼承與闡發西漢以《詩》諫世爲己任，其〈詩古微序〉云：

> 《詩古微》何以名？曰：所以發揮《齊》、《魯》、《韓》三家《詩》之微言大誼，補苴其罅漏，張皇其幽渺，以豁除《毛詩》美刺、正變之滯例，而揭周公、孔子制禮正樂之用心於來世也。〔註 41〕

其創作《詩古微》之動機，此其二也。

《書》、《詩》二經，自莊存與以來，即爲《公羊》家所附會，然正式以《公羊》義理闡之而成爲專書者，則始自魏源，將復興今文經學之範圍，由《公羊》擴及《詩》、《書》，清儒之治《公羊》者，遂由一家之言，擴而爲西漢今文之學矣。〔註 42〕故周予同云：

〔註 38〕陳耀南：〈魏源的詩經學〉，《魏源研究》，頁 80～88。
〔註 39〕〈詩比興箋序〉，《魏源集》，頁 231～232。
〔註 40〕〈御書印心石屋詩文錄序〉，《魏源集》，頁 244～245。
〔註 41〕〈詩古微序〉，《詩古微》，頁 131。
〔註 42〕陸寶千：〈清代公羊學之演變〉，《清代思想史》，頁 248～257。

從魏書出，而《詩》、《書》始復於西漢。〔註43〕

而復《詩》、《書》於西漢，亦達成其所稱「魯一變至道」之要求。

魏源棄「乾嘉學派」鑽研餖飣之學風，欲發揮《詩》之微言大義，與恢復西漢諫書之傳統，於《詩經》經文不求逐句訓詁，故《詩古微》之寫作特色，大抵隨文設問，藉由詩中二、三文句，借題發揮，所闡釋均為前儒疑而未決者。其論〈國風〉則藉詩以觀風俗淫變之關鍵；論〈二雅〉則以觀政治盛衰之緣由；論〈三頌〉則多及禮樂之考證。其精要如是，然亦未可一概而論也。其積學深博，因常能發他人所未發之論，成為清代《詩經》學重要著作。

第二節　初、二刻本之異同

楊守敬〈重刊古微序〉云：

是書有初刻、二刻，皆毀於兵，敬屢謀刻之而未成，今姑獨任之。初刻僅上、下二卷，前有李申耆先生序，後刻無之。又武進《劉禮部集》亦有一序，初、二刻並無之。〔註44〕

故知《詩古微》有初刻、二刻兩種刊本，茲分述於後：

一、初刻二卷本

初刻二卷本由修吉堂刊行，未著明成書及刊刻年代，於魏源師友間往來書信，可尋獲些許線索。

1. 胡承珙〈答陳碩甫明經書〉云：

魏默深聞刻有《詩古微》二卷，不知其去歲到杭州，頃已寄書都中，向索所著矣。〔註45〕

此信撰於道光九年，「去歲至杭州」者，指魏源道光八年杭州之遊，此與魏耆〈邵陽魏府君事略〉「戊子遊浙江杭州」〔註46〕合。又胡承珙〈與魏默深書〉云：

自丙戌奉書後，曠焉三載。……前承示大著《詩古微》一冊，發難釋滯，迥出意表。〔註47〕

丙戌為道光六年，後三載為己丑，即道光九年。是初刻二卷本當刊於道光九年之前，

〔註43〕同註1，頁20。
〔註44〕楊守敬：〈重刊詩古微序〉，《詩古微》附錄，頁878。
〔註45〕胡承珙：〈答陳碩甫明經書〉，《求是堂文集》卷三，頁14。
〔註46〕魏耆：〈邵陽魏府君事略〉，《魏源集》，頁848。
〔註47〕胡承珙：〈與魏默深書〉，《求是堂文集》卷三，頁35。

故胡氏於道光六年得書焉。

2. 劉逢祿曾爲《詩古微》撰序，〔註48〕文無年月，然以劉逢祿卒於道光九年，〔註49〕則此文應撰於道光九年，或九年之前，而初刻本亦當刊於道光九年，或於九年之前，劉逢祿方得見此書。

3. 陳世鎔〈秦淮旅舍喜晤魏默深同年源〉詩，其二，首句云「輿誦曾聽匡鼎來」，自注云：

君所著《詩古微》乃三十以前作。〔註50〕

魏源生於乾隆五十九年（1794），三十歲時，則爲道光三年（1823）。

根據上述文獻，則初刻二卷本，當撰成於道光三年之前，而於道光九年刊布行世。初刻本分上、下二卷，內容爲：〈正始篇〉、〈詩樂篇〉、〈三家發凡〉、〈毛詩明義〉、〈三家發微〉、〈齊魯韓發微合篇〉、〈魯詩發微〉、〈韓詩發微〉、〈三家通義〉、〈三家同義〉、〈三家異義〉、〈集傳初義〉。

二、二刻二十卷本

二卷本刊行後，魏源似不滿意，龔自珍〈與張南山書〉中云：

魏君源憂居吳門，其所著《詩古微》，頗悔少年未定之論，聞不復示人。〔註51〕

既「悔少年未定之論」，復徵詢師友之意見，如胡承珙云：

僕讀足下之書，不欲爲異，亦不敢爲苟同，惟書中有一二失檢者，如引翼奉疏：幽王即位，日月告凶……又引〈琴操〉云：尹吉甫子伯奇亡走之野……繙閱之下，偶見及之，其他尚未暇遍考。〔註52〕

在與師友書信往復討論後，遂有增補之意，由二卷擴增至二十卷，並自撰序文。

二十卷本〈詩古微序〉末自署：

道光二十載，歲次庚子，邵陽魏默深序於揚州絜園。〔註53〕

故知魏源於道二十年完成二十卷定稿本。雖不知是否書成即刻刊布，據〈詩古微序〉則知其刊刻時間，亦不遠矣。二十卷本之內容則由〈序〉文可得知，〈序〉云：

《詩古微》上篇六卷，幷卷首一卷，通語全經大誼；中編十卷，答問逐章

〔註48〕劉逢祿：〈詩古微序〉，《劉禮部集》卷九，頁4～9。
〔註49〕趙爾巽等：〈列傳二六九・儒林三〉，《清史稿》卷四八九，頁11098。
〔註50〕陳世鎔：〈秦淮旅舍喜晤魏默深同年源〉，《求志居集》卷十四，頁13。
〔註51〕龔自珍：〈與張南山書〉，張維屏《花甲閒談》卷六，頁23～25。
〔註52〕同註47，頁35～36。
〔註53〕〈詩古微序〉，《詩古微》，頁132。

疑難；下編三卷，其一輯古序，其二演外傳；凡爲卷二十。〔註 54〕

此二十卷本內容大要。

《魏源集》中，另有一〈詩古微序〉，下注云：初稿。〈序〉首云：

《詩古微》凡二十有二卷。〔註 55〕

而咸豐四年，魏源爲陳沆撰〈詩比興箋序〉，亦云：

時予所治《詩古微》方成。〔註 56〕

咸豐五年，魏源撰〈書古微序〉，亦云：

予既成《詩古微》二十二卷，復致力於《尚書》。〔註 57〕

則道光二十年之後，似仍有增補，二十二卷本載於史籍者，如《清史列傳・魏源傳》、支偉成《魏源傳》及《湖南通志》。然今僅見修吉堂刊刻二卷本，及道光年間二十卷本，未見二十二卷傳本。

二十卷本除道光刊本外，坊間通行本爲光緒十一年乙酉秋飛青閣楊氏刊本，楊氏刊本於魏源〈詩古微序〉前增楊守敬〈重刊詩古微序〉，後附李兆洛、劉逢祿二〈序〉，於目錄後，增魏源之〈詩古微目錄書後〉，未註明何時之作，《魏源集》亦無是文。惟楊刊本將二十卷併成十六卷，不知楊氏據何以改，或依己意改之，然仍保存道光本之目錄。除楊氏刊本，光緒十三年丁亥掃葉山房刊本，亦爲常見之刻本，此刊本增錄青浦席威之〈補刻詩古微序〉。《皇清經解續編》收入二刻本，爲十七卷，與道光本相較，缺〈卷首〉及〈詩外傳演〉上、下二卷，餘篇次同；有光緒十四年戊子南菁書院本，及光緒十五年己丑蜚英館石印本。道光本鮮見，北京圖書館及復旦大學圖書館藏有二十卷本，〔註 58〕故以楊氏刊本爲佳。

除二卷、十六卷、十七卷、二十卷，見於文獻者尚有八卷及十卷，如《邵陽縣志》、《寶慶府志》記載爲八卷，李元度〈魏源事略〉載爲十卷，魏耆〈邵陽魏府君事略〉則無卷數。〔註 59〕湖南岳麓書社以修吉堂二卷本，與道光二十卷本爲底本，與楊氏重刊本對校，將二卷本及二十卷本分別點校，〔註 60〕於一九八九年十二月出版，本論文即據此點校本撰述，以上爲《詩古微》卷數與刊布之情形。

〔註 54〕同前註，頁 131。

〔註 55〕〈詩古微序〉，《魏源集》，頁 119。

〔註 56〕〈詩古微序〉，《魏源集》，頁 232。

〔註 57〕〈書古微序〉，《魏源集》，頁 113。

〔註 58〕何愼怡：〈詩古微版本述略〉，《中國文學研究》，1990 年第二期，頁 62。

〔註 59〕黃麗鏞：〈魏源著述目錄綜表〉，《魏源年譜》，不著頁碼。

〔註 60〕〈點校說明〉，《詩古微》，頁 1～3。

三、初刻與二刻觀點之轉變

初刻、二刻本除卷數有別，觀點亦有稍異，初刻二卷本，以駁擊《毛傳》、《鄭箋》爲要務，諸家所評，如梁啓超云：

> 《詩》主齊、魯、韓、……而排斥《毛》、《鄭》不遺餘力。〔註61〕

又云：

> 魏源著《詩古微》，始大攻《毛傳》及大、小〈序〉。〔註62〕

劉師培云：

> 魏源作《詩古微》，斥《毛詩》而宗三家《詩》。〔註63〕

馬宗霍云：

> 其說《詩》斥《毛傳》，宗三家。〔註64〕

周予同亦云：

> 著《詩古微》，攻擊《毛傳》及大小《序》，而專主齊、魯、韓三家。〔註65〕

當均指二卷本而論。劉逢祿曾給予二卷本極高評價，劉氏〈詩古微序〉云：

> 表章魯、韓墜緒以匡《傳》、《箋》。……其所排難解剝，鉤沈起廢，則又皆足干城大道，張皇幽眇，申先師敗績失據之謗，箴後漢好異矯誣之疾，使遺文湮而復出，絕學幽而復明，其志大，其思深，其用力勤矣。〔註66〕

李兆洛〈序〉亦云：

> 魏子默深之治《詩》也，釽割數千年來相傳之篇第，掊擊若干年來株守之〈序〉、《箋》……自漢以來治《詩》者，未有如默深者也。〔註67〕

李氏將魏源《詩古微》與張惠君《虞氏易》、劉逢祿《公羊春秋》相比擬，贊譽有加。胡承珙〈與魏默深書〉亦力贊云：

> 所評四家異同，亦多持平，不愧通人之論。至於繁徵博引，縱橫莫當，古人吾不敢知，近儒中已足與毛西河、全謝山並驅爭先矣。〔註68〕

二卷本雖獲前賢至譽，魏源乃以爲是「少年未定之論」，而「不復示人」。因此，於二刻二十卷定稿本，已將初刻本中某些偏激言論，予以修正。二十卷本用

〔註61〕梁啓超：〈近世之學術〉，《中國學術思想變遷之大勢》，頁97。
〔註62〕梁啓超：《清代學術概論》，頁124。
〔註63〕劉師培：〈近儒之詩學〉，《經學教科書》，收入《劉申叔先生遺書》，頁2366。
〔註64〕馬宗霍：〈清之經學〉，《中國經學史》，頁150。
〔註65〕周予同：〈經今古文學〉，《周予同經學史論著選集》，頁20。
〔註66〕劉逢祿：〈詩古微序〉，《詩古微》附錄，頁881。
〔註67〕李兆洛：〈詩古微序〉，《詩古微》，頁17。
〔註68〕同註47。

意在：調和四家《詩》論，提昇今文三家之地位，與《毛詩》同列。故二十卷本不列劉、李二師之〈序〉，而以自撰〈詩古微序〉代之。楊守敬不明其故，於〈重刊詩古微序〉云：

> 初刻僅上、下二卷，前有李申耆先生序，後刻無之。又武進《劉禮部集》亦有一序，初、二刻幷無之，原先生意以後刻有自序，故不載耶。〔註69〕

蓋因魏源撰二十卷時，觀點已改易，故不列劉、李二〈序〉，非如楊氏之言。

初刻、二刻間說《詩》觀點之異，由魏源之〈詩古微序〉及〈詩古微目錄書後〉二文顯示端倪。〈詩古微序〉云：

> 《詩古微》何以名？曰：所以發揮《齊》、《魯》、《韓》三家《詩》之微言大誼，補苴其罅漏，張皇其幽渺，以豁除《毛詩》美、刺、正、變之滯例，而揭周公、孔子制禮正樂之用心於來世也。〔註70〕

至〈詩古微目錄書後〉則云：

> 以漢人分立博士之制，則《毛詩》自不可廢，當以《齊》、《魯》、《韓》與《毛》幷行，頒諸學宮，是所望於主持功令者。〔註71〕

而經營三十餘載，於逝世前一年，方告完成之《書古微》，其〈例言上〉亦云：

> 夫《毛傳》尚可與三家《詩》並存。〔註72〕

由此知魏源觀點之轉變，其間改變之軌跡，有其脈絡可尋：

1. 就學術上而言

清代常州學派開山祖師莊存與著有《春秋正辭》，專講微言大義，而不斤斤於考據訓詁，爲清今文學派之第一部著作。然莊氏非純今文學者，《味經齋遺書》中，《周官說》、《毛詩說》，仍是崇尚古文經說。至劉逢祿雖爲常州學派立下規模，然劉氏說《詩》「初尚毛學，後好三家」〔註73〕，亦不全然排斥《毛詩》。魏源弱冠遊學北京，嘗從劉氏問《公羊春秋》，雖不知曾否授《詩經》，然以其近法劉氏、遠紹莊氏，則莊、劉二家說《詩》於魏源定有影響。

於魏源治《詩》影響最大者，當爲胡承珙，魏源於京師時，嘗從胡氏問漢儒家法，胡氏畢生究心經學，尤專意於《毛傳》之闡發，著《毛詩后箋》，於名物訓詁及《毛傳》與三家異同，多有精闢之剖析，二卷本刊行後，胡氏曾撰〈與魏默深書〉

〔註69〕同註44。
〔註70〕同註53，頁131。
〔註71〕〈詩古微目錄書後〉，《詩古微》附錄，頁890。
〔註72〕〈書古微例言上〉，《魏源集》，頁115。
〔註73〕同註49。

與之討論，魏源之治漢學蓋從胡氏問學始，其治《詩》雖棄家法，混同四家詩說，爲時流所攻，蓋其來有自。

魏源學友中，陳奐專治《毛詩》，著有《詩毛氏傳》、《毛詩說》、《毛詩音》，以鄭多本三家而與《傳》異，又作《鄭氏箋考徵》。並仿《爾雅》例，編《毛傳義例十九篇》，自謂博引古書，廣收前說，大抵用西漢以前之說，而與東漢人不苟同，則此書乃介乎今、古文之間矣。〔註 74〕而陳奐此舉，亦標示出清今文經學復興之影響。魏源與陳奐不知於何年結識？然以胡承珙〈答陳碩甫明經書〉中，曾提及魏源，又胡氏「歸里後鍵戶著書，與長洲陳奐往復討論不絕」〔註 75〕，則魏源與胡、陳三人，宗主雖異，然於書信往返間，當曾論及《詩經》之相關議題，頗收兼容並蓄之效。而魏源深情至交龔自珍，亦嘗自謂其治《詩》態度：

> 予說《詩》以涵泳經文爲主，於古文毛、今文三家，無所專、無所廢。〔註 76〕

此種「擺脫傳注，直求經文」之精神，魏源亦然。即因此種精神，故其說《詩》較能少帶門戶之見，潛心於《詩》本文之研究，掃除歷來傳注箋疏之蒙蔽，而直求《詩》本來面目。因此《詩古微》於四家異同有持平之論，而得出「殊途同歸」之結論。〔註 77〕龔自珍〈與江子屏箋〉云：

> 本朝別有絕特之士，涵詠百文，創獲於經，非漢非宋，亦惟其是而已矣。方且爲門户之見者所擯。〔註 78〕

此「特絕之士」當亦包涵魏源，而「創獲於經」、「惟其是而已」，正可用以評價齊、魯、韓、毛異同之論。

2. 就政治上而言

就清代今文學家而言，提倡今文經學非其目的，僅是種手段，通經致用以使國家興隆，方爲其眞正標的。魏源撰《詩古微》之目的，即欲將《詩經》復於西漢，以恢復今文經學眞象，以發揮微言大義，爲其「改革」政治主張尋求理論依據。復《詩》於西漢，繼承漢儒「諫書」之傳統，四家《詩》本自於同源，故其間有相同或相通處，是客觀存在之事實。此相通處即是將《詩》當成諫書。漢代今、古文學家治經途徑雖有不同，今文家以孔子爲政治家，以六經爲孔子「託古

〔註 74〕李柏榮：《魏源師友記》，頁 83。
〔註 75〕同註 49，頁 11094。
〔註 76〕龔自珍：〈己亥雜詩〉自注，《龔定盦全集類編》，頁 369。
〔註 77〕〈齊魯韓異同論中〉，《詩古微》上編之一，頁 169。
〔註 78〕龔自珍：〈與江子屏箋〉，《龔定盦全集類編》，頁 212。

改制」之工具〔註 79〕，故偏重微言大義；古文學家則以孔子爲史學家，六經爲孔子整理之古代史料，以著三代政治盛衰而爲後王之借鑑，因偏於訓詁名物；然於六經義理之闡發，則大同小異，其共通點，即是以「君臣國政」爲經學目的之時代精神。就廣義言之，則此種以《詩》諫世之訓釋方式，乃四家所共有，此即魏源著《詩古微》之用義。

《論語・子路》:「誦《詩》三百，授之以政，不達；使於四方，不能專對，雖多，亦奚以爲？」〈陽貨〉:「邇之事父，遠之事君」;〈季氏〉:「不學《詩》，無以言」;〈陽貨〉:「人而不爲〈周南〉、〈召南〉，其猶正牆面而立也與。」……皆爲孔子之《詩》教，以《詩》爲從政事君之工具，此「詩教」之傳統，爲西漢學者所承續，亦是魏源復古之目標，魏源謂「四始」爲「全《詩》之裘領，禮樂之綱紀」〔註 80〕，即是儒家一貫所提倡，而爲魏源所深信不疑之「詩教」準則。

然自東漢以降，《詩經》成爲政府教忠、教孝之工具，而《毛詩》亦從此居於領導地位，《毛傳》、《鄭箋》獨盛，今文三家漸次亡佚。後雖以宋學崛起，《毛詩》勢力稍弱，至清代，《毛詩》學遂復大行於世。千餘年來，《毛詩》受統治者保護，且於士大夫思想影響至鉅。魏源欲復今文三家於衰亡之後，並撼動《毛詩》千餘年之根基，於學術上，既無法使沈迷於考據者回頭；於政治上，又需冒大不韙，無異是徒勞之功。且以莊存與官至內閣學士，猶不敢公然牴牾《毛詩》之統治地位，魏源一介小官，阻力必更鉅。魏源畢竟爲一有識之士，知於學術與政治難以實現，因轉而折衷四家，經由論四家異同，提昇今文三家之地位，使之與毛並尊，從而發揮以《詩》諫世之作用，促使國家治興。基於此，故魏源於《毛詩》有較持平之論，較易爲人接受，故爲清《詩經》學之重鎮。〔註 81〕

〔註 79〕同註 65，頁 7。

〔註 80〕〈四始義例篇一〉,《詩古微》上編之二，頁 220。

〔註 81〕何愼怡:〈魏源論齊魯韓與毛詩的異同〉,《湖南師大社會科學學報》,1988 年第五期，頁 7～11。

第三章　《詩古微》論齊魯韓毛之異同

皮錫瑞《詩經通論》：

> 《魯》、《齊》、《韓》三家《詩》，大同小異，惟其小異，故須分立三家；若全無異，則立一家已足，而不必分立矣。惟其大同，故可並立三家，若全不同，則如《毛詩》大異而不可並立矣。〔註1〕

《魯》、《齊》、《韓》同屬今文學，其訓釋《詩經》自有同異，故有三家異名而並立，皮氏三家大同小異說，實為佳論。今文三家與古文《毛詩》相異處甚多，除書寫文字外，尚有篇目之不同，如《韓詩》〈常棣〉作〈夫移〉，《齊詩》〈還〉作〈營〉；篇章之不同，如〈小雅・都人士〉，韓無首句；篇數之不同，三家不數〈六笙詩〉；訓詁之不同，三家多用本字，毛則多假借。本章試由：〈詩序〉與其淵源說、四始六義說、美刺無邪說、四家釋《詩》舉隅，以見《詩古微》論四家異同之概況，並藉此以尋找三家散佚之脈絡。

第一節　〈詩序〉與其淵源說

魏源以為世儒批評三家者，凡三端：

> 要其矯誣三家者，不過三端，曰：《齊》、《魯》、《韓》皆未見古序也；《毛詩》與經傳諸子合而三家無証也；〈毛序〉出子夏、孟、荀而三家無考也。〔註2〕

茲由此三端分述於下：

一、四家同見古序

現存《詩經》於每篇詩文前，以一段文字說明其題旨，即為〈詩序〉，今文三家

〔註 1〕 皮錫瑞：〈論三家大同小異史記儒林列傳可証〉，《經學通論二・詩經》，頁 24。
〔註 2〕 〈齊魯韓毛異同論上〉，《詩古微》上編之一，頁 159～160。

是否亦存古序，宗毛、鄭者，如程大昌以爲否，魏源則證明其非確論，〈齊魯韓毛異同論上〉云：

> 程大昌曰：「三家不見古序，故無以總測篇意。《毛》惟有古序以該括章旨，故訓詁所及，會全詩以歸一貫。」然考《新唐書．藝文志》：《韓詩》二卷，卜商序、韓嬰注；而《水經注》引《韓詩．周南．敘》曰：「其地在南郡、南陽之間。」至諸家所引《韓詩》，如「〈關雎〉，刺時也」；「〈漢廣〉，說人也」；「〈汝墳〉，辭家也」；……皆與《毛詩》首語一例，則《韓詩》有序明矣。《齊詩》最殘缺，而張揖，魏人，習《齊詩》，其〈上林賦．注〉曰：「〈伐檀〉，刺賢者不遇明王也。」其爲《齊詩》之序明矣。劉向，楚元王孫，世傳《魯詩》，其《列女傳》，以〈芣苢〉爲蔡人妻作，〈汝墳〉爲周南大夫妻作，……視〈毛序〉之空衍者，尤鑿鑿不誣。且其〈息夫人傳〉曰：「君子故序之於《詩》。」〈黎莊夫人傳〉曰：「君子故序之以編《詩》。」而向所自著書亦曰《新序》。是《魯詩》有序明矣。〔註3〕

《韓詩》唐宋之間猶存，《新唐書》所載應爲可信，則《韓詩》有序可証也。《魯詩》則據《四庫提要》載：

> 觀蔡邕本治《魯詩》，而所作〈獨斷〉，載〈周頌〉三十一篇之序，皆祇有首二句，與〈毛序〉文有詳略，而大旨略同。〔註4〕

故知《魯詩》有序。惟其引〈上林賦．注〉，雖屬《齊詩》之義，然缺他証，不可即據此以論《齊詩》有序。由此足証〈詩序〉非毛一家所特有，今文魯、韓亦有之。程氏以《毛詩》有序以總測篇意，故能勝三家，其論非實。魏源不僅徵引古書以証三家有古序，且將四家之說並列，輯成〈詩序集義〉一卷，附於下編，以比較其間之得失與異同。

二、四家皆源於子夏孟荀

四家傳授淵源，古文學者以爲毛氏出於子夏、孟子、荀子，故說《詩》多與之合，然考四家詩說，除《毛詩》源自子夏外，魯、韓亦有可考，魏源復論云：

> 姜氏炳璋曰：「漢四家《詩》，惟毛公出自子夏，淵源最古，且〈魯頌．傳〉引孟仲子之言，〈絲衣．序〉別高子之言，〈北山．序〉同孟子之語，則又出於孟子。而大毛公親爲荀卿弟子，故《毛傳》多用荀子之言，非三家所及。」應之曰：《漢書．楚元王傳》言浮丘伯傳《魯詩》於荀卿，

〔註3〕同前註，頁160。

〔註4〕紀昀等：〈經部．詩類一．詩序〉，《四庫全書總目提要》卷十五，頁321。

> 則亦出荀子矣。《唐書》載「《韓詩》卜商序」，則亦出子夏矣。《韓詩外傳》高子問〈載馳〉之詩於孟子，孟子曰：「有衛女之志則可，無衛女之志則怠。」又載荀卿〈非十二子篇〉，獨去子思、孟子。且《外傳》屢引七篇之文，則亦出孟子矣。故《漢書》曰：「又有毛公之學，自言子夏所傳。」「自言」云者，人不取信之詞也。至《釋文》引徐整云：「子夏授高行子，高行子授薛倉子，薛倉子授帛妙子，帛妙子授河間人大毛公，毛公爲《詩故訓傳》於家，以授趙人小毛公，小毛公爲河間獻王博士。」「一云子夏授曾申，申傳魏人李克，克傳魯人孟仲子，孟仲子傳根牟子，根牟子傳趙人孫卿子，孫卿子傳魯人大毛公。」夫同一《毛詩》傳授源流，而姓名無一同。且一以爲出荀卿，一以爲不出荀卿；一以爲河間人，一以爲魯人；展轉傅會，安所據依？豈非《漢書》「自言子夏所傳」一語，已發其覆乎？以視三家源流，孰傳信，孰傳疑？姜氏其何說之詞。〔註5〕

由其論則不僅魯、韓傳授淵源可考，且視毛氏之源流，猶清晰可見。夫一《毛詩》傳授源流，於漢僅毛公一名，至三國分成大、小毛公，復衍生大毛公亨，小毛公萇，其姓名不一，傳授有別，籍貫亦殊，啓人生疑。魏源嘗撰《兩漢經師今古文家法考》，書雖已佚，序文猶存，其〈序〉云：

> 采史志所載各家，立案於前，而後隨人疏證，略施斷制於後，俾承學之士法古今者，一披覽而群經群儒粲然如處一堂。〔註6〕

由此窺知其旨趣。二十卷本《詩古微》卷首爲〈四家傳授考〉，據史志之人物傳與藝文志，詳考四家之傳承及著述，考得《魯詩》自申培傳至東漢，凡十八位學者；《齊詩》自轅固經十二位學者，亡於魏、晉；《韓詩》傳自韓嬰，至隋尚存，有三十位學者；《毛詩》晚出，傳至隋代，史傳所載近七十人。此當即該書之部份內容，由此亦可知其梗概。故齊、魯、韓三家既有古序，其傳授源流較《毛詩》之莫衷一是，尤確切能考，故「自魏書出而《毛詩》眞僞成問題」〔註7〕，此言非虛。

三、四家皆與經傳諸子合

宗古文者以爲毛氏源自子夏，故其說《詩》有關事實者，悉與《尚書》、《左傳》、《國語》、《孟子》等經傳合，故《毛詩》優於三家，三家自廢而毛獨存，魏源以爲

〔註5〕同註2，頁164。
〔註6〕〈兩漢經師今古文家法考序〉，《魏源集》，頁153。
〔註7〕梁啓超：《清代學術概論》，頁125。

不得以書之存亡，作爲評斷其書優劣之憑據，因論之：

> 鄭樵曰：「毛公時《左傳》、《孟子》、《國語》、《儀禮》未盛行，而先與之合。世人未知《毛詩》之密，故俱從三家。及諸書出而證之，諸儒得以考其異同得失，長者出而短者自廢，故皆舍三家而宗《毛》。」應之曰：《齊詩》先〈采蘋〉而後〈草蟲〉，與《儀禮》合；〈小雅〉四始、五際，次第與樂章合。《魯》、《韓詩》說〈碩人〉、〈二子乘舟〉、〈載馳〉、〈黃鳥〉與《左氏》合；……其不合諸書者安在？而《毛詩》則動與牴牾，其合諸書者又安在？顧謂西漢諸儒未見諸書，故舍《毛》而從三家，則太史公本《左氏》、《國語》以作《史記》，何以宗《魯詩》而不宗《毛》？賈誼、劉向博極群書，何以《新書》、《說苑》、《列女傳》宗《魯》而不宗《毛》？謂東漢諸儒得諸書證合，乃知宗《毛》而舍三家，則班固評論四家《詩》何以獨許《魯》近？……即鄭箋《毛》亦多陰用《韓》義。許君〈說文序〉自言《詩》稱毛氏，皆古文家言，而《說文》引《詩》，什九皆三家；《五經異義》論〈罍制〉、論〈鄭風〉、論〈生民〉，亦幷從三家說。豈非鄭、許之用《毛》者，特欲專立古文門戶，而意實以《魯》、《韓》爲勝乎？若云「長者出而短者自廢」，則鄭、荀、王、韓之《易》，賢於施、孟、梁丘；梅賾之《書》，賢於伏生、夏侯、歐陽；《韓詩外傳》，賢於《韓詩內傳》；《左氏》之《杜預注》，賢於賈、服；而佚《書》十六篇、佚《禮》七十篇，皆亡所當亡耶？〔註8〕

西漢學者已知四家，然其著書均徵引三家爲証，故其說與諸子經傳合也，宗毛、鄭者，自不得執此三端以難三家。王先謙極推崇其論，因全錄入其〈詩三家義集疏序例〉中，並云：

> 魏說明快，足破近儒墨守陋見，故備錄之。〔註9〕

三家散佚而毛氏獨傳，其因既非如上述三項緣由，亦非如魏源所謂「人情黨盛而抑衰，孤學易擯而難補」之故。〔註10〕以《齊詩》言之，其說多雜陰陽五行，不免荒誕離奇，其最早亡佚，此自是其因。吾人推測三家漸次亡佚，毛氏獨傳之故，或即基於下述三項原因：

> 一、三家詩傳世已久，人情厭故喜新，《毛詩》新出，故能風行一時；二、鄭君當時大儒，聲望甚著，獨爲《毛詩》作箋，故學者群起附和；三、西

〔註 8〕 同註2，頁161～162。

〔註 9〕 王先謙：〈詩三家義集疏序例〉，《詩三家義集疏》，頁16。

〔註10〕 同註2，頁159。

> 漢博士習氣最壞，三家詩久立學官，多被牽入緯書雜說。《毛詩》獨較純正，《傳》、《箋》又復平實簡要，易於傳習。〔註 11〕

第二節　四始與六義說

四家論「四始」俱有文獻可稽考，雖詳略不一，諸儒較少異論；至於釋「六義」，則後儒歧解甚多，今述魏源論四家於四始、六義之異同。

一、四始說

「四始」者，指〈風〉、〈小雅〉、〈大雅〉、〈頌〉四部份之首篇，〈孔子世家〉云：

> 〈關雎〉之亂以爲〈風〉始，〈鹿鳴〉爲〈小雅〉始，〈文王〉爲〈大雅〉始，〈清廟〉爲〈頌〉始。〔註 12〕

司馬遷此說蓋源於荀卿，《荀子・儒效篇》云：

> 〈風〉之所以爲不逐者，取是以節之也；〈小雅〉之所以爲〈小雅〉者，取是而文之也；〈大雅〉之所以爲〈大雅〉者，取是而光之也；〈頌〉之所以爲至者，取是而通之也。〔註 13〕

則遠自荀卿，即曾試圖由〈風〉、〈雅〉、〈頌〉之分類，尋求某些意涵。〔註 14〕四始相承，四家均有說，先述《魯詩》說。

1.《魯詩》說：

《魯詩》即司馬遷所言也，魏源申論其說，故云：

> 蓋嘗深求其故，而知皆三篇連奏。皆上下通用之詩，皆周公述文王之德，皆夫子所特定，義至深，道至大也。曷言皆三篇連奏也？古樂章皆一詩爲一終，而奏必三終，從無專篇獨用之例。故《儀禮》歌〈關雎〉，則必連〈葛覃〉、〈卷耳〉而歌之；《左傳》、《國語》歌〈鹿鳴〉之三，則固兼〈四牡〉、〈皇皇者華〉而舉之；歌〈文王〉之三，則固兼〈大明〉、〈緜〉而舉之。《禮記》言升歌〈清廟〉，必言下管〈象舞〉，則亦連〈維天之命〉、〈維清〉而舉之。他若金奏〈肆夏〉之三，工歌〈蓼蕭〉之三、〈鵲巢〉之三，笙奏〈南陔〉之三、〈由庚〉之三。此樂章之通例。而四始則又夫子反魯正樂、正

〔註 11〕謝无量：〈詩經總論〉，《詩經研究》，頁 41。
〔註 12〕司馬遷：〈孔子世家〉，《史記會注考証》卷四七，頁 760。
〔註 13〕王先謙：〈儒效篇〉，《荀子集解》，頁 282～283。
〔註 14〕金德建：〈史記四始說批判〉，《司馬遷所見書考》，頁 38～40。

〈雅〉、〈頌〉，特取周公述文德者各三篇，冠於四部之首，固全《詩》之裘領，禮樂之綱紀焉。故史遷不但言〈關雎〉爲〈風〉始，而必曰「〈關雎〉之亂」者，正以鄉樂之亂，必合樂〈關雎〉之三，故特取夫子師摯之言以明三終之義。〔註15〕

《史記》但舉首篇，舉一以概三也，證以「〈關雎〉之亂」一語，魏源所考，似爲可信，其言每始者合三篇言之，大抵皆爲述文王德化之詩，故爲周公達孝仁至義盡之作也。蓋人知文王聖，不知所以聖，知父莫若子，周公欲使文王爲天下百代之師，因以繼志述事，制禮樂，以播天下。孔子欲法文王不可得，只得於周公制作中求之。而造端托始，多定於編者，故知「六義」本於《周禮》，「四始」則定乎孔子也。

2. 《齊詩》詩：

《齊詩緯・汎歷樞》云：

〈大明〉在亥，水始也；〈四牡〉在寅，木始也；〈嘉魚〉在巳，火始也；〈鴻雁〉在申，金始也。〔註16〕

《齊詩》四始說，與陰陽五行相配，愈說愈玄，一般咸以爲不可解，魏源則賦予近情理之解釋，其釋云：

漢時古樂未湮，故習《詩》者多通樂，此蓋以《詩》配律，三篇一始，亦樂章之古法。特又以律配歷，分屬十二支而四之，以爲「四始」，與「三期」之說相次。如：〈大明〉在亥爲水始，則知〈文王〉爲亥孟，〈緜〉爲亥季；〈四牡〉在寅爲木始，則〈鹿鳴〉爲寅孟，〈皇皇者華〉爲寅季；〈嘉魚〉在巳爲火始，則知〈魚麗〉爲巳孟，〈南山有臺〉爲巳季；〈鴻雁〉在申爲金始，則知〈吉日〉爲申孟，〈庭燎〉爲申季。其舉中以統孟、季者，猶〈關雎〉之以首篇統次三也。〔註17〕

《齊詩》「四始五際」固出於緯書，然魏源猶認爲：

固不純正典，然其以《詩》配律，三篇一始，則亦樂章之古法，與《魯詩》「四始」一例。〔註18〕

匡衡習《齊詩》，其疏謂「孔子論《詩》，以〈關雎〉爲始」，則《齊詩》四始說，非徒據五行爲論，實與《魯》、《韓》同源也。魏源發明四始、五際之義云：

五際亥、子、丑、寅、卯、辰、巳七宮，皆取文、武詩，而無成、康之詩；

〔註15〕〈四始義例篇一〉，《詩古微》上編之二，頁220～221。
〔註16〕孔穎達：《毛詩正義》卷一所引，頁19。
〔註17〕〈四始義例篇三〉，《詩古微》上編之二，頁233。
〔註18〕二卷本〈正始篇下〉，《詩古微》卷之上，頁25。

午、未、申、酉、戌五宮，皆取宣王詩，而無幽、平之詩。成、康者治之極，而非治之始際；幽、平者亂之極，而非亂之始際；故善觀天人者不觀於天人之極，而觀於天人之際。知微知彰，其知際之謂也。大哉，際乎！知《詩》之五際者，其知作《易》之憂患乎？王氏夫之曰：《易》有變，《春秋》有時，《詩》有際。善言《詩》者，言其際也。寒暑之際，風以候之。治亂之際，《詩》以占之。〔註19〕

又〈默觚下・治篇二〉云：

故不明四始、五際之義，不可以讀《詩》。〔註20〕

觀《詩》論政，發揮其大義微言，此今文家治經之大旨也。

3. 《韓詩》說：

《韓詩外傳》卷五云：

子夏問曰：「〈關雎〉何以爲〈國風〉始也？」孔子曰：「〈關雎〉至矣乎！夫〈關雎〉之人，仰則天，俯則地，幽幽冥冥，德之所藏，紛紛沸沸，道之所行，如神龍變化，斐斐文章，大哉〈關雎〉之道也。……夫六經之策，皆歸論汲汲，蓋取之乎〈關雎〉，〈關雎〉之事大矣哉！馮馮翊翊，自東自西，自南自北，無思不服。子其勉強之，思服之，天地之間，生民之屬，王道之原，不外此矣！」子夏喟然歎曰：「大哉！〈關雎〉乃天地之基也。」〔註21〕

故《韓詩》亦以〈關雎〉爲〈風〉之始也，且推崇備至。魏源擴充《韓詩》說爲：

吾言三家詩之「四始」也，姑先言〈關雎〉之三、〈鹿鳴〉之三、〈文王〉之三、〈清廟〉之三，以起其信。究而極之，則必言〈關雎〉之什、〈鹿鳴〉之什、〈文王〉之什、〈清廟〉之什，而始備其意。

復引《左傳》季札觀樂，爲之歌〈小雅〉、〈大雅〉服虔注爲證，以益其說，服虔注云：

自〈鹿鳴〉至〈菁菁者莪〉、道文、武修小政，定大亂，致太平，樂且有儀，是爲正〈小雅〉。

又引《小大雅譜・疏》：

自〈文王〉以下至於〈鳧鷖〉，陳文王之德，武王之功，是爲正〈大雅〉。〔註22〕

〔註19〕〈小雅答問上〉，《詩古微》中編之五，頁594。
〔註20〕〈默觚下・治篇二〉，《魏源集》，頁42。
〔註21〕韓嬰：《韓詩外傳》卷五，《叢書集成新編》第十八冊，頁60。
〔註22〕〈四始義例篇二〉，《詩古微》上編之三，頁225。

以〈二雅〉推〈風〉、〈頌〉之例，則《韓詩》以周公述文、武之德者爲正始，故以〈周南〉十一篇爲〈風〉之正始；〈鹿鳴〉十六篇、〈文王〉十四篇爲〈小雅〉、〈大雅〉之正始；〈周頌〉亦當以周公述文、武樂章，爲〈頌〉之正始。魏源因而推斷：《魯詩》論「四始」但舉首篇，若以正始例言之，則《韓》義即《魯》義也。

4. 《毛詩》說：

司馬遷將〈關雎〉、〈鹿鳴〉、〈文王〉、〈清廟〉四詩，置於〈風〉、〈小雅〉、〈大雅〉、〈頌〉之首，初無殊意，亦未提出「四始」之名，至《毛傳》、《鄭箋》層次推演，遂具有特殊寓意。〈關雎・序〉云：

〈關雎〉，后妃之德也，〈風〉之始也。……是以一國之事，繫一人之本，謂之〈風〉；言天下之事，形四方之風，謂之〈雅〉，〈雅〉者，正也，言王政之所由廢興也。政有小大，故有〈小雅〉焉，有〈大雅〉焉。〈頌〉者，美盛德之形容，以其成功告於神明者也，是謂「四始」，詩之至也。

「四始」之名，始於〈毛序〉。然《毛詩》四始說，歷來歧解甚多，如〈關雎・序〉續云：

〈周南〉、〈召南〉，正始之道，王化之基。

鄭玄《箋》云：

始者，王道興衰之所由。

孔穎達《正義》則云：

正其初始之大道，王業風化之基本也。〔註 23〕

魏源則斥《鄭箋》、《孔疏》爲「望文生義」。其論以爲：《毛詩》「四始」說，即「正始」說，「正始」說即其「正變」說，《箋》、《疏》均不得其解，惟唐成伯璵得之。故引成氏《毛詩指說》云：

《詩》有「四始」，始者，正詩也，謂之正始，〈周〉、〈召〉二南，〈國風〉之正始；〈鹿鳴〉至〈菁莪〉，〈小雅〉之正始；〈文王〉至〈卷阿〉，〈大雅〉之正始，〈清廟〉至〈般〉，〈頌〉之正始。其說亦與《魯》、《韓》相比附，然惟不以文王、周公爲義，而以正變爲義。〔註 24〕

魏源謂成氏之說爲：

直發毛公微指於千載之上。〔註 25〕

復於〈毛詩大序義〉中云：

〔註 23〕同註 16，頁 12、18、19。
〔註 24〕同註 22，頁 227。
〔註 25〕同註 18，頁 26。

> 蓋《毛詩》以正〈風〉、正〈雅〉、〈周頌〉作於周、召者爲正始，而自此以下皆謂之變，雖與《魯》、《韓》專取文王、周公詩爲四始者小殊，而大指不遠。〔註26〕

四家論四始，《毛詩》偏於政治；《齊詩》囿於律歷；《魯》、《韓》相近，惟範圍大小不同。成伯璵以正變爲言，離始字之義稍遠，嚴格言之，每始只可但舉一篇，《史記》所引《魯詩》，其言最爲有據。〔註27〕魏源謹守詩教之原則，以美刺、正變訓《詩》，乃推《韓詩》說以〈風〉之始十一篇，〈小雅〉之始十六篇，〈大雅〉之始十四篇，用以配合正變，故知其論四始實爲附和正變說，由其贊許成氏之說，知其用心也。

二、六義說

《周禮》：太師以「六詩」教國子，〈毛序〉謂之「六義」，於六義之說，眾訟紛擾，魏源雖無似四始般之專篇論述，合而觀之，亦可見其論之梗概：

1. 風雅頌

（1）風：

〈關雎．序〉：

> 風，風也、教也，風以動之，教以化之。……上以風化下，下以風刺上，主文而譎諫，言之者無罪，聞之者足以戒，故曰風。……是以一國之事，繫一人之本，謂之風。〔註28〕

〈毛序〉以道德教化強釋之，故有風諷、風教、風化、風動、風刺、風俗六項定義，含混不清，後儒如鄭樵以爲風土說及風雨之風；朱熹以爲是民俗歌謠之辭；梁啓超釋爲諷；章炳麟以爲風氣說；顧頡剛則主聲調說。〔註29〕說法多樣，莫衷一是，魏源主張：

> 諸家說〈國風〉，或辨諸體，或本諸上，或繫諸土，然吾未見三者之若斯判不入也。夫體之辨由乎音，〈風〉與〈雅〉、〈頌〉，其音之體，區以別矣。而於一體之中，亦各有政教土俗之不同。政教之美惡極，則足以移其風土；風土之厚薄殊，亦有助於政教。〈風〉之爲義，兼而有之。故《白虎通》及許慎《五經異義》之說「鄭聲淫」，皆本於其土俗。而劉勰〈樂府篇〉

〔註26〕〈四始義例篇四．毛詩大序義〉，《詩古微》上編之二，頁242。

〔註27〕胡樸安：〈四始〉，《詩經學》，頁41～48。

〔註28〕同註16，頁12、16、18。

〔註29〕張西堂：〈詩經的體制〉，《詩經六論》，頁106～108。

曰：詩爲樂心，聲爲樂體。「好樂無荒」，晉風所以稱遠；「伊其相謔」，鄭國所以云亡，故季札觀辭，不直聽聲而已。……是知音之不同，不獨列國貞淫各殊，即變〈雅〉志微噍殺、粗厲猛起之音；何一不有？但其用於樂，有正歌、散歌不同，故存之以備得失隆污所繫。觀正、變之不誣，則聲與義之不相離也明矣。〔註 30〕

「一體之中，亦各有政教土俗之不同」，「〈風〉之爲義，兼而有之」，風土、政教互爲表裡，政俗異，所呈詩情亦殊，因審音能知政，故季札觀樂於十五〈國風〉褒貶不一，於〈鄭〉、〈陳〉均直詞譏之，自〈檜〉而下，譏亦不屑。風化政教異，致〈風〉體貌多樣，是〈齊〉不似〈鄭〉、〈衛〉之淫；〈曹〉國小而淫，則與〈陳〉、〈鄭〉同。魏源釋云：

從來俗文而富者，其民易淫，鄭、衛是也；俗武而富者，其民易鬥，齊、晉是也。故歌詠莫富於鄭、衛，而功利莫盛於齊、晉。〔註 31〕

齊民田獵馳騁，有奮往之氣，良因其俗武而富，故〈齊風〉言男女情感之「淫詩」者，少於〈鄭〉〈衛〉也。魏源復論〈曹風〉云：

蓋古時曹、濮之間，爲商賈之都會，貨財聲色所藪澤，陶朱、端木皆貫其間，故國小而淫，與陳、鄭相等。其後曹滅於宋，而〈記〉言「宋音燕女溺志」，亦其遺風餘俗歟？〔註 32〕

按〈樂記〉云：「鄭音好濫淫志，宋音燕女溺志，衛音趨數煩志，齊音敖辟喬志。」魏源以齊、鄭之音，已如〈樂記〉所言，惟今〈宋風〉無存，是以〈曹風〉代之；至〈樂記〉病衛音「趨數煩志」，而不斥爲淫濫，魏源則云：

趨數煩之害志，甚於淫濫。淫濫之失，夫人知之；趨數煩之失，雖號爲賢者或不免焉。雖後世誦其詞者，或習而不察焉。〔註 33〕

陳《詩》以觀政風教化，故：

君子讀〈鄭風〉，不歎其淫蕩而歎〈子衿〉學校之久廢；讀〈衛風〉，不傷其流泆而傷〈淇奧〉禮教之久衰；讀〈陳風〉，不歎其淫奔而歎其巫覡歌舞之不革。〔註 34〕

審音知政，知往諫來，此〈風〉之爲用也，視〈毛序〉之混淆不清，魏源此說較善！

〔註 30〕二卷本〈詩樂篇二〉，《詩古微》卷之上，頁 32。
〔註 31〕〈檜鄭答問〉，《詩古微》中編之三，頁 511。
〔註 32〕〈陳曹答問〉，《詩古微》中編之四，頁 551。
〔註 33〕〈邶鄘衛答問〉，《詩古微》中編之二，頁 490。
〔註 34〕〈默觚下．治篇十四〉，《魏源集》，頁 74。

（2）雅：

〈關雎・序〉釋云：

> 言天下之事，形四方之風，謂之雅。雅者，正也，言王政之所由廢興也。政有小大，故有〈小雅〉焉，有〈大雅〉焉。〔註 35〕

後儒於〈雅〉如鄭玄以雅爲萬舞也；王質以爲樂歌；鄭樵主爲烏鴉之鴉；章炳麟以爲樂器及梁啓超主張爲中原正聲。至〈小雅〉、〈大雅〉之別，〈毛序〉以政治分，則爲望文主義，不足取信；亦有以音樂分者，如程大昌、鄭樵等人。〔註 36〕魏源以爲：

> 〈二雅〉小、大之別，或主於政，或主於理，或主於聲，或主於詞。夫其主政與理者似矣。然〈常武〉之興師，何以大於〈六月〉？〈鹿鳴〉之求賢，何必小於〈卷阿〉？於是有主辭與聲者亦似矣。然〈靈臺〉、〈鳧鷖〉，非雜乎〈風〉者耶？而何以在大？〈天保〉、〈車攻〉、〈吉日〉，非純乎〈雅〉者耶？而何以居小？……夫聲本詞，詞本理，理本政。〈小雅〉、〈大雅〉皆王朝公卿之詩，但〈小雅〉多主政事而詞兼「風」，故其聲飄渺而和動；〈大雅〉多陳君德而詞兼「頌」，故其聲典則而莊嚴。知四者之一貫而相生，則知聲與義之不相離也又明矣。〔註 37〕

求諸〈二雅〉詩，則〈毛序〉主政說，難以周全，且於〈小雅〉、〈大雅〉間，復有正變說，均不符實際。魏源從聲審義，由政、理、聲、辭一貫，而自創新解，較合於〈二雅〉詩之實際。

（3）頌：

〈關雎・序〉釋云：

> 頌者，美盛德之形容，以其成功告於神明者也。〔註 38〕

孔穎達《詩譜疏》云：

> 祖父未太平，而子孫太平，頌聲之興，係於子孫，〈周頌〉是也；祖父太平，而子孫未太平，則所頌之詩，係其父祖，〈商頌〉是也；……復有借其美名，因以指所頌者，〈駉〉頌僖公是也。止頌德政之容，無復告神之事，……〈魯頌〉之文，尤類〈小雅〉，比於〈商頌〉體制又異，明三頌之名雖同，其體各別也。〔註 39〕

〔註 35〕同註 16，頁 18。
〔註 36〕同註 29，頁 109～111。
〔註 37〕同註 30，頁 32～33。
〔註 38〕同註 35。
〔註 39〕孔穎達：《毛詩譜疏》卷首，《四庫全書》第六九冊，頁 92。

如《孔疏》言，則「頌」名無定，繫乎作者本意；魏源以爲「頌」即形容之容也，而「頌」別於「雅」，約有三端，〈周頌答問〉云：

一曰施於神不施於人。三十一篇中，自郊社、明堂、耕田、祈穀、岳瀆、星辰、禘祫、烝嘗、蜡獻，無非祭祀樂章；即〈烈文〉、〈有客〉、〈振鷺〉、〈臣工〉，亦皆歌於助祭，〈閔予小子〉則朝廟之詩，惟〈敬之〉、〈小毖〉不言廟，而在朝廟之後，當亦寓求助於獻賓之樂，未有主頌生人之義。何則？頌者容也，所以形容天祖之功德而無所旁及云爾。二曰主於容而不專於音。〈維清〉爲〈象舞〉，〈酌〉、〈桓〉、〈賚〉、〈般〉爲〈大武〉之舞，而〈勺〉、〈象〉兼爲燕禮、學校之舞。八佾以舞〈大夏〉，雖前代之樂，而其詩〈九夏〉亦皆〈頌〉之族類。則是惟〈頌〉可舞，舞詩必在於〈頌〉。從未有〈二雅〉用之於舞者。何則？頌者容也，所以形容天祖之功德而無所虛誣云爾。三曰「大樂必易」，故惟專章而無分章。一見於東平王蒼議《禮》所引《魯詩》之《傳》。再見於楚子舉〈大武〉之詩，以一篇爲一章，後儒於〈周頌〉分章，非古也。何則？頌者容也，所以形容天祖之功德而爲無敢侈詞云爾。

魏源論「頌」爲「容」，爲「形容天祖之功德」，與〈毛序〉同。又云：

〈商頌〉者，〈周頌〉之變，〈魯頌〉又〈商頌〉之變也。再變之後，「頌」義埽亡，《孔疏》不溯變本失眞之由，不悟〈商〉、〈魯〉何人所作，尋影響爲形聲，忘波瀾之根氐，何怪焉？〔註40〕

2. 賦比興

〈毛詩序〉於「六義」僅釋「風雅頌」，缺「賦比興」之訓；《毛傳》獨標興體，三百五篇中，《毛傳》標「興也」者一一五篇。〔註41〕不及比、賦。「賦」體顯而易明，「比」、「興」隱晦難解，後儒於比、興遂起疑義，如以無取義者爲興，有取義者爲比，魏源以三家義証興亦取義。其言云：

《淮南子》曰：〈關雎〉興於鳥而君子美之，取其雌雄之不乘居也；〈鹿鳴〉興於獸而君子大之，取其得食而相呼也。《說苑》曰：鳲鳩之所以養七子者，一心也；君子之所以理萬物者，一儀也。《韓詩章句》曰：詩人傷其君子求已不得，發憤而作，以事興芣苢雖臭惡，我猶采而不已。又《韓詩》以漢神游女興之子；以羔羊素絲五紽興潔白之性，柔屈之行，

〔註40〕〈周頌答問〉，《詩古微》中編之八，頁697～698。
〔註41〕裴普賢：〈詩經興義的歷史發展〉之統計，《詩經研讀指導》，頁173～331。

進退有度數；以蝃蝀興邪色乘陽；以東方之日興所說者之美盛；以夫移之鄂柎興兄弟恩榮相覆；以振鷺、辟雍興學士之潔白，此三家《詩》皆以取義爲興之明徵也。

「興」既取義，將何以別「比」，因復論之：

興之爲言起也、作也、發也、動也，比之爲言例也、方也、況也。《周禮·太師·注》鄭司農曰：「比者，比方於物；興者，托事於物」。「比見今之失不敢斥言，取比類以言之；興見今之美嫌於媚諛，取善事以喻勸之。」則是以物象發起其正義謂之興，……所言在此，所志在彼，或景響什九，形聲什一，皆所謂比而非興矣。

然因秦亡，詩、騷不作，并比、興亦亡之也，故四家說解殊異，又引四家異說云：

〈芣苢〉、〈羔羊〉，《毛》不言興而《韓》以爲興；〈伐木〉，《毛》以爲興而《韓》以爲賦；〈漢廣〉、〈雞鳴〉、〈靜女〉，《毛》不謂比而《韓》以爲比，則知比、興之義，三家不盡同《毛》矣。

而《毛傳》、《鄭箋》亦有不同：

有《毛》本非興而《箋》強鑿爲興，如〈河廣〉、〈衡門〉、〈鳧鷖〉之屬，則當別鄭於毛者也。有毛以爲興而鄭以爲賦，如〈東門之墠〉，《箋》爲男女之詞；「伐木丁丁」，《箋》以文王爲義；此當舍毛從鄭者也。至若毛興如此，鄭興如彼，或毛、鄭取興皆闕，而有待於後人。如〈相鼠〉之師拱而制禮；〈蓼莪〉之蒿根抱母；〈九罭〉之鴻北向而不南，興公歸之不復。……〔註42〕

魏源六義論，除比、興之義外，並無論及四家之異同，因論四始，故將六義附論於此。其比興說略有不周密，值得商榷。（詳第六章）

第三節　美刺與無邪說

本是詩人見事吟詠之作，至漢儒以美刺解《詩》，《詩三百》遂均爲時政得失之抒發，〈毛序〉於〈風〉、〈雅〉詩中，以美刺論詩者，十之六，若以美刺及類乎美刺者，則十有八九，刺詩尤眾。〔註43〕然古人作詩，僅爲吟詠情性，未嘗盡以美刺立

〔註42〕〈毛詩義例篇下〉，《詩古微》上編之二，頁216～219。

〔註43〕朱東潤：〈詩心論發凡〉：「〈風〉詩百六十篇之中，所稱爲美詩者十七篇，刺詩者七十八篇；〈小雅〉七十四篇之中，所稱爲美詩者四篇，刺詩者四十五篇；〈大雅〉三十一篇之中，所稱爲美詩者七篇，刺詩者六篇。合而言之，則〈風〉、〈雅〉二百六

論，以此釋詩，多失其本旨，魏源於美刺有其特殊見解。因〈詩古微序〉云：「美刺之例不破，則〈國風〉之無邪不章。」〔註44〕故先述美刺，後論其無邪之旨。

一、美刺說

魏源以美刺爲《毛詩》一家之例，說者復多失其旨，故以詩有作詩、采詩、編詩之異，又有說詩、賦詩、引詩者之別，以掃除千年難解之惑。其論爲：

> 美刺固《毛詩》一家之例，而說者又多歧之，以與三家燕越也。夫詩有作詩者之心，而又有采詩、編詩者之心焉；有說詩者之義而又有賦詩、引詩者之義焉。作詩者自道其情，情達而止，不計聞者之如何也；即事而詠，不求致此者之何自也；諷上而作，但蘄上寤，不爲他人之勸懲也。至太師采之以貢於天子，則以作者之詞，而諭乎聞者之志，以即事之詠，而推其致此之由，則一時賞罰黜陟興焉。國史編之以備矇誦、教國子，則以諷此人之詩，存爲諷人人之詩，又存爲處此境而詠己、詠人之法，而百世勸懲觀感興焉。〔註45〕

作詩者本意，采詩、傳詩者之意，及聞詩者之意，三者之間，可相同，可稍異，甚或全然相違，亦可加上己意，予以主觀想像及闡發。魏源此論，梁啓超評云：

> 此深合「爲文藝而作文藝」之旨，直破二千年來文家之束縛。〔註46〕

蓋言其由基本上解決二千餘年爭議不休之美刺問題。

詩既有作者之志，故不必「執一切斷章之義爲本義」，魏源推崇齊、魯學者說《詩》「以意逆志」法，其論云：

> 自國史諷詩述志，於是列國大夫有賦詩之事；自夫子錄詩正樂，於是齊、魯學者有說詩之學。然說詩者旨因詩起，即旁通觸類，亦止依文引申，蓋詩爲主而義從之，所謂「以意逆志」也；賦詩與引詩者，詩因情及，雖取義微妙，亦止借詞證明，蓋以情爲主而詩從之，所謂興之所之也。「以意逆志」者，志得而意愈卷，故其後爲傳注所自興；興之所至者，興近則不必拘所作之人、所采之世，故其後爲詞賦之祖。〔註47〕

說《詩》之法，「觀其會通，博其旨趣，何莫非左宜而右有也」；引詩之法，「可不

十五篇之中，計美詩二十八篇，刺詩一百二十九篇。計〈風〉、〈雅〉中以美刺論詩者十之六，而刺詩之數約當美詩之四倍」。《讀詩四論》，頁68。

〔註44〕〈詩古微序〉，《詩古微》，頁131。

〔註45〕〈齊魯韓毛異同論中〉，《詩古微》上編之一，頁166。

〔註46〕梁啓超：《清代學術概論》，頁124。

〔註47〕〈毛詩義例篇中〉，《詩古微》上編之二，頁212～213。

計採《詩》之世也」，「不必問作詩之事也」；賦詩之義，「不必用作詩者之本意也」。〔註 48〕故均不得援以證詩人之本旨也。魏源治經，實欲擺脫傳注，直探經文，尋找其中之微言大義，以昭明周公、孔子「制作以救天下當世之心」及「古聖憂患天下來世之心」。〔註 49〕故其於《詩》也，非徒如斷章取義者，而是直接推原詩人之本旨，即：

無聲之禮樂志氣塞乎天地，此所謂興、觀、群、怨可以起之《詩》，而非徒章句之《詩》也。〔註 50〕

此魏源之別於當世學者也。

因《詩》有作詩本義，說《詩》引申義等之別，四家各執一端以釋《詩》，故四家歧解甚夥，三家者「主於作詩之意，亦間及編詩、奏詩之意」；〈毛序〉則「以采詩、編詩之意爲主」，而「序詩者與作詩之意絕不相蒙」；《毛傳》則「仍同三家，不以序詩爲作詩，似相牴而非相牴也。」〔註 51〕故四家得失立見：

三家之得者在原詩人之本旨，其失者在兼美刺之旁義。《毛詩》之得者在《傳》與〈序〉各不相謀；其失者在〈衛序〉、《鄭箋》專泥〈序〉以爲《傳》。是故執采詩者之意，爲作詩者之意，則凡太師推其致此之由歸本於上者，皆謂出詩人之口。〔註 52〕

又後世言《毛詩》者，誤「執采詩者之意」，「執編詩立教之意」，及「執國史誦詩者之說」，以爲作詩者之說，遂以文害詞而不逆其志，致使美刺之說，千年不明，比興之義，日遠而衰微。〔註 53〕

知作詩、采詩、編詩、賦詩、引詩其間之別，則：

本先王采詩、編詩之意，以正作詩之意，蓋采詩以賞罰一時，編詩以勸懲萬世。本此意以讀詩，則先王垂世立教之心可見，論世、逆志之旨可得，美刺之說可明也。〔註 54〕

然以三家散佚，美刺遂成《毛詩》獨家之說，以三家古序觀之，則三家亦言美刺，故魏源主張：四家雖各執一端，釋《詩》有歧異，而究其源，知：

齊、魯、韓、毛各有所得，觀其會通以逆其志，未始不殊途同歸者也。

〔註 48〕同前註，頁 213～214。
〔註 49〕同註 44。
〔註 50〕〈詩古微序〉，《魏源集》，頁 120～121。此初稿之序，與二十卷本之序，文字稍異。
〔註 51〕同註 45，頁 166～167。
〔註 52〕同註 45，頁 169。
〔註 53〕二卷本〈毛詩明義一〉，《詩古微》卷之上，頁 56～57。
〔註 54〕二卷本〈毛詩明義二〉，《詩古微》卷之上，頁 62。

〔註 55〕
《毛詩》取采詩、編詩之意，乃由詩文外求義，實偏於《詩》之政教功能及社會影響；三家詩雖主詩人作詩之意，亦不乏以美刺說《詩》之例；於《詩》之美刺功能，魏源亦表贊許。〈詩序集義〉中，除錄四家以美刺說詩之例證外，魏源復自訂其例，如〈羔裘〉，〈毛序〉云：

刺朝也。言古之君子，以風其朝焉。〔註 56〕

魏源則云：

美三良也。文公之時，三良爲政，所謂「三英粲兮」。〔註 57〕

〈子衿〉，《毛》、《韓》俱爲「刺學校廢也」，魏源則云「刺廢學即是刺淫」。〔註 58〕故其著《詩古微》雖欲「豁除《毛詩》美刺正變之滯例」，其說《詩》則仍尙美刺，頗有矛盾，値得商榷。（詳第六章）

二、無邪說

《論語・爲政篇》載孔子云：

《詩》三百，一言以蔽之，曰：「思無邪」。〔註 59〕

「思無邪」句，出於〈魯頌・駉篇〉之卒章，原僅描寫牧人養馬專心致志之神態，因孔子藉以評論《詩經》之整體思想內容，遂受後儒特殊重視。然〈國風〉中某些男女戀歌，似難符孔子「無邪」之詩教準則。且孔子復云：

放鄭聲，遠佞人；鄭聲淫，佞人殆。〔註 60〕

又云：

惡紫之奪朱也，惡鄭聲之亂雅樂也，惡利口之覆邦家者。〔註 61〕

孔子既言「一言以蔽之」，則已涵三百五篇，〈鄭風〉之詩，亦合乎無邪標準，而孔子又言「放鄭聲」，「鄭聲淫」，孔子之言似不該自相牴牾，故歷代箋注者曲意迴護，將情歌之主題與當世政治緊密結合，視之爲王者風化，后妃之德，君子之道，以合無邪之旨。或將「鄭聲」釋爲「鄭詩」，斥爲「淫奔」，以附會孔子之言。然《詩經》是否眞有邪正對立之詩，美刺與淫詩究竟有何關聯，「鄭聲淫」是否即「鄭詩淫」，歷來治

〔註 55〕同註 52。
〔註 56〕《毛詩正義》卷四，頁 168。
〔註 57〕〈詩序集義〉，《詩古微》下編之一，頁 773。
〔註 58〕同前註，頁 775。
〔註 59〕〈爲政〉，《論語注疏》卷二，頁 16。
〔註 60〕〈衛靈公〉，《論語注疏》卷十五，頁 138。
〔註 61〕〈陽貨〉，《論語注疏》卷十七，頁 157。

《詩》者爭議未休，魏源執三家立論，以爲三百篇不能無邪，而有淫詩，其論云：

> 或曰：《毛詩》家必守美刺爲詩人本意者，蓋恐妨「無邪」之旨也。則請先徵之三家《詩》，再徵之《毛詩》。考《韓詩》：「〈漢廣〉，說人也。」「〈溱洧〉，說人也。」於〈陳風〉以「心焉惕惕」爲說人，於〈齊風〉云「彼姝者子」，「詩人言所說者顏色美盛若東方之日」。《魯詩》：《白虎通義》曰：「孔子謂鄭聲淫何？鄭國土地人民山居谷浴，男女錯雜，爲鄭聲以相說懌，故邪僻聲皆淫色之聲也。」此班固本《魯詩》說，故其作〈地理志〉亦用之。……是三家《詩》未嘗以《詩》皆無邪，而必爲刺邪也。《毛詩》〈野有蔓草・序〉爲男女思不期相會；〈東門之墠・箋〉爲「女欲奔男之詞」；〈澤陂・箋〉：「『蒲』喻所說男之性，『荷』喻所說女之色，言『我思此美人，當如何而得見之』；是《毛詩》、〈序〉、《箋》之例，亦未嘗以《詩》皆無邪而盡出於刺邪也。〔註 62〕

以三家《詩》及《毛傳》、〈序〉、《箋》之例觀之，則若干詩篇不免淫邪。而尊〈序〉者以「鄭聲淫」非「放鄭詩」，並舉《左傳》賦《詩》爲證，證《詩》無淫詩，魏源駁之：

> 或曰：後儒必守美刺、無邪之例，放鄭聲非放鄭詩者，以〈鄭風・褰裳〉、〈風雨〉、〈蘀兮〉、〈有女同車〉，見於〈昭十六年〉鄭六卿餞韓宣子所賦。而垂隴之會，伯有賦〈鶉之賁賁〉，趙孟謂「床笫之言不逾閾」。是賦詩不專斷章，可見所賦必非男女之詩也。曰：……以〈鶉賁〉一刺，證賦《詩》不專斷章，則自亂其例之甚者也。夫美刺之例，本謂出於淫者自賦則邪，出於刺淫則無邪。故三百篇皆中聲所止，可合乎〈韶〉、〈武〉之聲。如子皮賦〈野有死麕〉之卒章，與此刺淫何異？而趙孟謝之；……謂鄭聲非鄭詩，謂「鄭聲淫」是淫過之淫，非如許君、鄭君所說「淫佚」之淫，則《周禮・樂師》：「凡建國，既禁其淫聲，又禁其過聲、慢聲。」何耶？〈樂記〉：子夏曰：「鄭音好濫淫志，宋音燕女溺志，衛音趨數煩志，齊音敖辟喬志，此四者，皆淫於色而害於德，是以祭祀弗用也。」此亦謂非淫佚之淫否耶？《史記・樂書》曰：「〈雅〉、〈頌〉之音理而民正」，「鄭、衛之曲動而心淫」。何又與〈韶〉、〈武〉中聲相反耶？〔註 63〕

故鄭、衛聲淫即鄭、衛詩淫；鄭、衛詩淫，則《詩》三百中有淫邪之詩。至〈鄭風〉諸詩，後儒目爲淫詩，何以春秋士大夫猶賦之以言志，魏源以爲「是賦詩者之心，

〔註 62〕同註 47，頁 208～209。

〔註 63〕同註 47，頁 210～211。

不必用作詩者之本意也」，又申論云：

> 賦詩或篇取其章，章取其句，句取其字也。奏詩則變〈風〉止列於無算樂，不列於宗廟正歌，而鄭、衛淫詩，則祭祀無算樂亦弗用，況可合乎〈韶〉〈武〉之音耶？使有王者巡守，陳詩以觀民風，行慶讓，於列國之哀怨流蕩者，其將匿之不陳乎？抑陳而讓之、貶之、削之乎？後世誦詩論世，至〈桑中〉、〈溱洧〉，其於鄭、衛之君，將賢之乎？抑歎惜痛恨之乎？夫惟國史序詩，上奉先王之典訓，以下治其子孫臣庶，於是以陳詩之賞罰爲美刺，以編詩之鑒戒爲美刺，使誦其詩者，如先王之賞罰黜陟臨其上，而思無邪之義，與天地終始焉。「《詩》亡然後《春秋》作」，彼夫人姜氏會齊侯於禚、於祝丘、於防、於穀，與〈桑中〉、〈溱洧〉何異？聖人備書之於策，邪乎？不邪乎？後世不知詩爲先王陳風觀民、巡守黜陟之典，而等諸儒生謳詠之集，遂恐變〈風〉出於自作，則妨於「無邪」。何異唐太子宏謂商臣弒君不當書於《春秋》之策乎？後有欲強誣《毛詩》美刺、「無邪」之例者，幸以變〈風〉可陳而不可錄；淫詩可奏而不可賦；賦詩或斷章或不可斷章之故，通其義例焉。〔註 64〕

賦詩與奏詩有所別，賦詩毋須計作者之本意，奏詩則各種典禮皆適用；變〈風〉僅用於無算樂，至於〈鄭〉、〈衛〉淫詩，則不許用於無算樂，更無論其合於〈雅〉、〈頌〉正音。春秋諸侯陳詩觀政，如遇淫詩，則藉以知該國政俗朝綱，其美刺、賞罰之微義自然湧現，實毋需後儒費辭揣測，指爲美此君或刺某君之作，故淫詩之存於《詩經》中，恰如商臣弒君之載於《春秋》，均可當後世執政者自省之資。魏源以〈國風〉可反映一國政教土俗，考之鄭俗及〈鄭〉詩，則詩聲俱鄭，亦即〈詩經〉中存有淫詩。然自漢儒以美刺釋《詩》，宋儒以淫詩說《詩》，已罔顧詩人之本旨，盡失《詩》之文學功能，魏源以美刺及無邪結合，將男女戀歌目爲淫詩，亦不得詩人作《詩》即事而詠之原旨，其言論舛誤，令人生疑。（詳第六章）

第四節　四家釋詩舉隅

師承之殊，四家釋詩自有異同，究其間最大差異，則魏源以爲：毛氏與三家說詩之不同，在於前者偏向采、編詩者之意，後者則偏於作詩者之心，本節復舉數首難解之詩，以見四家說詩之歧異。

〔註 64〕同註 47，頁 212。

一、〈召南・行露〉

〈行露〉一詩，語意晦澀，首章與二、三章，詞意不連貫，向以費解著稱，魏源引《韓詩》云：

　　〈行露〉之人許嫁矣，然而未往也。見一物不具，一禮不備，守志貞禮，誓死不往。君子以爲得婦道之宜，故舉而傳之，謫而歌之，以絕無禮之求，防汙道之行。〔註 65〕

《魯詩》說法，與《韓詩》意同，而落實爲申人之女，魏源引《魯詩》云：

　　召南申女者，申人之女也。既許嫁於酆，夫家禮不備而迎之。女言：夫婦者，人倫之始，輕禮違制，不可以行。夫家訟之於理，女持義不往，而作詩曰：「雖速我獄，室家不足。」言夫家之禮不備也。〔註 66〕

《韓》、《魯》分載於《韓詩外傳》及《列女傳・貞順篇》。〔註 67〕復引《齊詩》之《易林》云：

　　〈行露〉之訟，貞女不行。君子無食，使道雍塞。

又云：

　　婚禮不明，男女失常，〈行露〉有言，出爭我訟。〔註 68〕

〈毛序〉則云：

　　召伯聽訟也，衰亂之俗微，貞信之教興，彊暴之男，不能侵陵貞女也。

《毛傳》於二章注云：

　　昏禮，純帛不過五兩。

其三章注云：

　　不從，終不棄禮而隨此彊暴之男。〔註 69〕

細審四家之意，均明指婚禮，並無異議，而古文說之異於三家者，乃今文三家以夫家爲訟者，《毛傳》於此未明言，今文家隨口附會，實不足信，此《毛詩》優於三家者。至〈毛序〉強暴侵陵貞女之說，亦失其旨。魏源附和三家，故〈召南答問〉云：

　　申爲南陽被化之邦，而酆則崇侯虎之故地，文王伐崇始作酆，被教尚淺，

〔註 65〕二卷本〈韓詩發微下〉，《詩古微》卷之下，頁 106。

〔註 66〕二卷本〈魯詩發微上〉，《詩古微》卷之下，頁 93。

〔註 67〕韓嬰：《韓詩外傳》卷一，《叢書集成新編》第十八冊，頁 570。劉向：〈貞順傳・召南申女〉，《列女傳》卷，頁 77。

〔註 68〕二卷本〈三家同義〉，《詩古微》卷之下，頁 116。所引爲：〈無妄・剝〉及〈大壯・姤〉，焦循：《易林》卷七，頁 3，及卷九，頁 11。

〔註 69〕《毛詩正義》卷一，頁 55～57。

餘俗猶存，故采其詩以明王化之淺深。〔註70〕

以文王被化深淺爲說何異乎〈毛序〉！崔述則以爲不必定爲女子之詩，亦不必爲文王之世，興訟者不必爲夫家，《讀風偶識》云：

召公從武王定天下相成、康致太平，其精明果斷必有大過人者，強暴之男將畏罪之不暇，安敢反來訟人。即訟矣，召公必痛懲之而不爲之理，安有反將貞女致之獄中者哉！且所謂「禮未備」者，儀乎？財乎？儀邪，男子何惜此區區之勞而必興訟？訟之勞不更甚於儀乎？財邪，女子何爭此區區之賄而甘入獄？婚娶而論財，又何取焉？揆之情理，皆不宜有。細詳詩意，但爲以勢迫之不從，而因致造謗興訟耳；不必定爲女子之詩。如〈序〉《傳》云云也。且此篇在〈甘棠〉之後，召伯既沒，〈甘棠〉乃作，則此必非文王時詩，明矣。〔註71〕

崔氏治《詩》不囿於今、古文，以客觀求實，獨有創獲。以〈行露〉論，觀乎今、古文四家及魏源、崔述之說，則崔說高於四家專意附會者甚遠矣。

二、〈王風・黍離〉

〈毛序〉云：

〈黍離〉，閔宗周也。周大夫行役，至於宗周，過故宗廟宮室，盡爲禾黍，閔周室之顚覆，彷徨不忍去，而作是詩也。〔註72〕

蓋《毛詩》以〈王風〉盡爲東遷之詩，今〈黍離〉列於〈王風〉之首，故爲東遷初時之詩。魏源以爲：

王朝卿大夫之詩，當列於〈雅〉，〈黍離〉果周大夫行役宗周而作，曷不在變〈雅〉而在民風？此全詩大例，萬無可辯。〔註73〕

故徵引三家爲據，以證今文置〈黍離〉於〈衛風〉之末，且爲衛壽閔其兄之作，魏源援《新序》及《韓詩》云：

《新序》曰：「衛宣公之子壽，閔其兄且見害，作憂思之詩，〈黍離〉是也。」王應麟《詩考》謂《齊詩》與《魯》同，則知二家之本必編入〈衛風〉矣。而《御覽》引《韓詩傳》，則又以爲伯封所作，謂「詩人求亡兄不得，憂懣不識於物，視彼黍離離然，憂甚之時，反以爲稷之苗，乃自知其憂之甚

〔註70〕〈召南答問〉，《詩古微》中編之一，頁435。

〔註71〕崔述：〈召南・行露〉，《讀風偶識》卷之二，頁7～8。

〔註72〕《毛詩正義》卷四，頁147。

〔註73〕〈邶鄘衛答問〉，《詩古微》中編之二，頁471。

也。」《曹植集》亦言：「昔尹吉甫信後妻之讒，而殺孝子伯奇，其弟伯封求而不得，作〈黍離〉之詩。」《魯》、《韓》說殊，而《魯詩》為是。蓋伯奇苦吟，自有〈小弁〉，而〈黍離〉篇次，適接〈衛〉末，《韓》以其事相同，遂誤淆之。然亦可驗此詩實為孝子悌弟之作，故《說苑》魏文侯問倉庚以太子摯何好，曰：「好〈黍離〉與〈晨風〉。」文侯曰：「〈黍離〉何哉？」誦首章。文侯曰：「怨乎？」曰：「非敢怨也，時思也。」斯可證《齊》、《魯》、《韓》說之有據，而〈毛序〉大夫閔周之不然。〔註74〕

《魯》說載於劉向《新序・節士篇》，《韓》見於曹植〈令禽惡鳥論〉。〔註75〕說法雖殊，其列〈黍離〉於〈衛風〉之意則一也。魏源復以時世、物候、詩意以申其說：

至平王之東遷也，與秦襄公誓曰：戎侵奪我岐、豐之地，秦能逐戎，即有之。則故都宮廟，久為戎藪，大夫行役，但能至驪山以東，安得覩豐、鎬之黍？其不合者一。伯封憂兄情亟，故視黍以為稷之苗，旋又以為穗，又以為實，憂心醉噎，取興宛然。若如《傳》、《箋》謂詩人以六月時至，黍秀而稷方苗，及稷穗為七月，稷實為八月，安有稷變而黍離不改？且大夫久處戎地，何所事事？其不合者二。伯封處人倫之變，隱痛難言，故有「不知我者，謂我何求」之苦，若大夫憤亂，變〈雅〉成規，有何難言之隱？有何莫知之歎？其不合者三。〔註76〕

細審〈黍離〉詩句，似為感傷時事，殊不見其為遭家變者也，亦不得定此為行役於故國也。〔註77〕今、古文均不得眞旨矣！而魏源用意雖佳，然云：

伯封乃衛壽之字，宣姜夙不子伋，直欲以壽為嫡子，故字之伯封以示無兄。若吉甫西周賢卿，非同衛宣昏詩，安得伯奇未譖以前，遽以伯字其弟哉？〔註78〕

於史亦無據也。

三、〈邶風・柏舟〉

〈邶風〉、〈鄘風〉各以一〈柏舟〉為首，魏源以為二〈柏舟〉詩：

一則貞淫易位，一則孝友蒙惡，益見古義之湮淪，論世之不易焉。〔註79〕

〔註74〕二卷本〈魯詩發微下〉，《詩古微》卷之下，頁99。

〔註75〕劉向：〈節士篇〉，《新序》卷七，頁106；曹植：〈令禽惡鳥論〉，見王先謙：《詩三家義集疏》卷四，頁315引文。

〔註76〕同註73，頁471～472。

〔註77〕崔述：〈王風・黍離〉，《讀風偶識》卷之三，頁1～3。

〔註78〕同註73，頁471。

〔註79〕同註73，頁455。

今以〈邶・柏舟〉爲例，見四家說法相去無多。〈毛序〉云：

言仁而不遇也，衛頃公之時，仁人不遇，小人在側。

《毛傳》云：

不遇者，君不受己之志也，君近小人，則賢者見侵害。〔註80〕

《易林》云：

汎汎柏舟，流行不休，耿耿寤寐，心懷殳憂，仁不逢時，復隱窮居。〔註81〕

《毛》、《齊》均言仁人不遇，所論似矣！至《魯詩》則實之云：

衛宣夫人者，齊侯之女。嫁於衛，至城門而衛君死。保母曰：「可以反矣。」女不聽，遂入，持三年之喪。畢，弟立，請：「衛，小國也，不容二庖，請同庖。」女不聽，衛訴於齊。齊兄弟使人告女，女作詩曰：「我心匪石，不可轉也。我心匪席，不可卷也。」又言「威儀棣棣，不可選也。」言其左右無賢臣，皆順君之意也。〔註82〕

此文見於《列女傳・貞順傳》，則「衛宣」當爲「衛寡」〔註83〕，魏源承劉氏之說，因云：

《御覽》引《列女傳》本作「衛寡夫人」，與本傳「魯寡陶嬰」、「梁寡高行」、「陳寡孝婦」一例。而劉向以衛寡夫人列於〈貞順傳〉，以衛宣公姜列於〈孽嬖傳〉，薰蕕初不同器，正猶〈釋文〉引〈說卦〉「寡髮」作「宣髮」。〔註84〕

故知今、古文均以君左右無賢臣，慍於群小爲說，其說近似矣。

四、〈陳風・衡門〉

《韓詩》云：

子夏讀《書》已畢，夫子問曰：「爾亦可言於《詩》矣。」子夏對曰：「《詩》之於事，昭昭乎若日月之光明，燎燎乎如星辰之錯行。上有堯舜之道，下有三王之義。弟子不敢忘，雖居蓬户之中，彈琴以詠先王之風，有人亦樂之，無人亦樂之，亦可發憤忘食矣。《詩》曰：『衡門之下，可以棲遲。泌之洋洋，可以療饑。』」夫子愀然變容曰：「嘻！吾子始可以言《詩》已矣。」〔註85〕

〔註80〕《毛詩正義》卷二，頁74。
〔註81〕同註68，引文爲：〈屯之乾〉，《易林》卷一，頁12。
〔註82〕同註73，頁451。
〔註83〕劉向：〈貞順傳・衛寡夫人〉，《列女傳》卷四，頁79。
〔註84〕同註73，頁451～452。
〔註85〕《韓詩外傳》卷二，《叢書集成新編》第十八冊，頁576。

朱子所謂「隱居自樂而無求」，概即承此而來。〔註 86〕《魯詩》《列女傳》：老萊子辭楚王之聘，亦引〈衡門〉以明志〔註 87〕，則《韓詩》、《魯詩》意同。而〈毛序〉云：

〈衡門〉，誘僖公也，愿而無立志，故作是詩以誘掖其君也。〔註 88〕

今文以賢者隱居自樂爲說，其言優於〈毛序〉遠矣。

五、〈魯頌〉之作者

〈魯頌・駉・序〉云：

頌僖公也，僖公能遵伯禽之法，儉以足用，寬以愛民，務農重穀，牧於坰野，魯人尊之，於是季孫行父請命於周，而史克作是〈頌〉。〔註 89〕

史克作〈頌〉，惟見〈毛序〉，他書無證；〈閟宮〉末章云「新廟奕奕，奚斯所作」，《毛詩》謂其作廟，三家則以爲奚斯作詩，故《毛詩》以〈魯頌〉作者爲史克，三家則謂〈魯頌〉係奚斯所作，魏源因證奚斯作〈魯頌〉，其言凡八端，約爲：

魏源先引〈薛君章句〉爲証：因〈閟宮〉於三百篇中章句最長，故以「孔曼且碩」贊之，正與「吉甫作頌，其詩孔碩」一例。二証以篇末自述名字之例，如家父、寺人孟子、吉甫等。三以《左傳・文二年》証之。四以詩文証之，則全篇爲祈壽之詞，當作於僖公生前。五以《春秋・僖四年》宋襄、魯僖、齊侯侵蔡伐楚，歸侈厥績，各作頌詩，薦之宗廟証之。六駁段玉裁〈奚斯所作解〉。七魯僭王禮自僖公始，不請於周而自作〈頌〉，夫子存於《詩》，與《春秋》書僭相表裡，八古人自敘多於篇末，以〈閟宮〉殿諸〈頌〉，明奚斯述作之由。〔註 90〕

季孫行父之時世，於僖公身後。魏源云：

〈檀弓・疏〉引《世本》，行父乃公子友之曾孫。考季友身事僖公，其曾孫斷無同世爲卿請命王朝之理。且僖薨之後，文公元年至八年如京師者，一爲叔孫得臣，一爲公孫敖，皆無行父也。二年，大事於太廟，躋僖公，孔子責藏孫辰及夏父弗忌，不及行父也。行父果有「請命於周」之事，夫子既存之於〈頌〉，豈容獨沒其文於《春秋》？況史克之見於《傳》，又在行父後哉。今觀〈魯頌〉皆頌禱祝願之詞，其在僖公生前何疑？其作於奚斯而不作於行父、史克，又何疑？〔註 91〕

〔註 86〕朱熹：《詩集傳》卷七，頁 82。

〔註 87〕劉向：〈賢明傳・楚老萊妻傳〉，《列女傳》卷二，頁 55～56。

〔註 88〕《毛詩正義》卷七，頁 251～252。

〔註 89〕《毛詩正義》卷二十，頁 762～763。

〔註 90〕〈魯頌韓詩發微〉，《詩古微》上編之六，頁 398～402。

〔註 91〕〈魯頌答問〉，《詩古微》中編之十，頁 732。

季孫行父始見於《春秋》爲文公六年，史克於文公十八年始見於《左傳》，而文公二年《傳》已引〈閟宮〉詩，不應季孫行父請命於周前，即有史克先奚斯作〈頌〉。復以三家說，証明奚斯作〈魯頌〉，其論云：

> 揚子《法言》云：「公子奚斯嘗睎正考甫矣。」班固〈兩都賦・序〉：「皋陶歌虞，奚斯頌魯。」王延壽〈靈光殿賦・序〉：「奚斯頌魯，歌其路寢。」鮑照〈河清頌〉：「藻彼歌頌」，「則奚斯吉甫之徒。」……幷祖《魯》、《韓》古義，曾無一及於作廟。若果行父、史克遺文，正符故君追頌之義，何得無人徵引？〔註92〕

今文家以〈魯頌〉作於奚斯，然僖公僭禮作頌，何以孔子仍存其詩，〈魯頌答問〉云：

> 故〈魯頌〉，〈頌〉之變也，夫子錄之，蓋罪之傷之也。〔註93〕

魏源以《左傳》證史克不作頌，以駁〈毛序〉之誤，然〈毛序〉所云，蓋指〈駉〉爲史克作，並未言〈魯頌〉全爲史克所作；三家《詩》誤讀「奚斯所作」爲作詩，縱是奚斯作，亦當指〈閟宮〉一詩，不應強牽爲〈魯頌〉四篇。若果爲奚斯作〈閟宮〉，亦不當自贊己詩爲「孔曼且碩」。且《薛君章句》云：「言其新廟奕奕然盛，是詩公子奚斯所作也。」僅言〈閟宮〉篇，不及其餘。〈毛序〉故不足據，三家所言亦多牽強。

六、〈商頌〉之時代

〈商頌〉五篇何時所作，今、古文復起爭議，今文家謂周時之宋人，乃正考父爲宋襄公之作，如《史記・宋世家》云：

> 襄公之時，修行仁義，欲爲盟主，其大夫正考父美之，故追道契、湯、高宗，殷所以興，作〈商頌〉。〔註94〕

古文家則主〈商頌〉爲殷商遺詩，鄭玄《詩譜・商頌譜》云：

> 至湯則受命伐夏桀定天下，後世有中宗者，嚴恭寅畏，天命自度，治民祗懼，不敢荒寧。後有高宗者，舊勞於外，爰洎小人，作其即位，乃或諒闇，三年不言，言乃雍。不敢荒寧，嘉靖殷邦，至於小大，無時或怨。此三王有受命之功，時有作詩頌之者。〔註95〕

〈毛序〉以〈那〉、〈烈祖〉、〈玄鳥〉、〈殷武〉分爲祀成湯、中宗、高宗，《詩譜》言同，知《毛詩》以〈商頌〉爲殷商遺詩。

〔註92〕同註90，頁401～402。
〔註93〕同註91，頁733。
〔註94〕司馬遷：〈宋世家〉，《史記會注考証》卷三八，頁618。
〔註95〕鄭玄：《毛詩譜》，《四庫全書》第六九冊，頁99～100。

魏源舉十三證以駁古文之說，以《詩經》內證言，其證五云：

〈商頌〉果作於商代，如《箋》說〈那〉之祀成湯者爲太甲，〈烈祖〉之祀中宗者謂仲丁，〈玄鳥〉之祀高宗者謂祖庚，則皆以子祭父，如成王之於文、武，何以遠稱之曰「自古」？「古曰『在昔』，昔曰『先民』。」而且一則曰：「顧予烝嘗，湯孫之將」，再則曰：「顧予烝嘗，湯孫之將」，豈非易世之後，人往風微，庶冀先祖之眷顧而祐我孫子乎？

其證八云：

〈殷武〉詩三章《箋》云：「時楚不修諸侯之職」，四章《箋》云：「時楚僭號王位」。此亦鄭君暗用《韓詩》，以三章、四章爲《春秋・僖四年》公會齊侯、宋公伐楚之事。……與〈魯頌〉「荊舒是懲」，皆侈召陵攘楚之伐，同時、同事、同詞，故宋襄作頌，以美其父。楚入《春秋》，歷隱、桓、莊、閔，止稱荊，至僖二年始稱楚，安得高宗即有伐楚之名？〔註 96〕

魏源以詩證《詩》，證〈商頌〉爲周時宋人之詩，深獲後人贊許，已爲定論，皮錫瑞復益以七證，王國維以景山及文辭爲內證，〔註 97〕則〈商頌〉爲宋詩，當從今文三家之說。至於何不直呼〈宋頌〉，而稱〈商頌〉，魏源以爲：宋爲魯定公名諱，故須避之，孔子據魯太師所本以編《詩》，仍因其舊，故仍稱〈商頌〉。〔註 98〕

晚清今文學者證〈商頌〉爲宋詩，有其學術特殊使命，其頌揚「三統」，即欲藉「三統」變易學說爲其政治改革之理論根據，而〈魯頌〉、〈周頌〉、〈商（宋）頌〉正合今文家「王魯、新周、故宋」三統之主張，如魏源云：

孔子自衛返魯，正禮樂，脩《春秋》，據魯，親周，故殷，運之三代。是以列魯於〈頌〉，示東周可爲之志焉；次商於魯，示黜杞存宋之微權焉；合魯、商於周，見三統循環之義焉。〔註 99〕

康有爲亦云：

蓋〈三頌〉者，孔子寓王魯、新周、故宋之義，《毛詩》以爲商先世之詩，則微言亡。〔註 100〕

皮錫瑞亦有相同之論證。〔註 101〕

〔註 96〕〈商頌魯韓發微〉，《詩古微》上編之六，頁 405～407。

〔註 97〕皮錫瑞：〈論正考甫與宋襄公年代可以相及〉，《經學通論二・詩經》，頁 44～46；王國維：〈說商頌〉，《詩經研究論集（二）》，頁 53～55。

〔註 98〕同註 96，頁 404。

〔註 99〕同註 96，頁 409～410。

〔註 100〕康有爲：〈漢書藝文志辯僞上〉，《新學僞經考》，頁 64。

〔註 101〕皮錫瑞：〈論先魯後殷新周故宋見樂緯，三頌有春秋存三統之義〉，《經學通論二・

魏源以〈殷武〉「奮伐荊楚」爲宋襄之事，與〈魯頌・閟宮〉「戎狄是膺，荊舒是懲」所言事同，指爲宋、魯二公隨齊桓侵蔡伐楚，其證甚當。然以《史記・宋世家》年數時世不足據，而論正考父尚能及宋襄朝，則稍嫌強詞奪理。且以〈三頌〉寓三統之義，爲今文獨門言論，於學術上猶有爭議，不足猝然爲據也。

四家釋《詩》之異同，俯首皆是，僅取其差異較大，或難解之章，以見其說《詩》之利弊。由是可知：漢四家爭立，競爭必劇，爲求立學官，極盡附會之能事，亦不慮其是否爲詩人原旨，《毛》以美刺、正變說《詩》，令《詩經》蒙上教化色彩，雖過爲迂腐，然其存《詩》之功，功過可抵也。至今文三家終因沿訛失眞、錯謬難信、支文旁義等緣由而散佚。〔註102〕四家學非一師，訓釋自有異同，猶有兼容並蓄，互爲會通之處，魏源云：

> 夫三家之於《毛》，猶《左氏》、《公羊》之於《穀梁》，或《毛》所未備而三家補之，或小異而大同，或各義不妨兩存，在善讀者之引申而已。〔註103〕

基此三端，則《齊》、《魯》、《韓》、《毛》不妨並立，無須互相攻擊，〈三家通義〉云：

> 望遠者，察其貌而不察其形；聽遠者，聞其聲而不辯其言。苟徐而察之，則離合異同之間，其不相入者或希矣。矧先儒同出西漢之初，又俱傳自荀子，豈眞若斯燕越哉？自私者各以己意主奴之，好新薄近，則三家片語必勝於二毛（若范家相《三家拾遺》）；附盛擠衰，則謂三家之亡尚恨其不早（若姜炳璋《詩序補遺》）。知其人從善服義之公心，必大異於古人也。〔註104〕

而魏源溝通四家異說，全然罔顧師門家法之作風，則遭致今、古文學者之攻伐，同爲今文學者之皮錫瑞評之：

> 魏源作《詩古微》，意在發明三家，而不知「四始」定自孔子，非自周公。……魏氏惟不知此義，故雖明引三家之說，而與三家全相反對。……魏誣三家而創新解，解〈關雎〉一詩即大誤，恐其惑世，不得不辯。〔註105〕

立場互異之章太炎更大加筆伐，其言云：

> 邵陽魏源夸誕好言經世，嘗以術奸說貴人，不遇。晚官高郵知州，益牢落，

詩經》，頁47～49。

〔註102〕二卷本〈三家異義〉，《詩古微》卷之下，頁121～123。

〔註103〕二卷本〈三家通義〉，《詩古微》卷之下，頁110。

〔註104〕同前註，頁113～114。

〔註105〕皮錫瑞：〈論魏源以關雎鹿鳴爲刺紂王，臆說不可信，三家初無此義〉，《經學通論二・詩經》，頁13。

> 乃思治今文爲名高，然素不知師法略例，又不識字，作《詩》、《書古微》。凡《詩》，今文有齊、魯、韓，《書》今文有歐陽、大小夏侯，故不一致。而齊、魯、大小夏侯尤相攻擊如仇雠，源一切掍合之，所不能通，即歸之古文，尤亂越無殊理。〔註 106〕

蓋魏源初治《詩》，並無所宗，〈詩古微序〉云：

> 余初治《詩》，於《齊》、《魯》、《韓》、《毛》之說，初無所賓主；顧入之既久，礙於此者通於彼，勢不得不趨於三家；始於礙者卒於通，三家實一家。積久豁然，全經一貫，朋亡蔀祛，若牖若告，憤悱啓發之功也，舉一反三之功也。〔註 107〕

初乏賓主，續宗三家，至溝通四家，因於四家訓釋多有涉獵，故能左右逢源，其捐棄家法，致力《詩》之原旨，及發揚詩教功能之居心，非一般拘泥門派者之能預測，夏蟲非能語冰，魏源特將四家平列之前進思想，故不爲時人所贊同。

〔註 106〕 章炳麟：〈清儒〉，《訄書》十二，頁 20～29。
〔註 107〕 〈詩古微序〉，《詩古微》，頁 131～132。

第四章　《詩古微》於前人詩說之批評

《詩古微》於前人說詩頗多微辭，批評所及者不可勝錄，因舉其要，藉以理解《詩古微》部份詩說見解，茲分爲四節論述其概況。

第一節　於〈衛序〉《鄭箋》之批評

〈衛序〉美刺、世次說，多牽強附會，每不顧詩人作詩之本旨；而《鄭箋》遵從〈衛序〉，因多違《毛傳》之意，於此二端，均需駁正之。先述其於〈衛序〉詩說之批評。

一、於〈衛序〉詩說之批評

古今論〈詩序〉者，有論〈大序〉、〈小序〉之分，有論作者之辨，有論〈詩序〉之存廢，漢世以降，論〈詩序〉作者之論，紛紛擾擾，多達十餘種。〔註 1〕辨〈大序〉、〈小序〉者，則復有〈大序〉、〈小序〉、〈古序〉、〈續序〉、〈前序〉、〈首序〉、〈下序〉……等異稱。〔註 2〕於〈詩序〉，魏源分爲〈毛序〉、〈衛序〉，其言云：

> 考〈詩序〉之說，不見於《史記》、《漢書》，即《毛傳》亦絕無「序」字。惟笙詩六篇，《傳》云：「有其義而亡其詞。」《鄭箋》謂遭秦亡其義，與眾篇之義合編，故存。至毛公爲《故訓傳》，乃分眾篇之義各置於其篇端。則毛公名「義」而不名「序」明矣！又〈絲衣·序〉云：「繹賓尸也。高子曰：『靈星之尸也。』」《鄭志·答張逸》云：「高子之言非毛公，後人著之。」《孔疏》亦謂子夏作序惟首一句，然又謂高子即孟子時之高叟，則

〔註 1〕徐英：〈詩序〉，《詩經學纂要》第四，頁 20～24。
〔註 2〕文幸福：〈詩序之稱謂及分界〉，《詩經周南召南發微》，頁 20～34。

> 不得《鄭志》之讀而曲爲之説。惟《後漢書》稱衛宏作〈毛詩序〉，善得〈風〉、〈雅〉之旨。而成伯璵因以今〈序〉首語、次語爲別。則今〈序〉首句，與笙詩一例者，毛公師授之義；其下推衍附益者，衛宏所續之序明矣。〔註3〕

〈詩序〉之首句，如「〈關雎〉，后妃之德也」，「〈葛覃〉，后妃之本也」，「〈卷耳〉，后妃之志也」，與笙詩首語一例者，魏源以爲係毛公師傳之義，謂之〈毛序〉（或稱〈古序〉），較爲可信；至首語以下文句，則爲衛宏所續，是爲〈衛序〉（或稱〈續序〉），多不足取信，不僅於詩文本旨不符，且與《毛傳》之義涵相違，〈毛詩明義〉云：

> 三家亡而《毛》獨傳，然《毛》之本義則固不盡傳於天下。非疑《毛》者亡之，而祖述毛者亡之也。古今孰不以〈詩序〉爲《毛》之祖義，《鄭箋》爲《毛》之功臣乎？……其失《毛》義十之五六，後人概信而概訾之，遂爲經之蔀障、《毛》之贅瘤而不可去。予謂欲明《毛詩》之本旨，必先正「義」與「序」之名而後可。至於《鄭箋》，則一惟衛氏之〈序〉是守是從。故鄭訓詁異毛者不下數百，而釋詩異於〈衛序〉者無之。王肅、孫毓之徒，知爭毛、鄭訓詁之異，而不知大義之似同實違者，尤隱受其誣而無窮。予謂欲明《毛詩》之本旨，必先分《傳》與《箋》之實而後可。〔註4〕

《毛詩》本義不得盡傳於天下，乃因《鄭箋》從〈衛序〉以誣《毛傳》之本旨，故欲別《傳》、《箋》之得失，必先辨〈續序〉之誣《傳》者，舉例明之。

1. 〈關雎〉

〈毛詩義例篇〉云：

> 千古皆謂《毛詩》以〈關雎〉爲后妃求賢之詩，豈非開章大義。然〈序〉首但曰：〈關雎〉，后妃之德也，所以風化天下而正夫婦也。《傳》曰：關關，和聲。雎鳩摯而有別。言后妃説樂君子之德，無不和諧，又不淫其色，愼固幽深，若雎鳩之有別焉，而後可以風化天下。又曰：后妃有關雎之德，是窈窕幽閑之淑女，宜爲君子之好匹。后妃有關雎之德，乃能共荇菜以事宗廟。「鐘鼓樂之」，言「德盛者宜有鐘鼓之樂」。始終皆主后妃之德。明爲求賢妃之詩，無一言及於后妃之求嬪御。自衛宏因《毛傳》中「不淫其色」，以傅會於《論語》「哀樂」之云，而於〈大序〉中增入「〈關雎〉樂得淑女以配君子，憂在進賢，不淫其色，哀窈窕，思賢才，

〔註3〕〈毛詩義例篇上〉，《詩古微》上編之二，頁198。
〔註4〕二卷本〈毛詩明義三〉，《詩古微》卷三上，頁63。

而無傷善之心。」然其意尚以淑女即后妃。至《鄭箋》遂訓「左右」爲佐助，謂后妃欲得賢女能和眾妾之怨者，助己共祭祀之職。《孔疏》因改〈序〉中「〈關雎〉樂得淑女」，爲后妃樂得淑女。《毛傳》既不得夫子之意，〈續序〉又不得《毛傳》之意，鄭、孔又不得〈續序〉之意，烏焉三寫，屢變離宗。而祖《毛》者皆以墨守，諍《毛》者皆以藉口，豈知與《毛》絕無交涉。〔註5〕

因孔子曾云：「〈關雎〉，樂而不淫，哀而不傷。」《毛傳》遂以「樂而不淫」屬后妃，〈續序〉則以樂屬〈關雎〉詩人，而云「憂在進賢，不淫其色」、「哀窈窕」、「而無傷害」，不僅與樂牴牾、於文亦不詞，至鄭、孔直謂〈關雎〉爲后妃求賢妾，更爲無據，〈序〉、《傳》、《箋》、《疏》均不得詩旨，魏源因撰〈毛詩大序義〉以申之，而論毛、鄭之非云：

《關雎・毛傳》：「后妃說樂君子之德，無不和諧，又不淫其色」云云，蓋釋《論語》「樂而不淫」之語，而於「哀而不傷」則未之及。此〈小序〉乃易「樂」爲「憂」，又益以「哀窈窕，思賢才，而無傷害之心」。《鄭箋》知其不可通，破「哀」爲「衷」，彌以乖隔，蓋衛宏所附益也。然此〈序〉但云「〈關雎〉樂得淑女」，則是謂〈關雎〉詩人之意，仍以淑女指后妃，自《孔疏》述爲后妃樂得淑女，遂以淑女指嬪妾，而詩誼愈晦，毛誼愈誣矣。〔註6〕

〈序〉、《傳》、《箋》、《疏》愈說愈荒，魏源乃依劉台拱之言爲據：〔註7〕

考《儀禮》，笙間三終既畢，乃合鄉樂，歌〈周南・關雎〉、〈葛覃〉、〈卷耳〉。而夫子稱師摯奏樂，止曰「〈關雎〉之亂」，則知《論語》凡稱〈關雎〉者，皆合樂章三篇而言之。〈關雎〉、〈葛覃〉「樂而不淫」，〈卷耳〉「哀而不傷」，故夫子之言先樂後哀，正與《詩》之次第井然也。〔註8〕

此由〈關雎〉以證〈詩序〉釋詩，未得詩旨也。

2.〈凱風〉

〈毛序〉云：

美孝子也。衛之淫風流行，雖有七子之母，猶不能安其室，故美七子能盡

〔註5〕同註3，頁199～200。

〔註6〕〈毛詩大序義〉，《詩古微》上編之二，頁242。

〔註7〕劉台拱：「《詩》有〈關雎〉，《樂》亦有〈關雎〉，此章據《樂》言之。古之樂章皆三篇爲一。……樂而不淫者，〈關雎〉〈葛覃〉也；哀而不傷者，〈卷耳〉也。」《論語駢枝》，頁3～4。

〔註8〕二卷本〈正始篇下〉，《詩古微》卷之上，頁24。

其孝道，以慰其母心，而成其志。〔註 9〕

〈序〉傳會〈衛風〉淫風流行，乃謂養有七子之母，猶不安於室，若爲人母者不能安其室，豈僅爲「親之過小者」，〔註 10〕〈毛詩義例篇〉以漢代之詔、碑、詩俱引以頌母儀，用以駁〈續序〉不安其室之說。〔註 11〕復於〈邶鄘衛答問〉中詳論之：

〈序〉以爲「淫風流行，雖有七子之母，猶不能安其室。」如其說，則宜爲千古母儀所羞道。乃漢明帝賜東平王書曰：今送光烈皇后衣巾一篋，可時奉瞻，以慰〈凱風〉「寒泉」之思。又〈衡方碑〉：「感鄁人之〈凱風〉，悼〈蓼儀〉之勤劬。」〈梁相孔耽神祠碑〉：「竭〈凱風〉以惆悷，惟〈蓼儀〉以愴悢。」《古樂府．長歌行》云：「遠游使心思，游子戀所生。」「凱風吹長棘，夭夭枝葉傾。黃鳥鳴相追，咬咬弄好音。竚立望西河，泣下沾羅纓。」咸以頌母德，比劬勞，毫無忌諱，何爲者耶？《孟子》曰：〈凱風〉，親之過小者也。親之過小而怨，是不可磯也。《趙岐注》：「〈凱風〉言『莫慰母心』，母心不說也，知親之過小也；〈小弁〉言『行有死人，尚或墐之』，而曾不關己，知親之過大也。」以「母心不說」釋「不可磯」，即〈內則〉「父母怒不說，則撻之流血，不敢疾怨」之誼。若不安其室，固未嘗苦虐其子，曷磯不磯之有？考《後漢書》：姜肱性篤孝，事繼母恪勤，感〈凱風〉之義，兄弟同被而寢，不入房室，以慰母心。則明爲事繼母之詩，或未能慈於前母之子，故與〈小弁〉被後母讒，將見殺者分過之小大。而《孟子》復以舜事後母例伯奇之事，若身有七子，不安其室，淫風流行，是於先君無婦道，於七子無母道。……序《詩》者乃追訐其當初一念之陰私，坐以「淫風流行」之大惡，以傷孝子之心於千載之下。〔註 12〕

以〈蓼莪〉與〈凱風〉並舉，則〈凱風〉亦爲詩人美孝子之詩，〈續序〉謂母者不安於室之言，與《毛傳》訓釋、漢詔、碑、詩引爲頌母儀之旨及〈凱風〉詩文，無一合也，故知〈序〉爲無據之曲解，然今文三家繼母之愛不均之說，亦爲無據。〔註 13〕

3. 詩之美刺

〈毛序〉說《詩》多以美刺，而與詩旨不符，魏源甚表不滿，因云：

〔註 9〕〈邶風．凱風〉，《毛詩正義》卷二，頁 85。

〔註 10〕〈孟子．告子篇下〉，《孟子注疏》卷十一，頁 211。

〔註 11〕同註 3，頁 201～202。

〔註 12〕〈邶鄘衛答問〉，《詩古微》中編之二，頁 473～474。

〔註 13〕裴普賢：《詩經欣賞與研究》，頁 149～154。

> 〈序〉言「刺時」者，十有一篇。自「園有桃」、〈鴇羽〉外，如〈靜女〉、〈氓〉、〈伯兮〉、〈有狐〉、〈著〉、〈東門之楊〉、〈澤陂〉，皆男女之詩，而〈魏風・十畝之間〉、〈陳風・東門之池〉，亦皆序云「刺時」。〈十畝・傳〉云：「閑閑焉男女無別往來之貌」，「或行來者，或來還者」。〈東門之池・傳〉云：「晤，遇也。」相遇而歌，其爲刺男女時俗之詩，一望可見。〈續序〉不察，於〈十畝・傳〉則造爲「其國削小，民無所居」之說；於〈東門篇〉則造爲「思賢女，以配君子」。鄭因改訓「晤」爲「對」，以遷就之。皆於《傳》不合，於經無取。〔註 14〕

善說《詩》者當直求經文，〈國風〉之詩多民間歌謠，如〈靜女〉、〈伯兮〉、〈東門之楊〉、〈澤陂〉等詩，皆爲男女戀歌即魏源所謂「男女之詩」，〈毛序〉則定爲「刺時」，自爲牽強，魏源指陳其非，誠爲有得之見。

4. 詩之世次

除美刺外，，魏源於《詩古微》中，於〈詩序〉世次之論，亦有頗多批評，如〈毛詩義例〉云：

> 詩之世次，不見於〈毛序〉，而惟見於〈續序〉者，如〈蝃蝀〉、〈相鼠〉、〈干旄〉之爲衛文公，〈氓〉爲衛宣公，〈遵大路〉爲鄭莊公，〈鴇羽〉爲晉昭公世，皆《毛》無明文，〈王風〉以〈兔爰〉爲桓王，則前後皆平王詩。崔靈恩至改下篇〈葛藟〉之序爲桓王以就之矣。以〈丘中有麻〉爲莊王，則〈王風〉終於平王，故《春秋》作於平王之末，不應有平王後詩矣。〔註 15〕

魏源以《春秋》始於平王之末，則〈王風〉必終於平王之世，不應復有桓王、莊王之詩，〈續序〉所定爲桓、莊之世者，與魏源所論不合，均須排除，復申論之：

> 自〈黍離〉至〈葛藟〉之〈序〉皆刺平王，而〈續序〉忽廁桓王〈兔爰〉於其中。皇甫謐、崔靈恩明知其失，反改下篇〈葛藟〉之〈序〉爲桓王以遷就之。豈知「我生之初」，自指宣王承平之世；「我生之後」，自指幽、平傾喪之時，〈序〉乃謂「桓王失信」，「王師傷敗，君子不樂其生」，則是詩人及見宣王盛時，又中更幽、平大亂。……知〈兔爰・序〉之不可信，則〈丘中有麻〉之莊王出衛宏〈續序〉者，更無議矣。〔註 16〕

由此〈兔爰〉詩義，証〈兔爰〉實非桓王時之詩，則〈丘中有麻〉從而可知非莊王之詩，則〈續序〉所定之世次，多不足採信，至〈相鼠〉諸詩，魏源以爲：

〔註 14〕同註 3，頁 203。

〔註 15〕同註 3，頁 204。

〔註 16〕〈王風義例篇下〉，《詩古微》上編之三，頁 261。

〈毛序〉繫之文公，考孫氏奕據《關尹子》聖人師拱鼠而制禮，《陸璣疏》「河東大鼠能人立」，韓愈〈游相州城南詩〉「禮鼠拱而立」，以「相鼠」爲相州之鼠。考相爲商之舊都，即相州內黃縣，在朝歌東北百餘里，則此詩蓋宣公朝歌時作。若文公度河而後；其河北之相，已淪晉狄，烏得復繫之哉？〈雄雉〉至〈靜女〉八篇，本非刺宣，而以爲刺宣；〈相鼠〉、〈干旄〉本刺宣，而反屬之文公。〔註17〕

〈雄雉〉、〈匏有苦葉〉、〈旄丘〉、〈泉水〉、〈式微〉、〈簡兮〉、〈君子偕老〉、〈靜女〉八篇本非刺宣公，〈續序〉錯列於宣公詩中，〈相鼠〉、〈干旄〉本爲刺宣，而〈序〉以爲刺文公；又如〈召南・甘棠〉、〈何彼穠矣〉、〈野有死麕〉，〈序〉以爲文王詩，魏源則將之列於平王東遷之後；復以〈載馳〉、〈泉水〉、〈竹竿〉三詩，由〈詩序〉但云「衛女思歸」，實屬爲許穆夫人之作，此皆魏源正〈序〉世次之例也。至於〈續序〉世次之編排，何以多舛誤，魏源申論其因云：

〈續序〉不過因《史記》有〈衛〉、〈鄭〉、〈齊〉、〈晉〉、〈秦〉、〈陳〉、〈曹世家〉，故各傅以惡謚。至魏、檜之無〈世家〉者，則但仍《毛》，以爲刺其君、其大夫。以此之蹈虛，則知前之失實。〔註18〕

〈續序〉於《詩》世次之編排，〈衛〉、〈鄭〉、〈齊〉、〈秦〉、〈陳〉、〈曹〉、〈晉〉諸國，因可取材於《史記》之〈世家〉，則定爲某世、某人之詩，至〈魏〉、〈檜〉二〈國風〉，因無〈世家〉可證，無人事資料可供利用，故未定爲何世、何人，因此可證〈詩序〉所言之世次，多係附會，魏源所論頗爲確當，可視爲攻擊〈詩序〉言世次之力證也。

5. 〈雅〉、〈頌〉之失

於〈毛詩義例篇上〉魏源條列〈詩序〉言〈國風〉之失者，尚有〈葛覃〉、〈卷耳〉、〈麟之趾〉、〈考槃〉、〈將仲子〉、〈叔于田〉、〈碩鼠〉、〈椒聊〉、〈衡門〉、〈宛丘〉、〈狼跋〉、〈雞鳴〉等十餘例，至其他篇中，指陳〈詩序〉之非，亦俯拾即是，而其論〈雅〉、〈頌〉之失者，其大要爲：

〈風詩〉寄興無端，惟藉〈序〉之一言爲指歸。稍失毫釐，頓歧燕、郢。至〈雅〉、〈頌〉詞質而肆，不藉〈序〉以明，而亦非片言所能易。故〈雅〉、〈頌〉世次之失，《毛》自失之，失於例也；〈國風〉之失，以文害詞，以詞害志，則說《毛》者失之，失其義也。義之失難知，而例之失易見。故

〔註17〕同註12，頁479～480。
〔註18〕同註3，頁205。

〈雅〉、〈頌〉之〈續序〉，其失者不過如〈旱麓〉、〈行葦〉，惟知塗附於膚詞；〈楚茨〉、〈大田〉，惟知強贅以陳古。甚至〈雨無正篇〉，以《韓詩》「雨無其極」首語得名；〈召旻篇〉以「旻天疾威」首語得名；〈續序〉強說之曰：「雨，自上下者也，眾多如雨，而非所以爲政也。」曰：「旻，閔也。閔天下無如召公之臣也。」若斯之倫，靡關經義，特失之愚而已。〔註19〕

凡此皆爲魏源批評〈毛序〉之例。

二、於《鄭箋》違《毛傳》之批評

鄭玄學雜三家，兼善緯說，雜採眾義，故其注經往往駁雜不純。鄭玄立意尊毛，棄三家而作箋，使《毛傳》獨行，爲毛氏之功臣也；然鄭玄以〈古序〉、〈續序〉均爲子夏所作。不知〈續序〉爲後學所僞，執而用之，不僅失〈古序〉之旨意，亦時與《毛傳》牴牾，魏源於鄭玄尊〈續序〉，違《毛傳》者，多有指責，舉例以明之。

1.〈邶風・凱風〉

〈凱風・續序〉之謬，魏源已辯之詳矣。至鄭玄執〈續序〉「衛之淫風流行，雖有七子之母，猶不能安其室」，而謂：「以凱風喻寬仁之母」，復云：

母乃有叡智之善德，我七子無善人能報之者，故母不安我室，欲去嫁也。〔註20〕

〈續序〉因衛之風土，而造「淫風流行」之說，已是聯想之辭，《鄭箋》：「母不安我室，欲去嫁也。」尤非詩旨。〈凱風〉之母既寬仁，復有叡智善德，則不當有不安於室，欲他嫁之念；且既爲七子之母，年已髦也，若欲改嫁，誰肯與之相守；若果不安其室，則過大矣，孟子去《詩經》時世尚近，其所謂「〈凱風〉，親之過小者也」，決非信口開河，是知《鄭箋》之言不可通也。故魏源云：

〈凱風〉之詩，〈毛序〉但云「美孝子也」，《毛傳》亦無幾微不安其室之意。自衛宏〈續序〉，附會〈衛〉詩爲「淫風流行」之說。《鄭箋》因之，遂使衛母受無端之惡，蒙千載之誣。〔註21〕

《鄭箋》泥於〈續序〉，其言實非詩人本旨，魏源所論允當也。

2.〈陳風・衡門〉

《毛傳》云：

衡門，橫木爲門，言淺陋也。……樂飢可以樂道忘飢。

〔註19〕同註3，頁206。
〔註20〕同註9。
〔註21〕同註4，頁64。

乃賢者隱居求志之誼。〈續序〉則云：

愿而無立志，故作是詩以誘掖其君也。

鄭玄曲附〈續序〉「愿而無立志」之語，而云：

賢者不以衡門之淺陋，則不遊息於其下，以喻人君不可以國小，則不興治致政化。……泌水之流洋洋然，飢者見之，可飲以療飢，以喻人君愨愿，任用賢臣，則政教成，亦猶是也。〔註22〕

以衡門喻國小不可無政化，泌水喻人君當用賢臣，與《毛傳》賢者樂道忘饑之誼不合，魏源申《毛傳》之意云：

《鄭箋》絶無所本，以《魯》、《韓》遺説考之：《韓詩外傳》：子夏讀《詩》畢，歎曰：《詩》，上有堯、舜之道，下有三王之義，雖居蓬户之中，彈琴以詠先王之風，有人亦樂之，無人亦樂之，亦可以發憤忘食矣。《詩》云：「衡門之下，可以棲遲。泌之洋洋，可以療飢。」《列女傳》老萊子卻楚王之聘，亦引是詩以明志。漢〈處士嚴發殘碑〉：「君有曾閔之行，棲遲衡門。」又〈山陽太守祀睦後碑〉：「色斯舉矣，殁身衡門。」〈從事武梁碑〉：「安衡門之陋，樂朝聞之義。」蔡邕賦曰：「甘衡門以寧仁兮，詠都人以思歸。」則《魯》、《韓》與《毛傳》同誼，即云「誘僖公」，亦謂賢者無求於人，而人君自當求之，非如《箋》説之回遹難通矣。〔註23〕

詩人所詠之賢者不食魴鯉，不娶姜宋，棲遲衡門，樂道忘飢，實爲賢者隱居自得之義，《鄭箋》、〈續序〉之言與《毛傳》、詩人之意無一合矣，於三家詩亦無可徵也。

3. 〈小雅・十月之交〉

〈小雅・十月之交〉、〈雨無正〉、〈小旻〉、〈小宛〉四詩，〈毛序〉以爲皆「大夫刺幽王也」，《毛傳》於此無異說，鄭玄獨改爲刺厲王，故〈十月之交・序・箋〉云：

當爲刺厲王，作《詁訓傳》時移其篇第，因改之耳。〈節〉刺師尹不平，亂靡有定。此篇譏皇父擅恣，日月告凶，〈正月〉惡褒姒滅周，此篇疾豔妻煽方處。又幽王時司徒乃鄭桓公友，非此篇之所云番也。是以知然。

〈雨無正・序・箋〉云：

亦當爲刺厲王，王之所下教令甚多，而無正也。

〈小旻・序・箋〉云：

〔註22〕〈陳風・衡門〉，《毛詩正義》卷七，頁251～252。
〔註23〕〈陳曹答問〉，《詩古微》中編之四，頁545～546。

所刺列於〈十月之交〉、〈雨無正〉爲小，故曰小旻，亦當爲刺厲王。

〈小宛・序・箋〉云：

亦當爲刺厲王。〔註24〕

《鄭箋》改〈序〉爲刺厲，與《毛詩》之刺幽者相違，魏源非鄭云：

《鄭箋》以四詩皆刺厲王，梁虞劆、唐僧一行、傅仁均以長曆推得周幽王六年乙丑建酉之月，辛卯朔辰時入食限。而《國語》岐山崩，三川竭之在二年，則因日食追數之。此時「番維司徒」與鄭桓公友爲司徒在八年者，亦無不合，鄭說種種不符。〔註25〕

或據《漢書・谷永傳》而謂《魯詩》以閻妻爲厲王妃，即鄭玄所本，魏源援《史記》、《漢書》、《列女傳》之載，以爲《魯詩》辯護，其言云：

《史記・周本紀》惟詳幽王褒姒之事，於厲王、閻妻無述焉。《列女傳・孽嬖類》，於末喜、妲己後即次以褒姒，亦無厲之閻妻。向撰此傳以規成帝，其於是門特所用意，豈有三代之典，失之目睫之前？《漢書・古今人表》亦有褒無閻，其餘皇父七子旁及虢石申侯，同列幽王下品之次，則《魯詩》刺幽，明如星日，與厲王風馬牛不相及矣。諸家所據者，徒以《漢書》左雄疏曰：「幽厲昏亂，不自爲政。褒閻用權，七子黨進」；谷永疏曰：「昔褒姒用國，宗周以喪，閻妾驕扇，日以不臧」，宜「抑褒閻之亂」，「息〈白華〉之怨」；班婕妤〈長門賦〉曰：「悲晨婦之作戒兮，哀褒閻之爲郵」；謂其褒、閻對言耳。不知「閻」、「剡」皆「豔」之假借，正猶褒妾、褒嬖之云。申伯爲宣之元舅，可證厲后姜姓之女，且閻果厲后，則循〈序〉當曰「閻褒」，何故咸稱「褒閻」乎？谷永疏以閻妾即斥褒姒，其諸疏或連舉幽、厲，猶述太平必曰成、康，豈一詩能屬二王，七子能作亂兩朝乎？……循考《魯詩》「刺厲」之誣，起於師古之注《漢書》用《鄭箋》以誣谷永，苟非《正義》稍持其平，則後人幾以《鄭箋》之異《毛》者，即指爲《魯》、《韓》，而家法潰然矣。〔註26〕

其言甚善，可正《鄭箋》之失及諸家之誤，此鄭玄改〈序〉而不得詩旨之例也。

此外，〈皇矣〉「侵阮徂共」、「以按徂旅」，毛、鄭異訓，《毛傳》以「阮」、「共」、「旅」爲地名，訓「徂」爲「往」；《鄭箋》以「阮」、「徂」、「共」爲三國，而訓「旅」

〔註24〕〈小雅・十月之交〉、〈雨無正〉、〈小旻〉、〈小宛〉，《毛詩正義》卷十二，頁405、409、412、419。

〔註25〕〈變小雅幽王詩發微上〉，《詩古微》上編之五，頁342。

〔註26〕同前註，頁343～344。

爲「眾」。〔註27〕

《毛傳》以「阮」、「共」爲周地名，爲密人所侵而文王遏之，《鄭箋》則以「阮」、「徂」、「共」三國爲密人之黨而文王伐之，二說差殊，魏源論云：

此則師承各異，不可強斷。將以《鄭箋》爲非乎？則上有「四國」之經文，（《箋》云：四國，密、阮、徂、共。）復有《齊詩》「五國」之旁證，（《後漢書·伏湛傳》：文王受命而征伐五國，必先詢之同姓，然後謀之群臣，加占蓍龜，以定行事，故謀則成，卜則吉，戰則勝。其《詩》曰：「帝謂文王，詢爾仇方，同爾兄弟。」崇國城守，先退後伐，所以重人命，候時而動也。案，湛習《齊詩》，此云五國，謂崇、密、阮、徂、共也。與《箋》同義。惟「詢爾仇方」，以爲「謀之群臣」，則不同《鄭箋》「怨耦」之訓，而同《毛傳》「仇，匹」之義矣。《孔疏》云：詢謀於汝仇匹之臣，以問其伐人之方，蓋亦古義。）及《帝王世紀》、《呂氏春秋》述文王太公用兵之言。（《帝王世紀》及《呂氏春秋》亦云：文王徂共而伐密須，密須之民自縛其君而歸文王。）且齊、魯、韓三家同詞，必匪無稽。將以《毛傳》爲非乎？則《孟子》「以遏徂莒」，趙岐亦以「莒」爲地名。（「莒」本字，「旅」假借。）《韓非子》亦有文王伐盂、克莒、舉酆之語。（「盂」、「密」同字。）則亦必有所受矣。經師傳異詞者，可援周、秦古書以正之。若古書更在齊、魯、韓、毛以前，而先自歧異，曷由決其一是乎？存其小異，會其大同，要於經義無閡而已。〔註28〕

第二節　於程大昌《詩論》之批評

南宋·程大昌著有《詩論》一卷，其自序云：

三代之下，儒者孰不談經？而獨尊信漢說者，意其近古，或有所本也。夫古語之可以證經者，遠在六經未作之前，而經文之在古簡者，親預聖人授證之數，則其審的可據，豈不愈於或有師承者哉！而世人止循傳習之舊說，無乃舍其所當據，而格其所不當據，是敢於違古背聖人，而不敢於違背漢儒也。嗚呼！此《詩論》之所爲作也。〔註29〕

由是知程大昌之著作旨趣，故其論多異於漢儒之論也。《詩論》原載於程氏《考古編》中，《宋史·藝文志》未列其名，其內容凡十八篇，即：一論古有〈二南〉而無〈國風〉之名，二論〈南〉、〈雅〉、〈頌〉爲樂詩，諸國爲徒歌，三論〈南〉、〈雅〉、

〔註27〕〈大雅·皇矣〉，《毛詩正義》卷十六，頁571。

〔註28〕〈大雅答問上〉，《詩古微》中編之七，頁642～643。

〔註29〕程大昌：〈詩論序〉，《詩論》，《叢書集成新編》第五五冊，頁376。

〈頌〉之爲樂無疑，四論四始品目，五論〈國風〉之名出於《左》、《荀》，六論《左》、《荀》創標〈風〉之名誤，七論逸詩有〈豳雅〉、〈豳頌〉，而無〈豳風〉，以證〈風〉不得抗〈雅〉，八論〈豳〉詩非〈七月〉，九辨〈詩序〉不出於子夏，十辨〈小序〉綴《詩》出於衛宏，十一辨〈詩序〉不可廢，十二據季札序詩篇次知無〈風〉名，十三論《毛詩》有古序，所以勝於三家，十四論採詩、序詩因乎其地，十五論〈南〉爲樂名，十六論〈關雎〉爲文王詩，十七論詩樂及〈商〉、〈魯〉二〈頌〉，乃併本兩篇爲一。〔註 30〕

按《詩論》之四，依其文意當作「四詩品目」。魏源曾就「〈南〉、〈雅〉、〈頌〉爲樂詩，諸國爲徒歌」、「〈南〉爲樂名」，及「《毛詩》有古序，所以勝於三家」三端，提出其批駁，茲論述於後。

一、〈南〉〈雅〉〈頌〉爲樂詩諸國爲徒歌說

程大昌論〈南〉、〈雅〉、〈頌〉爲樂詩，諸國爲徒歌云：

> 春秋、戰國以來，諸侯、卿大夫、士賦詩道志者，凡詩雜取無擇，至考其入樂，則自〈邶〉至〈豳〉無一詩在數也。享之用〈鹿鳴〉，鄉飲酒之笙〈由庚〉、〈鵲巢〉，射之奏〈騶虞〉、〈采蘋〉，諸如此類，未有或出〈南〉、〈雅〉之外者，然後知〈南〉、〈雅〉、〈頌〉爲樂詩，而諸國之爲徒詩也。〈鼓鐘〉之詩曰：「以雅以南，以籥不僭。」季札觀樂有舞象箾、南籥者，詳而推之，南籥，〈二南〉之籥也；箾，〈雅〉也；象舞，〈頌〉之〈維清〉也。其在當時親見古樂者，凡舉〈雅〉、〈頌〉，率參以〈南〉，其後〈文王世子〉又有所謂「胥鼓南」者，則〈南〉之爲樂古矣。〔註 31〕

此乃論《詩》與樂之關係，以《樂經》今不傳，《詩諲》是否全入樂，群儒爭議難休，程氏主《詩》不全入樂，故惟〈二南〉、〈雅〉、〈頌〉爲樂詩，〈邶〉至〈豳〉則無一入樂，《詩論》其三，復論證〈南〉、〈雅〉、〈頌〉之爲樂無疑，以《詩》不全入樂，始於程氏，後焦竑、陳暘從其說，顧炎武亦承程說，其言云：

> 〈鼓鐘〉之詩曰：「以雅以南」，子曰：「〈雅〉、〈頌〉各得其所」，夫〈二南〉也，〈豳〉之〈七月〉也，〈小雅〉正十六篇，〈大雅〉正十八篇，〈頌〉也，《詩》之入樂者也。〈邶〉以下十二國之附於〈二南〉之後，而謂之〈風〉，〈鴟鴞〉以下六篇之附於〈豳〉，而亦謂之〈豳〉，〈六月〉以下五十八篇之附於〈小雅〉，〈民勞〉以下十三篇之附於〈大雅〉，而謂之變

〔註 30〕紀昀：〈經部・詩類存目一〉，《四庫全書總目提要》卷十七，頁 362～363。
〔註 31〕〈詩論二〉，同註 29。

〈雅〉,《詩》之不入樂者也。……朱子曰:「〈二南〉正〈風〉,房中之樂也,鄉樂也;〈二雅〉之正〈雅〉,朝廷之樂也。〈商〉、〈周〉之〈頌〉,宗廟之樂也。至變〈雅〉,則衰周卿士之作,以言時政之得失,而〈邶〉、〈鄘〉以下,則太師所陳,以觀民風者耳,非宗廟燕享之所用也。」但據程大昌之辯,則〈二南〉自謂之〈南〉,而別立正〈風〉之目者非。〔註32〕

顧氏執朱熹正變爲據,以〈二南〉、〈豳〉之〈七月〉、正〈雅〉、〈三頌〉爲樂詩,與程說稍異也。

至於以《詩》全入樂者,南宋・鄭樵最先,其言云:

禮樂相須以爲用,禮非樂不行,樂非禮不行,自后夔以來,樂以詩爲本,詩以聲爲用,八音六律爲之羽翼耳,仲尼編《詩》,燕享祭祀之時用以歌,而非用以說義也。古之詩,今之詞曲也,若不能歌之,但能誦其文而說其義,可乎?……得詩而得聲者三百篇,則繫於〈風〉、〈雅〉、〈頌〉;得詩而不得聲者,則置之,謂之逸詩。〔註33〕

觀詞曲今僅餘文字,闕音律,則鄭氏「古之詩,今之詞曲」,其論證《詩》三百篇全然入樂,頗有創發,其論獲元・吳澄、清・陳啓源、顧鎭、馬瑞辰、皮錫瑞等人贊同。〔註34〕然魏源於程、鄭二人之論,均以爲未妥,而辯云:

鄭樵謂夫子刪《詩》,其得詩而得聲者,三百餘篇;其得詩不得聲者,則置之逸詩;凡存者皆可以祭祀燕享。而程大昌則謂春秋列國燕享所用,未嘗出〈二南〉、〈雅〉、〈頌〉之外,而自〈邶〉至〈豳〉則無一篇,因謂〈二南〉、〈雅〉、〈頌〉爲樂詩,而諸國爲徒詩。陳暘、焦竑皆從程說。……豈知詩有爲樂作、不爲樂作之分;且同一入樂,而有正歌、散歌之別耶?古聖人因禮作樂、因樂作詩之始也,欲爲房中之樂,則必爲房中之詩,而〈關雎〉、〈鵲巢〉等篇作焉;欲吹豳樂,則必爲農事之詩,而〈豳〉詩、〈豳雅〉、〈豳頌〉作焉;欲爲燕享祭祀之樂,則必爲燕享祭祀之詩,而正〈雅〉及諸〈頌〉作焉。三篇連奏,一詩一終,條理井然,不可增易。此外則諸詩各以類附?不特變〈風〉、變〈雅〉采於下陳於下者與樂章迥殊,即〈二南〉之〈殷其靁〉、〈汝墳〉、〈行露〉、〈甘棠〉、〈豳〉之〈破斧〉、〈伐柯〉,〈頌〉之〈訪落〉、〈閔予小子〉、〈小毖〉、〈敬之〉,凡因事抒情不爲樂作者,皆不得謂之樂章矣。然謂皆徒詩而不入樂乎?

〔註32〕顧炎武:〈詩有入樂不入樂之分〉,《日知錄集釋》卷三,頁49～50。
〔註33〕鄭樵:〈樂府總序〉,《通志》卷四九,頁625。
〔註34〕黃振民:〈論詩與樂之關係〉,《詩經研究》,頁271～288。

則師瞽肄習之何爲？然則其用之奈何？曰：一用於賓祭無算樂，再用於矇瞍常樂，三用於國子絃歌。

又云：

蓋樂主人聲而律和之，合歌者之詩，與擊者、拊者、吹者之器，而始之謂樂。故《儀禮》升歌三終，間歌三終，與笙入合樂，皆謂之正樂。若夫「徒吹謂之和，徒歌謂之謠」，(《爾雅》)「不歌而誦謂之賦」，(班固〈兩都賦序〉)則與樂絕不相入。故魯享季武子，武子賦〈魚麗〉之卒章，公賦〈南山有臺〉；鄭燕穆叔賦〈采蘩〉，夫燕享時既間歌合樂此三篇矣，而賓主又舉之爲賦，豈非各爲一事，絕不相蒙？而諸儒尚據列國賦《詩》以證入樂，繆矣！然則以入樂言之，則變〈風〉、變〈雅〉，不但無不可歌，亦無不可用；以《儀禮》正歌言之，則不但變詩不得與，即正者亦有不得與。何者？周公時未有變〈風〉、變〈雅〉，而已有無算樂。則知凡鄉樂自〈樛木〉、〈甘棠〉以下諸詩，〈大雅〉召康公諸詩，〈周頌〉成王諸詩，亦止爲房中賓祭之散樂。凡詩不爲樂作而可入樂者皆是也。自唐以來，惟孔氏〈正義〉(《詩譜疏》)謂詩本樂章，禮樂既備，後有作者，無緣增入。其〈二雅〉正經而外，雖用於樂，或爲無算之節，或隨事類而歌，又在制禮之後，樂不常用云云，深悉源流。〔註 35〕

魏源以詩有爲樂作、不爲樂作立論，則非但〈二南〉、正〈雅〉、〈三頌〉均入樂，甚至變〈風〉、變〈雅〉亦無一例外，考《左傳》、《國語》賦《詩》、歌《詩》、引《詩》之例，以歌《詩》言：〈國風〉十七例、〈二雅〉十例、〈三頌〉六例，〔註 36〕且季札觀樂，魯樂工已遍歌十五〈國風〉，《詩》三百篇全入樂可知矣，知程大昌、顧炎武之論，未圓融也。魏源復據《毛詩》、《史記》、《墨子》之言，證周時無不入樂之詩其言云：

大司樂以樂歌教國子，毛公言「古者教以詩樂，歌之、誦之、絃之、舞之」，則習詩即所以習樂。是故〈碩鼠〉在變〈風〉，而寧戚能歌之。〈商頌〉乃勝國樂章，而曾子能歌之。史遷言《三百篇》，孔子皆絃歌其聲。《墨子》言儒者「誦《詩》三百，絃《詩》三百，歌《詩》三百，舞《詩》三百」。是周時無不入樂之詩。〔註 37〕

魏源《詩》全入樂論，正可補諸說之不足。

〔註 35〕〈夫子正樂論上〉，《詩古微》上編之一，頁 176～179。

〔註 36〕董治安：〈從左傳國語看詩三百在春秋時期的流傳〉，《古籍整理研究論叢》，頁 33～56。

〔註 37〕同註 35，頁 177～178。

二、〈南〉爲樂名說

程大昌云：

> 或曰：衛宏之言〈南〉也，曰：化自北而南也。今〈二南〉之詩有江、沱、漢、汝，而無齊、衛、鄘、晉，則其以分地南北爲言，不無據也。曰：十五國單出國名，而周、召獨綴〈南〉其下，以漢人義類自相參較，則既不一律矣，而謂其時化獨南被，未能北及者，意其當文王與紂之世也，然而紂猶在上，文王僅得以身受命，而居西爲伯，召公安得伯爵而稱之：況又大統未集，周雖有陝，陝外未盡爲周，周雖欲限陝而分治之，召公亦於何地而施其督蒞邪？又如〈甘棠〉所詠，正是追詠遺德，疑其尚在召公國燕之後，於是時也，周之德化既已純被天下，無復此疆爾界也。〈騶虞〉、〈麟趾〉，蓋其推而放諸四海無不準者，豈復限隔何地？而曰：某方某國甫有某詩，則宏之即周、召分地而奠南北者，非篤論也。周公居中，王畿在焉，故所得多后妃之詩；召公在外，地皆侯服，則諸侯、大夫、士、庶人皆有詩可采，亦各隨其分地，而紀繫其實。宏乃因其及后妃也，而指爲王者之化；因其在侯服也，而命爲諸侯之風；然則王化所被，亦何狹而不暢邪！此皆不知〈南〉之爲樂，故支離無宿耳。〔註38〕

《詩論》第二、三篇均論〈南〉、〈雅〉、〈頌〉爲樂詩，此篇由「化自北而南」、「其時化獨南被，未能北及」、「因其及后妃也，而指爲王者之化；因其在侯服也，而命爲諸侯之風」等傳說之不當，反證〈南〉樂。又〈詩論一〉云：

> 《詩》有〈南〉、〈雅〉、〈頌〉，無〈國風〉，其曰〈國風〉者，非古也。夫子嘗曰：「〈雅〉、〈頌〉各得其所」又曰：「人而不爲〈周南〉、〈召南〉」，未嘗有言〈國風〉者，……《左氏》記季札觀樂，歷敘〈周南〉、〈召南〉、〈小雅〉、〈大雅〉、〈頌〉，凡其名稱與今無異，至列敘諸國，自〈邶〉至〈豳〉，其類凡十有三，率皆單紀國土，無今〈國風〉名目也。〔註39〕

〈詩論四〉又云：

> 〈南〉、〈雅〉、〈頌〉以所配之樂名，〈邶〉至〈豳〉以所從得之地名，史官本其實，聖人因其故，未嘗少有加損也。〔註40〕

諸儒於〈南〉之解極爲紛紜，約有：南化、南夷之樂、南音、樂歌之名……等十說，

〔註38〕〈詩論十五〉，同註29，頁381。
〔註39〕同註29。
〔註40〕同註29。

〔註41〕程大昌以〈南〉爲樂名，諸〈風〉從所得之地名，且以孔子時無〈國風〉之名，魏源駁云：

> 《周禮》太師教國子以六詩，有〈風〉、〈雅〉、〈頌〉而無〈南〉，《左傳》：「〈風〉有〈采蘩〉、〈采蘋〉」，其詩實在〈召南〉，則〈二南〉同爲〈國風〉明矣。至〈鼓鐘〉之「以雅以南」，《禮記》之「胥鼓南」，毛、韓、鄭氏皆釋爲「南夷之樂」。《左傳》「南籥」，杜氏無注，然《左氏》「爲之歌〈周南〉、〈召南〉」，不云「爲之歌南」，烏見其爲樂名，非詩地之名耶？《呂覽》：塗山氏爲候人之歌，實始爲南音，周公、召公取風焉，以爲〈周南〉、〈召南〉。塗山亦在南方，而「南有樛木」、「南有喬木」，〈漢廣〉、〈汝墳〉、〈江沱〉，則經有明文，更以三家詩證之：《水經注》引《韓詩．周南．序》曰：「其地在南郡、南陽之間。周公主之，自陝以西，召公主之。召公述職舍於甘棠，陝間之人皆得其所。」則是《韓》、《毛》義同。……武王有天下，周、召分陝，盡陳天下之風，惟以六州被文王之化者入樂，是〈二南〉皆作於周、召未分陝之前，其詩皆以文王風化爲義，不以周、召風化爲義。其分繫諸周、召者，以所采之地，不以人也。……武帝樂府，止詠漢事，而總齊、楚、趙、代之謳；遼作大樂，以用七聲者爲北調，用五聲者爲南調。乃樂因地異，豈詩因樂名哉？〔註42〕

又〈小雅答問下〉云：

> 《左傳》「舞象箾、南籥」，在歌〈周南〉、〈召南〉之外，明〈二南〉屬工歌，〈南〉樂屬籥舞，舞主容不主聲，故南籥無詩，不得以〈二南〉之地名爲樂名也。〈風〉、〈雅〉、〈頌〉皆在雅樂之中，則〈二南〉國風即在雅樂之內，與南夷之樂相對，不得以雅樂爲〈二雅〉之詩，而南樂爲〈二南〉之詩也。自劉炫稍支其誼，而蘇轍、鄭樵、程大昌遂皆主〈二雅〉、〈二南〉，徒據士大夫燕飲合鄉樂之禮，以例王朝奏樂之制。內遺〈國風〉、〈周頌〉，外遺南籥、象箾，與季札觀樂無一合，與齊、魯、韓、毛無一合，徒昭其不學而已。〔註43〕

程大昌〈南〉、〈雅〉、〈頌〉爲樂名，〈風〉以地名，否定古有〈國風〉之名，而主張〈風〉不得與〈雅〉、〈頌〉並列，欲以〈南〉獨立於〈風〉之外，以〈邶〉至〈豳〉十三國爲〈二南〉之附庸；魏源引《周禮》、《左傳》之文，證古時確有〈風〉之稱，

〔註41〕黃忠慎：〈程大昌之詩經學〉，《南宋三家詩經學》，頁147。
〔註42〕〈二南義例篇下〉，《詩古微》上編之三，頁249～251。
〔註43〕〈小雅答問下〉，《詩古微》中編之六，頁618。

以四家釋《詩》、漢之樂府、遼作大樂，證樂實因地異，非以樂得名，故〈周南〉、〈召南〉與諸〈國風〉之得名相同也。魏源乃立結論云：

故知〈二南〉以地爲別，不以詩爲別；以文王風化爲義，不以二公風化爲義；以二公所陳爲區別，不以二公所化爲區別。〔註44〕

且程氏欲使〈南〉取代〈風〉之位，以〈邶〉至〈豳〉之詩，其數百三十五篇，幾佔三百篇之半，〈南〉豈可取代之，其說實有未妥。〔註45〕

三、《毛詩》有古序所以勝於三家

程大昌云：

〈孔子世家〉：「古詩三千餘篇，及至孔子，去其重複，取可施於禮義者三百五篇。」然而今詩之著序者顧三百一十一篇，何也？龔遂謂昌邑王曰：「大王誦詩三百五篇」，王式曰：「臣以三百五篇諫」，讖緯之書如《樂緯》、《詩緯》、《尚書璿璣鈐》，其作於漢世者，皆以三百五篇爲夫子刪采定數，故長孫無忌輩推本其說，知漢世毛學不行，諸家不見〈詩序〉，不知六詩亡失也，然則先漢諸儒，不獨不得古傳正說而宗之，雖古序亦未之見也。夫既無古序以總測篇意，則往往雜采他事比類，以求歸宿，如戰國之人相與賦詩，然斷章取義，無通概成說，故班固總齊、魯、韓三家，而折衷之曰，申公之訓，燕、韓之傳，或取春秋雜說，咸非其本義也；然則古序也者，其詩之喉襟也歟？毛氏之傳，固未能悉勝三家，要之有古序以該括章旨，故訓詁所及，會六詩以歸一貫，且不至於漫然無統。河間獻王多識古書，於三家之外，特好其學，至自即其國立博士以教，與《左氏傳》偕行，亦爲其源流本古故耳。〔註46〕

程氏謂《毛詩》存古序，以總測篇意，故能勝三家，其論未必盡然，魏源博徵群書，則三家亦有古序也，三家先盛後衰，良有因也，豈僅〈詩序〉一端，辯見於第三章第一節。

第三節　於陳啓源《毛詩稽古編》之批評

《四庫提要》云：

〔註44〕同註42，頁252～253。
〔註45〕同註41，頁117～120。
〔註46〕〈詩論十三〉，同註29，頁380。

> 是書成於康熙丁卯，卷末自記謂閱十四載，凡三易稿乃定。……啓源此編則訓詁一準諸《爾雅》，篇義一準諸〈小序〉，而詮釋經旨則一準諸《毛傳》，而《鄭箋》佐之，其名物則多以陸璣《疏》爲主。題曰「毛詩」，明所宗也，曰「稽古編」，明爲唐以前專門之學也。所辨正者，惟朱子《集傳》爲多，歐陽脩《詩本義》、呂祖謙《讀詩記》次之，嚴粲《詩緝》又次之；所掊擊者，惟劉瑾《詩集傳通釋》爲甚，輔廣《詩童子問》次之，其餘偶然一及，率從略焉。前二十四卷依次解經，而不載經文，但標篇目，其無所論說者，則併篇目亦不載。其前人論説已明，無庸複述者，亦置不道。次爲〈總詁〉五卷，分六子目：曰舉要、曰考異、曰正字、曰辨物、曰數典、曰稽疑，末爲〈附錄〉一卷，則統論〈風〉、〈雅〉、〈頌〉之旨。其間堅持漢學，不容一語之出入，雖未免或有所偏，然引據賅博，疏證詳明，一一皆有本之談。〔註 47〕

陳啓源雖未標漢幟，實爲漢學之先導，其著書旨趣與治《詩》之精神，可由〈敘例〉見端詳，其主張約有八端：一、去〈序〉言《詩》猶瞽無相，二、〈風〉、〈雅〉、〈頌〉正是始，非更有爲其始者，三、〈風〉兼三意，四、釋比、興，五、詩樂分教說，六、《毛詩》古音說，七、《集傳》詩證多附會，八、《集傳》疑誤。〔註 48〕先述其詩樂分教說。

一、詩樂分教說

陳啓源云：

> 詩篇皆樂章也，然詩與樂實分二教。〈經解〉云：「詩之教，溫柔敦厚；樂之教，廣博易良」；是教詩、教樂，其旨不同也。〈王制〉云：樂正立四教以造士，春、秋教以禮、樂，冬、夏教以詩、書，是教詩、教樂，其時不同也。故敘《詩》者，止言作詩之意，其用爲何樂，則弗及焉，即〈鹿鳴〉燕群臣，〈清廟〉祀文王之類，亦指作詩之意而言。其奏之爲樂，偶與作詩之意同耳，敘自言詩不言樂也，意歌詩之法，自載於《樂經》，元無煩敘《詩》者之贅，及《樂經》今已不存，則亦無可考矣。〔註 49〕

魏源駁其非，〈夫子正樂論〉云：

〔註 47〕紀昀等：〈經部・詩類二〉，《四庫全書總目提要》卷十六，頁 350～351。
〔註 48〕周浩治：〈漢學家之詩經學〉，《清代之詩經學》，頁 83～100。
〔註 49〕陳啓源：〈總詁・舉要・詩樂〉，《毛詩稽古編》卷二十五，《皇清經解毛詩類彙編》卷八十四，頁 249。

> 近儒陳啓源輩，不知祖述，橫生異端，欲回護〈大雅〉之〈序〉空衍之失，遂謂古人詩、樂分爲二教，故序詩者不必言其所用，用於樂者不必與詩本意相謀。反斥後儒舍詩徵樂爲異乎古人之詩教。噫！詩甚矣！大司樂：「以樂語教國子，興、道、諷、誦、言、語」；太師教六詩，「以六德爲之本，以六律爲之音」；瞽矇「諷誦《詩》、〈世奠繫〉」，「掌九德六詩之歌以役太師」；季札請觀周樂，而爲之歌〈二南〉、歌〈風〉、歌〈雅〉、〈頌〉，詩與樂曷嘗判然二教？〔註50〕

復論之：

> 樂與詩相表裏，自〈毛序〉不能得其樂章所用，而陳啓源遂力言詩與樂渺不相涉，使學者於禮、樂崩壞之餘，欲聞古制彷彿而不可得。豈知詩爲樂章，欲明詩，必先明樂。〔註51〕

陳氏據〈王制〉與〈經解〉之文，證教詩、教樂之時、旨不同，而主樂自爲樂，詩自爲詩，古人用詩於樂，不必與作詩之本旨相謀，故《詩》三百篇雖均入爲樂章，詩與樂實分爲二教。魏源則指其論爲：「不知祖述，橫生異端」，故主張詩與樂之關係密不可分，此蓋因今、古文學家於《樂經》之看法互異，古文家以爲古有《樂經》，因秦焚書而佚，今文學家則主古無《樂經》，《樂》存於《禮》與《詩》之中，故陳氏主張《詩》與樂章殊途，魏源則以爲詩教、樂教合一，此因立場相異而起之爭議也。

二、四始說

陳啓源云：

> 四始之說，先儒言之各異，〈二雅〉、〈風〉、〈頌〉四者，人君能行之則興，不行則衰，故此四詩爲王道興衰所由始；此鄭康成之說，而本於〈大序〉者也。〈關雎〉爲〈風〉之始，〈鹿鳴〉爲〈小雅〉之始，文王爲〈大雅〉之始，〈清廟〉爲〈頌〉之始，此司馬子長之說也。〈大明〉在亥爲水始，〈四牡〉在寅爲木始，〈嘉魚〉在巳爲火始，〈鴻雁〉在申爲金始，此《詩緯・汎歷樞》之說也；觀〈大序〉歷言〈風〉、〈雅〉、〈頌〉之義，而總斷之曰：「是謂四始」，則〈風〉、〈雅〉、〈頌〉正是始，非更有爲〈風〉、〈雅〉、〈頌〉之始者，鄭說得之矣。子長未見〈毛序〉，其所言四始，不知宗何詩也？翼奉治《齊詩》，而知五際七情之要，五際七情亦緯書〈汎歷樞〉

〔註50〕〈夫子正樂論上〉，《詩古微》上編之一，頁179。
〔註51〕〈夫子正樂論上・附考樂章節次〉，《詩古微》上編之一，頁195。

之說也：然則亥、寅、巳、申之爲四始，其出於《齊詩》乎？〔註 52〕

司馬遷嘗習《魯詩》，所言四始必有師承，四家師承互異，說法不一，《魯詩》自不因〈毛序〉而爲說，陳啓源豈可判其是非？魏源以古樂章皆一詩爲一終，奏必三終，絕無專篇獨用之例，故推司馬遷之四始爲：〈關雎〉之三、〈鹿鳴〉之三、〈文王〉之三、、〈清廟〉之三，均爲周公達孝仁至義盡之至，述文、武之詩。故魏源批駁陳氏「〈風〉、〈雅〉、〈頌〉即是始」之論云：

> 陳啓源謂〈風〉、〈雅〉、〈頌〉四者即是始，非更有爲〈風〉、〈雅〉、〈頌〉之始者，果如其說，則上濫六義，下違始名。〔註 53〕

又〈毛詩大序義〉云：

> 陳啓源謂〈風〉、〈雅〉、〈頌〉四者即是始，更無有爲〈風〉、〈雅〉、〈頌〉之始者，如其言，曷不謂之「四體」。而乃謂之「四始」乎？……陳氏啓源一生自命述《毛》，於此尚殉《孔疏》，何責他人？〔註 54〕

三、詩之篇名說

陳啓源以爲詩之篇名均由作者自定，其論云：

> 觀《書・金縢》言：「公爲詩，名之曰〈鴟鴞〉。」《左傳》言：「許穆夫人賦〈載馳〉。」「秦人賦〈黃鳥〉。」《國語》言：「衛武公作〈懿戒〉。」可見作詩時篇名已定。康成云（〈關雎・序・箋〉）：「三百十一篇並是作者自爲名」，斯言信矣！〈大雅〉之〈大明〉作於周之初年，安得預知幽王之世有作〈小明〉者，而加「大」以記別哉？且詩篇重名固甚多矣。〈雅〉之〈杕杜〉、〈黃鳥〉、〈谷風〉、〈甫田〉，名皆與〈國風〉同，而〈白華〉之名兩見於〈小雅〉，〈國風〉之〈柏舟〉、〈無衣〉亦兩見，〈羔裘〉、〈揚之水〉則三見，何獨不爲記別也？然則「小」之爲義，縱未必如《箋》、《疏》所云；至若歐、蘇二家以爲別於〈大雅〉，萬無此理矣。〔註 55〕

魏源辯其非云：

> 〈風〉區各國，本無小大之殊；〈風〉、〈雅〉異部，不嫌名篇之複；笙詩佚目，何勞記別之文。若夫樂章掌於太師，固可審音而別其爲小爲大矣。篇目雖標，間有更正，如《毛詩》題〈邶・柏舟〉、〈鄘・柏舟〉，〈叔于田〉、

〔註 52〕〈總詁・舉要・四始〉，同註 49，頁 247。

〔註 53〕〈四始義例篇二〉，《詩古微》上編之二，頁 227。

〔註 54〕〈四始義例篇四・毛詩大序義〉，《詩古微》上編之二，頁 242。

〔註 55〕〈小雅・小明〉，《毛詩稽古編》卷十四，《皇清經解毛詩類彙編》卷七十三，頁 139。

〈大叔于田〉，所以施於同國之風也。矧詩之篇名，有三家詩異於《毛》者，有古書所引異於《毛》者，如《韓詩》〈常棣〉作〈夫移〉；《齊詩》〈還〉作〈營〉，則安知〈頌〉之〈小毖〉不別有以「毖」名篇，〈大東〉之詩不本名「小東」耶？〈節南山〉之篇，季武子賦之但作〈節〉；〈維清〉之詩，《禮記》「下管」則曰〈象〉。至《國語》秦穆享重耳賦〈鳩飛〉，《左傳》趙孟賦〈河水〉，韋昭謂〈鳩飛〉即〈小宛〉，〈河水〉即〈沔水〉。則古人名篇且有不同，若皆作者自名，則異名何從生耶？〔註56〕

陳啓源據《尚書》、《左傳》、《國語》之載，以爲篇名命於作詩之際，因而推定三百十一篇均如是也，《尚書》、《左傳》、《國語》所記篇名，或爲太史偶載之，未必爲詩人所自名也，若皆作者自名，古籍所引之異名何由生耶，且「〈風〉、〈雅〉異部，不嫌名篇之複」，故於同名之篇，特加國名以區之，或標小、大以記別，是知詩篇重名者固甚多，其名篇者自有記之道也。陳氏篇名爲作者自名之說，不能無失，魏源所論詳贍有理也。

四、正雅時世說

魏源以正〈雅〉均爲周公作於成王之世，故以〈小雅‧菁菁者莪〉以前、〈大雅‧鳧鷖〉以前之詩篇，皆周公爲述文、武之德而作。陳啓源則謂正〈雅〉不言謚，多作於文王生時或未稱王之前，因力斥《集傳》以〈文王〉之三作於周公之說，陳氏云：

〈大明〉、〈緜〉二篇，《集傳》皆以爲周公作之，以戒成王，不知何本，殆因〈文王〉篇而連及之耳。夫〈文王〉詩之爲周公作，僅見於《呂覽》，《呂覽》之言出於戰國策士，非傳信之書，錄其說以存疑可也，〈文王〉篇尚未可確指爲周公，況此二篇乎？〔註57〕

魏源則云：

《毛詩‧魚麗‧序》發正〈小雅〉之通例，但言：「文、武以〈天保〉以上治内，〈采薇〉以下治外，始於憂勤，終於逸樂。」則是以〈魚麗〉以前，爲文、武憂勤之詩，〈魚麗〉以後，爲文、武太平之詩，未嘗言有成王之什。故皇甫謐述《毛》，亦以〈魚麗〉至〈菁菁者莪〉十篇，爲歌武王之德。……《呂覽》言周公旦作詩曰「文王在上，於昭于天」，以繩文王之德。韋昭謂〈文王〉、〈大明〉、〈緜〉爲兩君相見之樂者，周公欲昭其先王之德於天下。杜牧曰：〈大雅‧皇矣〉周公美周之詩。陳氏尚謂《呂

〔註56〕〈齊魯韓毛異同論下〉，《詩古微》上編之一，頁171～172。

〔註57〕〈大雅‧大明〉，《毛詩稽古編》卷十六，《皇清經解毛詩類彙編》卷七十六，頁167。

覽》不足取信，然則更有何書可信乎？據〈大雅〉文、武詩分先後例之，則知〈小雅〉亦以文、武分先後。〈鹿鳴〉之三，皆侯國遣使之事，文王詩也。〈天保〉、〈伐木〉陳王禮，以下至〈菁莪〉八篇，皆有天下之事，武王詩也。……蓋文王有其德而無其位，不敢作禮樂；武王有其位而自謂無其德，亦未遑作禮樂。故成王、周公承百年必世之後，始制〈雅〉、〈頌〉，一切繼文、武之志，述文、武之事，使天下後世法文、武，而己不敢尸焉。故曰：我欲托之空言，不如見之行事之深切著明也。〔註58〕

據魏源所論，則正〈小雅〉次第可明矣，即〈鹿鳴〉之三，爲周公專述文王之詩，〈常棣〉、〈伐木〉、〈天保〉之三，兼述文、武，〈魚麗〉至〈菁菁者莪〉，則專述武王也。至〈大雅〉篇第，陳啓源云：

正〈小雅〉二十二篇，其爲文王詩者九，武王詩者四，周公、成王詩者九；正〈大雅〉十八篇，其爲文王詩者八，武王詩者二，周公、成王詩者八。武王爲周家開創之主，而詩篇獨少者，良以周之王業悉定於文王之世，惟留伐紂一事以待武王。又耄期受命，諸務日不暇給，故詳文而略武與。不獨《詩》然也，《書》述先德必文、武並稱，至〈康誥〉、〈酒誥〉、〈無逸〉、〈蔡仲之命〉諸篇，則盛稱文德而不及武，可見周室開代首王斷應屬文。後之學者欲彰其事殷之小心，反諱其造周之大業，豈善於論世者哉。〔註59〕

魏源駁之：

如其說，則周家幾視武王爲峰腰，較成王有慚德。且〈小雅〉四詩而逸其三，（止存〈魚麗〉）〈大雅〉又止居其二，武王即入聖未優，成王當有善上親，何獨略於父而詳於子？且〈蔡仲〉乃晚出之書，康叔乃文考之子，兄弟相語，言必稱親，義各有當。而〈無逸〉則專數享國長久之君，武王末受命四年而崩，安得與殷之三宗幷舉？至其他書無一不以文、武幷列。豈得據毛、鄭不可通之例，以證武王非聖人之論？然則《韓詩》以〈小雅・菁莪〉以上，皆文、武詩而無成王；〈大雅・鳧鷖〉以上，皆文、武詩而非成王；與《齊詩》匡衡疏所云：成王嗣位，思述文、武之道以養其心，休烈盛美，皆歸之二后而不敢專。豈非皆發明繼志述事之達孝於無窮乎？文、武之詩，皆作於成王之世，述文武之道以養其心，豈非又發明周公陳誨之誼，千載如見乎？較以毛、鄭舊例，孰契經誼，孰合聖心，扢雅之士，

〔註58〕〈正小雅文王詩發微上〉，《詩古微》上編之四，頁297～299。
〔註59〕〈小雅・杕杜〉，《毛詩稽古編》卷九，《皇清經解毛詩類彙編》卷六十八，頁94。

請折其衷焉。〔註60〕

陳啓源述《毛詩》，以〈文王〉至〈靈臺〉爲文王詩，〈下武〉、〈文王有聲〉屬爲武王，〈生民〉至〈卷阿〉爲成王詩；魏源申今文詩說，故以〈下武〉、〈文王有聲〉、〈生民〉、〈既醉〉、〈鳧鷖〉五詩屬武王，以〈假樂〉爲美周宣王之德，餘與《毛詩》相同。然詩篇時世之論，多屬牽強，不得以師說之異，評其是非也。

五、詩之訓釋

魏源於前人之批評，除〈衛序〉、《鄭箋》外，惟於陳啓源多達三十餘例，《詩經》基本諸論，已如前述；二人於《詩》之訓詁，亦多歧異；論之於下：

1. 〈周南・麟之趾〉

《毛詩稽古編》釋「振振公姓」云：

《傳》云：「公姓，公同姓」；「公族，公同祖」。《孔疏》申之，以爲同姓是五服之外，同祖是五服之內，與〈杕杜・傳〉以同姓爲同祖異，彼對同父，此對同族也。……稱子爲姓，古有之矣；稱孫爲姓，未之前聞。〔註61〕

陳氏謂古無稱孫爲姓者，魏源論云：

〈玉藻〉：「子姓之冠也。」《孔疏》：「孫是子之所生，故曰子姓。」〈特牲饋食禮〉：「子姓兄弟，如主人之服。」《鄭注》：「所祭者之子孫也。」又〈喪大記〉：「卿大夫父兄子姓立於東方。」《鄭注》曰：「子姓，謂眾子孫也。」其他傳記稱子孫爲子姓者，更僕難數，況〈杕杜・毛傳〉又以同姓爲同祖，則是《毛》以公子爲同父，公姓爲同祖，公族爲同高祖，故詩以三章先後爲親親之殺。若如《疏》以同姓爲五服之外，則安得先於五服內之公族乎？至《左傳・襄十二年》曰：「同姓於宗廟，同宗於祖廟，同族於禰廟。」又曰：「魯爲諸姬，臨於周廟。」謂同姓於文王爲宗廟也。「邢、凡、蔣、茅、胙、祭，臨於周公之廟。」是同宗於祖廟也。彼對異國言，自遠而近，故以同族爲五服以內，與此皆言文王近親者異也。〔註62〕

王引之《經義述聞》云：

公姓，公族皆謂子孫也。古者謂子孫曰姓，或曰子姓，字通作生。……是姓爲子孫之通稱也，公族猶公姓也。〔註63〕

〔註60〕〈大雅召康公成王詩發微〉，《詩古微》上編之五，頁373～374。

〔註61〕〈周南・麟趾〉，《毛詩稽古編》卷一，《皇清經解毛詩類彙編》卷六十，頁11～12。

〔註62〕〈周南答問〉，《詩古微》中編之一，頁426。

〔註63〕王引之：〈毛詩上〉，《經義述聞》第五，頁119～120。

知陳氏所言非是也。

2.〈雄雉〉、〈匏有苦葉〉

陳啓源云：

> 〈雄雉〉及〈匏有苦葉〉同是刺淫之詩，而皆以雉爲喻，一曰雄雉，一曰求牡，明著其雄雌分喻君與夫人，語若相應，作者之意未必不如毛、鄭解也。又詩人記興鳥獸，惟此詩言雄雉，〈南山〉言雄狐，皆以刺淫外，此無專目爲雄者，尤足證〈雄雉〉是指斥宣公之詞：〔註 64〕

魏源辯云：

> 陳啓源謂二詩皆刺淫，故以雉爲喻。又〈雄雉〉、〈雄狐〉，皆斥國君淫亂之詩，豈知《韓詩章句》云：「雉，耿介之鳥也。」則是興其行役之君子，「不忮不求」，即耿介之本誼。故〈琴操・雉朝飛〉二曲，一爲衛女思夫，一爲牧犢思妻，皆行役室家之興，何國君淫亂之有？「雄雉于飛，泄泄其羽」，猶「燕燕于飛，差池其羽」也；「雄雉于飛，下上其音」，即「燕燕于飛，下上其音」也。《箋》乃以「泄泄其羽」：「喻宣公整其衣服而起，奮訊其形貌，志在婦人」；以「下上其音」：「喻宣公小大其聲，怡悅婦人」。鄙嫌輕薄，豈詩人形容其君之體乎？「展矣君子，實勞我心」，謂勞君子之心，有是文義乎？〔註 65〕

故魏源以〈雄雉〉爲「大夫久役於外，其室家思之，陳情欲以歌道義也」，〈匏有苦葉〉爲「賢者感遇待時，不敢苟合也」，而未詳其爲何公之世，〔註 66〕與毛、鄭謂「刺衛宣公」者異也。

3.〈葛生〉

陳氏云：

> 嚴垣叔定爲悼亡之作，而以次章之塋域及末二章之于居、于室證之，此非也；「蘞蔓于域」，《傳》雖以爲塋域，然與上章之于野及葛蒙之棘楚一例語耳，不必目其夫所葬，于居、于室猶〈大車〉篇之同穴，不必死後方可言也，泥次章之于域，固可爲死亡之證，而三章之錦衾，獨不可爲生存之證耶！〔註 67〕

魏源以此詩爲「武、獻善呴其民，故有夫婦相守之效，非刺虐用其民也」。故駁陳啓

〔註 64〕〈邶鄘衛・雄雉〉，《毛詩稽古編》卷三，《皇清經解毛詩類彙編》卷六十二，頁 27。

〔註 65〕〈邶鄘衛答問〉，《詩古微》中編之二，頁 475。

〔註 66〕〈詩序集義〉，《詩古微》下編之一，頁 767。

〔註 67〕〈齊風・葛生〉，《毛詩稽古編》卷六，《皇清經解毛詩類彙編》卷六十五，頁 66。

源云：

> 自陳啓源於〈葛生〉不取寡婦悼亡之說，述《毛》而與《毛》背。是篇《毛傳》曰：「域，營域也。」「齊則角枕錦衾，禮：夫不在，斂枕篋、衾席，韣而藏之。」《箋》申之以爲夫雖不在，攝主以祭，主婦猶自齊而行事。「居」，謂墳墓；「室」，謂冢壙。冬夏晝夜長時，思之尤甚。王肅謂見夫齊物，感以增思。《孔疏》謂衾枕有故乃設，怨夫不在，申恨獨旦。而《世說》袁羊作詩嘲劉恢晝寢云：「角枕粲文茵，錦衾爛長筵。」劉尚晉明帝女，主見詩，不平曰：「袁羊，古之遺狂！」正以語涉悼亡耳。兩漢、晉、唐無異說，而陳氏獨以角枕、錦衾爲生存之證。營域、歸室乃寄托之詞，曷思「予美亡此，誰與獨旦」乎？不知所述者何《毛》乎？〔註68〕

〈葛生〉全篇充溢著悲切淒楚之情緒，爲悼亡之作也，陳氏之言失當矣！

4. 〈陳風〉

〈陳風〉十篇，三家詩以爲風俗之失，惟〈詩序〉以首篇〈宛丘〉刺幽公，因以次篇〈東門之枌〉爲刺幽公，陳啓源因斥三家之誣，而云：

> 《詩譜》謂太姬好巫覡歌舞，民俗化之；《地理記》亦謂太姬婦人尊貴，好祭祀用巫，故俗好巫鬼。其說略同，皆言陳俗之不美自太姬始也。竊怪文王后妃之德化及南國夫人、大夫妻，與漢濱之游女，太姬親孫女獨不率教，乃行事淫巫，開陳地數百年敝習，況《傳》稱胡公不淫，斯亦足表正其封內，民顧不從君而從夫人，皆理之難曉者，朱子喜闢漢儒，然此說獨信用之。〔註69〕

魏源辯云：

> 《毛詩》、三家本無甚閡，而陳氏自閡之也。〈宛丘・傳〉以「子」謂大夫，則是臣民之習俗。〈東門之枌〉謂「國之交會男女所聚」，而「子仲」及「原」皆大夫之氏。《鄭譜》亦謂「太姬無子，好巫覡祈禱鬼神歌舞之樂，民俗化而爲之。」則詩縱作幽公之世，而俗非幽公一人所致明矣。巫祝列於周官，楚俗又尚巫鬼，太姬封陳，近鄰楚地，因其舊俗，無子祈禱，特等姜嫄之禋祀，尚殊鄭、衛之淫風。陳亡靈公非以巫覡，故〈陳風〉十篇，其七皆刺君荒淫，而刺巫覡歌舞惟首二篇，豈謂一國所尚惟茲一事？且太姒不能化管、蔡，而惟疑太姬不能坊民乎？陳氏又謂〈首序〉出自采風之官，

〔註68〕〈齊風答問〉，《詩古微》中編之三，頁528～529。
〔註69〕〈陳風〉，《毛詩稽古編》卷七，《皇清經解毛詩類彙編》卷六十六，頁71。

> 所指時世，定有實據。然則魏、檜二國，無一世次，豈當時采風之官，預知漢世《史記》無〈魏〉、〈檜世家〉而預缺之歟？且陳氏於〈齊風・著〉及二〈東方篇・序〉不言何世者，又取孫毓至哀、至襄未審所刺何君之說，且謂〈詩序〉亦考其人於史，典文放失，無容悉知。然則采風官之原序，固已放失，今之〈首序〉，又何人考史所傳會歟？三家〈詩序〉同出子夏、荀卿，而《毛詩》動輒歧異，豈采風之始，即已不倫，或序如此，或序如彼歟？〔註70〕

陳氏以爲：

> 〈小序〉傳自漢初，其〈後序〉或出後儒增益，至〈首序〉則采風時已有之，由來古矣！其指某詩爲某君事、某人作，皆師說相傳如此，非臆說也。〔註71〕

故主張去〈序〉言《詩》，譬猶瞽者無相。魏源則欲別〈序〉、《箋》之誣《傳》者，於〈序〉、《箋》頗多異論；於《詩》之訓詁，陳啓源以《爾雅》爲準，以《爾雅》、《毛傳》同源子夏，故互爲表裡；魏源則謂：《爾雅》非專釋《毛傳》者，故指陳氏所列之《爾雅》、《毛傳》異同，均爲三家之訓也。〔註72〕魏源旨於調和今、古文四家異訓，於清漢學家之先導，專主《毛》、《鄭》、〈序〉之陳啓源詩說，多表不滿，故復於〈摽有梅〉、〈賓之初筵〉、〈抑〉、〈卷耳〉、〈行露〉、〈日月〉、〈終風〉、〈女曰雞鳴〉、〈采苓〉、〈東方之明〉、〈出車〉、〈采薇〉、〈小宛〉、〈漸漸之石〉、〈皇矣〉、〈崧高〉、〈韓奕〉諸詩，提出與《毛詩稽古編》不同之意見，指摘其訓釋之非。然此蓋兩人宗主各異，難以此而論兩者之優劣也。

第四節　其　他

《詩古微》辯證或駁難諸家詩說，除前述外，尚有：崔靈恩《集注毛詩》、歐陽脩《毛詩本義》、蘇轍《詩集傳》、鄭樵《六經奧論》、朱熹《詩集傳》、嚴粲《詩緝》、曹粹中《詩說》、馬端臨《文獻通考》、季本《詩說解頤》、何楷《詩經世本古義》、顧炎武《日知錄》、李光地《詩所》、惠周惕《詩說》、姜炳璋《詩序補義》、戴震《毛鄭詩考証》、阮元《揅經室集》等著作。魏源於諸家多偶一及之，今舉其於歐陽脩、朱熹、何楷、顧炎武、姜炳璋、戴震、阮元之批評，以詳其論。

〔註70〕〈陳曹答問〉，《詩古微》中編之四，頁544～545。
〔註71〕〈總詁・舉要・小敘〉，同註49，頁246。
〔註72〕同註56，頁174。

一、歐陽脩《毛詩本義》

歐陽脩撰《毛詩本義》十六卷，歷來說《詩》者，於《毛傳》、《鄭箋》均不敢非議，至歐陽脩之書始不曲徇《毛》、《鄭》，指摘其失，並批評〈詩序〉，故歐陽脩所爲訓釋往往能得詩人本旨，開宋學自由研究學風。歐陽脩論〈豳風〉云：

> 問者又曰：今豳詩七篇，自〈鴟鴞〉以下六篇皆非豳事；獨〈七月〉一篇，豈足以自爲一國之風，然則〈七月〉而下七篇寓於〈豳風〉爾，豳其自有詩乎？《周禮》所謂〈豳雅〉〈豳頌〉者，豈不爲〈七月〉而自有豳詩而今亡者乎！至於〈七月〉亦嘗亡矣。故齊、魯、韓三家之詩皆無之，由是言之，豳詩其猶有亡者乎。應之曰：經有其文猶有不可知者，經無其事吾可逆意而謂然乎？〔註 73〕

歐陽脩謂齊、魯、韓三家本無〈豳風〉，魏源駁云：

> 歐陽脩又謂三家詩皆無〈豳風〉，姜炳璋遂據爲口實。考《說文》所引，皆魯、韓異文。至《說文》引劉向說「四月秀葽」爲苦菜，則《魯詩》有〈七月傳〉之明證。《御覽》引《韓詩》「四之日舉趾」有《薛君章句》；《釋文》於「八月在宇」，《初學記》於「鑿冰沖沖」引《韓詩》說二百餘言；尤《韓詩》有〈七月傳〉之明證。鄭注《禮》用韓，而於〈籥章〉「歙豳詩」，歷引〈七月〉以釋之，尤《韓詩》〈七月〉經文之明證。歐陽之說，不知何徵？〔註 74〕

《毛詩》經文與魯、齊、韓三家異者動以百數，由《說文》、《御覽》、《釋文》諸書所引，知皆四家異文也，故三家亦有〈豳風〉，歐陽脩之說不知何據也。

二、朱熹《詩集傳》

朱熹著《詩集傳》，又爲《詩序辨說》，朱熹說《詩》固有初年，晚年之異也，《四庫提要》：

> 註《詩》亦兩易稿，凡呂祖謙《讀詩記》所稱朱氏曰者，皆其初稿，其說全宗〈小序〉；後乃改從鄭樵之說，是爲今本。〔註 75〕

朱熹頗能吸取當代研究成果，多處超過漢人詩說，故宋代後，《詩集傳》廣爲流傳，至今仍爲訓釋《詩經》之重要傳本。然朱熹仍受道學思想束縛，有主觀臆斷之處。魏源詳考《呂氏讀詩記》、《黃氏日鈔》、《詩緝》引朱說凡二十五條，均用〈序〉說，

〔註 73〕歐陽修：〈豳問〉，《毛詩本義》卷十四，《四庫全書》第七十冊，頁 292。
〔註 74〕〈齊魯韓毛異同論下〉，《詩古微》上編之一，頁 173。
〔註 75〕紀昀等：〈經部・詩類一〉，《四庫全書總目提要》卷十五，頁 329。

爲朱熹初年之說也。因論云：

馬端臨曰：《詩》，〈雅〉、〈頌〉之序可廢，而〈國風〉之序不可廢。予則請補一語曰：《詩》，〈國風〉之《集傳》可廢，而〈雅〉、〈頌〉之《集傳》不可廢。以其所得之多少而言也，以有據無據而言也。文公初說優於《集傳》者有之，《集傳》優於初說且有之，亦不可一例論也。〔註 76〕

〈小雅・鶴鳴〉一詩，〈毛序〉云：

誨宣王也。

《鄭箋》云：

誨，教也，教宣王求賢人之未仕者。〔註 77〕

是毛、鄭以爲求賢詩，而朱熹云：

此詩之作，不可知其所由，然必陳善納誨之詞也。蓋鶴鳴于九皋、而聲聞于野，言誠之不可揜也。魚潛在淵，而或在于渚，言理之無定在也。園有樹檀，而其下維蘀，言愛當知其惡也。他山之石，而可以爲錯，言憎當知其善也。由是四者引而申之，觸類而長之，天下之理其庶幾乎。〔註 78〕

《詩集傳》謂「陳善納誨之詞」，與毛鄭稍違，〈小雅答問上〉云：

《後漢書・楊震傳》：「野無〈鶴鳴〉之歎，朝無〈小明〉之悔。」則亦以爲求賢。言野而不言朝，則與《鄭箋》「教宣王求賢人未仕者」，皆出《韓詩》矣。禽魚木石，雜取不倫，惟喻賢材則無不倫。鶴飛鳴而有聲，實至名歸之賢乎？魚潛幽而無定，不求聞達之賢乎？蘀兮，蘀兮，喻遺材於葉落；穀兮，穀兮，譬小疵於惡木。必求備而責全，而棄楹而取桷。語有之：「山藪藏疾，川澤納污，瑾瑜匿惡，國君含垢。」故兩玉相逢，不可以攻，石不玉若，乃可爲錯。孔子告哀公曰：古者明王必盡知天下賢士之名；既知其名，又知其數，既知其數，又知其所在。而鳥木相擇，交臂相左，人主常恨不與斯人同時，賢士常恨不得知己而事，求明受福，井渫惻然。此馮唐所以發憤於孝文，蒯生所以流涕於昌國也。〔註 79〕

〈鶴鳴〉連篇設喻，意於諷諫人君求賢而隱居不仕者，朱熹雖以攻擊〈小序〉知名，於此〈序〉所言並未排斥，且採其意造「陳善納誨」之說，此即晚年不廢舊說之證。徇考經文，與〈楊震傳〉所引，當爲求賢招隱之詩，朱熹之言雖稍殊，亦與〈序〉

〔註 76〕二卷本〈集傳初義〉，《詩古微》卷之下，頁 126。
〔註 77〕〈小雅・鶴鳴〉，《毛詩正義》卷十一，頁 376。
〔註 78〕朱熹：〈小雅・鶴鳴〉，《詩集傳》卷十，頁 121。
〔註 79〕〈小雅答問上〉，《詩古微》中編之五，頁 586～587。

不遠矣。

三、何楷《詩經世本古義》

何楷《詩經世本古義》一改舊說，將三百零五篇依時代重行排列，《四庫提要》云：

> 其論《詩》專主孟子知人論世之旨，依時代爲次，故名曰「世本古義」。始於夏少康之世，以〈公劉〉、〈七月〉、〈大田〉、〈甫田〉諸篇爲首，終於周敬王之世，以〈曹風・下泉〉之詩殿焉。計三代有詩之世，凡二十八王，各爲目，序於前；又於卷末仿序〈卦傳〉例，作屬引一篇，用韻語排比成文，著所以論列之義。〔註80〕

此何書之大要也。何氏學識淵博，考證詳明，可謂萃一生之精力，確非宋後諸儒所可及，然仿序〈卦傳〉體，以韻語明比屬牽綴之義，不免流於穿鑿附會。何楷於〈齊風・著〉云：

> 刺魯桓公也。娶齊文姜而不親迎，至於讙以迎之，於是得見乎公矣，國人代爲文姜之辭，以醜之。……「著」乃朝內之位，至「充耳」、「瓊華」之飾，何等莊嚴，豈是士庶所有儕之流俗，其謬確矣。如〈序〉謂刺時不親迎，卻自渾然，蓋謂其時固有如此人、如此事耳。又班固《前漢書・地理志》引《齊詩》曰：「子之營兮，遭我乎嶩之間兮」，又曰：「竢我於著乎而」，以爲齊俗舒緩之體如此。固既以「營」爲青州臨淄之營丘，而顏師古亦以「著」爲濟南郡著縣。審爾，則「茂」、「昌」、「庭」、「堂」亦復可以地名強解否耶？是皆不究全詩之文理，而漫爲之辭者也。〔註81〕

何氏以〈著〉爲刺魯桓公不親迎，魏源不知何據也，.以爲何楷釋此詩爲「刺魯莊越竟逆哀姜之詩」，而謂其言三不合也，〈齊風答問〉云：

> 魯莊如齊逆女，親至齊都，並非俟於中途。一不合也。《傳》、《箋》謂「瓊華」，士飾；「瓊瑩」，卿大夫飾；「瓊英」，國君之飾。若夫人至自齊，不應由庭及堂三易其飾。二不合也。詩次於〈還〉後〈東方〉前，安知非齊先世刺親迎不至女家之詩？且何以不在襄公〈南山〉之後？三不合也。〔註82〕

〈毛序〉云：

〔註80〕〈經部・詩類二〉，《四庫全書總目提要》卷十六，頁345。
〔註81〕何楷：《詩經世本古義》卷二十，《四庫全書》第八十一冊，頁720～722。
〔註82〕〈齊風答問〉，《詩古微》中編之三，頁515。

刺時也，時不親迎也。〔註83〕

考詩文之旨，通篇惟美之詞，不見刺意，謂「親迎」則是也。「著」依文義，則非地名也，王先謙云：

著與「宁」通，「宁」有二釋：宮門屏之間爲宁，乃門內屏外，人君視朝所宁立處，此《傳》所本。李巡云：「正門內兩塾間曰宁。」即此詩之「著」。士家於寢門之內設屏，屏門可以宁立，故亦謂之宁。寢門亦曰闔門，《說文》：「闔，特立之戶。」是戶即宁也。〔註84〕

故「著」者門屏之間也，師古之言非是。「瓊華」、「瓊瑩」、「瓊英」亦非三易其飾，當如屈萬里所云：

非謂三人服飾各不同，亦非謂一人而眞有此三種服色也；〈國風〉無一章之詩，此爲足成三章，不得不變換其辭耳。〔註85〕

〈著〉當爲女子于歸見婿親迎之詩，不必爲刺魯莊（桓）公不親迎，何氏之言不足信，魏源所論亦未妥也。

〈小雅・小弁〉詩，論者多據《孟子・趙岐注》、《論衡》、《漢書・馮奉世傳・贊》以爲：乃伯奇至孝，後母感而化慈之詩。何楷則云：

但果如所云則不過關人家庭之事，於義小矣！且「踧踧周道，鞫爲茂草」，此豈伯奇之言哉？又《韓詩》及曹植皆謂吉甫信後妻讒殺孝子伯奇，其弟伯封求而不得，作〈黍離〉之詩，則與〈琴操〉言吉甫感悟者，更相矛盾，總之皆委巷傳訛之語，要不足信。〔註86〕

〈小雅答問〉云：

何楷之言至爲紕繆。考《御覽》引《韓詩》，以〈黍離〉爲伯封作，即《新序》所謂衛壽閔其兄伋且見害，作〈黍離〉憂思之詩者也。於〈小雅〉伯奇之〈小弁〉何與？〈琴操〉始以伯奇之弟亦名伯封，然不以爲作詩之人。且何嘗謂其見殺乎？至《詩考》引曹植〈貪惡鳥賦〉，則又言「昔尹吉甫信後妻之讒而殺孝子伯奇，其弟伯封求而不得，作〈黍離〉之詩」，始淆〈風〉、〈雅〉爲一事。今《曹植集》已無此語，其繆不足深辯。范家相又謂〈琴操〉止云「賦〈小弁〉」，不云「作〈小弁〉」則直以豐坊僞《魯詩傳》爲〈琴操〉。且吉甫宣王之佐，豈有伯奇預賦宜臼之詩耶？至何氏自

〔註83〕〈齊風・著〉，《毛詩正義》卷五，頁189。
〔註84〕王先謙：〈齊風・著〉，《詩三家義集疏》卷六，頁379。
〔註85〕屈萬里：〈齊風・著〉，《詩經詮釋》，頁167。
〔註86〕《詩經世本古義》卷十八之下，《四庫全書》第八十一冊，頁583～584。

> 解此「周道」、「茂草」二語，云周道坦平，人共來往，一旦化爲矛塞，與我父子一朝隔絕何異？此言奚不可通之伯奇乎？〔註 87〕

孟子謂「〈凱風〉，親之過小者也；〈小弁〉，親之過大者也。」並未落實爲何人，而趙岐乃據《魯詩》注云：

> 〈小弁〉，〈小雅〉之篇，伯奇之詩也。……伯奇仁人，而父虐之，故作〈小弁〉之詩。〔註 88〕

考諸詩文，今文之說恐未必然，〈毛序〉、朱熹之言不可信。屈萬里云：

> 舊謂幽王寵褒姒而廢太子宜臼，太子之傅作此詩；朱《傳》以爲宜臼自作；然皆無確據。孟子論此詩，大意謂人子不得於其父母者所作，而未坐實其人。〔註 89〕

其言較客觀，今從之。

四、顧炎武《日知錄》

顧炎武爲清代考據學之開創者，將政治與文字、音韻、訓詁、名物、考古、校勘、歷史、地理等學科相結合，有《詩本音》十卷，爲清代研究《詩經》音韻學奠立基礎；而《日知錄》一書，則「積三十餘年乃成一編，蓋其一生精力所注也」〔註 90〕，顧氏學本博贍，考據多精詳。又喜談經世之務，魏源於其學頗多推崇，〈詩外傳演上〉收錄顧氏詩說十二則，然某些論證，魏源亦有與顧氏看法不同者。如論變〈小雅〉，〈變小雅幽王詩發微中〉云：

> 《釋文》云：〈節南山〉至〈何草不黃〉凡四十四篇，前儒申《毛》，皆以爲幽王之變〈小雅〉。鄭以〈十月之交〉以下四篇，是厲王之變〈小雅〉，漢初毛公移其篇第云云。案此云「前儒申《毛》」者，謂王肅之徒申毛難鄭也。而《日知錄》引此作前儒申公、毛公，實爲大誤。無論唐代止存韓、毛之《詩》，齊、魯亦無申、韓之稱。且《釋文》對辨毛、鄭，童子知其異同，通儒有此笑柄，良可愕也。〔註 91〕

〈大雅・烝民〉一詩，魏源考證齊太公至胡公凡六世，《史記》於哀公以上缺一代，其五代反葬於周，〈大雅答問下〉云：

> 《毛傳》齊徙臨淄，雖未明著其世，而《史記》〈世表〉、〈世家〉之年，

〔註 87〕 同註 79，頁 591。
〔註 88〕 〈告子下〉，《孟子注疏》卷十二上，頁 211。
〔註 89〕 〈小雅・小弁〉，《詩經詮釋》，頁 372。
〔註 90〕 〈子部・雜家類三〉，《四庫全書總目提要》卷一一九，頁 590。
〔註 91〕 〈變小雅幽王詩發微中〉，《詩古微》上編之五，頁 344。

則大不可信。考〈檀弓〉:「太公望封於營丘，比及五世，皆反葬於周。」《水經注·穀水篇》: 臨淄人發古冢，得銅棺，前和外隱起字，言齊太公六世孫胡公之棺也。胡公即哀公弟，同爲一世，合太公、丁公、乙公、癸公，共止五世，而此云六世，則哀公以上缺一代矣。《世本》「癸公」作「癤公」，疑當爲二君。今若於哀公前增一世，以第五世當懿王，哀公當孝王，至夷王三年烹，逮共和末共得六十五年，以爲保民耆艾之胡公年數，則獻公嗣立徙都，約當宣王之初，與《紀年》、《毛傳》無不合矣。獻嗣胡後，即徙都臨淄，故葬胡公於臨淄，若如《史記》當夷王時，則齊未徙都，胡公當葬薄姑，安得墓在臨淄乎？〔註 92〕

顧炎武以若齊五世反葬於周，則爲不仁、不孝、不度、不祥、不恭、不惠，其論云：

太公，汲人也。聞文王作，然後歸周。《史》之所言，已就封於齊矣。其復入爲太師，薨而葬於周事未可知。使其有之，亦古人因薨而葬不擇地之常爾。《記》以首丘喻之，已謬矣。乃云比及五世，皆反葬於周。夫齊之去周，二千餘里，而使其已化之骨，跋履山川，觸冒寒暑，自東徂西，以葬於封守之外，於死者爲不仁；古之葬者，祖於庭，塴於墓，反哭於其寢，故曰葬日虞，弗忍一日離也。使齊之孤，重趼送葬，曠月淹時，不獲遵五月之制，速反而虞，於生者爲不孝；且也入周之境，而不見天子，則不度；離其喪次，而以衰絰見，則不祥；若其孤不行，而使卿攝之，則不恭；勞民傷財，則不惠；此數者無一而可。禹葬會稽，其後王不從，而殽之南陵，有夏后皋之墓，豈古人不達禮樂之義哉！體魄則降，知氣在上，故古之事其先人於廟，而不於墓，聖人所以知幽明之故也，然則太公無五世反葬之事明矣。〔註 93〕

〈大雅答問〉駁顧氏云：

顧氏《日知錄》駁五世反葬之説，以爲不仁、不孝、不度、不祥、不恭、不惠。考〈金縢〉「穆卜」、《左傳》「夾輔」，太公尚佐成王。而《大傳》言太公期年報政，則或報政時旋薨京師。如周公之葬畢以從文、武，其子呂伋復事康王，見〈顧命〉、《左傳》。又《詩譜》謂「丁公嗣位於王官」，則三世爲王朝公卿，是以皆葬於周。而哀公又死於朝王時，其從祖墓而不歸齊宜也，胡謂不仁、不孝、不度云云乎？至胡公被弒於國，始不葬周，正可以證《禮記》之説，但不當泥首丘反葬之文耳。顧氏乃引《水經注》

〔註 92〕〈大雅答問下〉，《詩古微》中編之八，頁 687～688。
〔註 93〕顧炎武：〈太公五世反葬於周〉，《日知錄集釋》卷六，頁 135。

胡公棺以六世爲五世，尤爲以誤證誤，今附正之。〔註94〕

《史記・齊世家》載：太公封營丘，至五世胡公，徙都薄始；子獻公，徙治臨淄，事當夷王之時。魏源據《水經注》胡公銅棺，以胡公爲六世，則《史記》於胡公前缺一世；獻公嗣位徙都，當於宣王初年。以〈小雅・六月〉言：「文、武吉甫。」亦宣王時詩，又《國語》記樊穆仲譽魯孝公事，爲宣王三十三年，與此詩互證，魏源之說蓋是〔註95〕，則顧炎武以太公至胡公爲五世，其論誤矣。

五、姜炳璋《詩序補義》

姜炳璋《詩序補義》二十四卷，《四庫提要》云：

> 是編以〈詩序〉首句爲國史所傳，如蘇轍之例；但轍於首句下申明之語，竟刪除不論。炳璋則存其原文，於首句中離一字書之，而一一訂其疎舛，例又小殊，蓋參用朱子《詩序辨說》之義，以通貫兩家也。……大抵以詩人之意，爲是詩之旨，國史明乎得失之跡，則以編詩之意爲一篇之要，尤可謂解結之論矣。〔註96〕

知是書以補訂〈詩序〉舛誤爲職志也。姜氏謂：漢四家詩，惟毛公出自子夏，淵源最古，非三家所及，魏源已駁其說。〔註97〕至〈周南・漢廣〉詩，姜氏云：

> 《韓詩》：〈漢廣〉，説人也。何氏楷云：亦云守禮之可説耳。其論近是。《薛君章句》云：游女，謂漢神，則荒唐矣！然其意猶未離乎正也。至《外傳》云：孔子適楚，處子佩瑱而浣，使子貢三挑之。侮聖已甚，三家之廢豈偶然哉！〔註98〕

因《韓詩內傳》益以交甫解珮之事，《外傳》述阿谷處女亦引〈漢廣〉證之，故姜炳璋有「三家之亡，尚恨其不早」之譏誚，魏源辯云：

> 自《易林》云：「喬木無息，漢女難得。禱神請佩，反手離汝。」於是旁及交甫、解珮之說。然《文選》解珮事，〈蜀都賦・注〉以爲《列仙傳》，〈江賦・注〉以爲《韓詩內傳》，〈洛神賦・注〉則宋本一作《列仙傳》（尤廷之本），一作《韓詩內傳》（袁本、茶陵本）。而〈詠懷詩・注〉則曰：《列仙傳》：江妃二女出游江濱，交甫遇之，餘與《韓詩內傳》同云云。考劉向《列仙傳》，有「江妃二女」，而終之以「《詩》云：『漢有游女，不可求思』

〔註94〕同註92，頁688。

〔註95〕〈大雅・烝民〉，《詩經詮釋》，頁536。

〔註96〕同註80，頁359。

〔註97〕詳本文第三章第一節。

〔註98〕姜炳璋：〈周南・漢廣〉，《詩序補義》卷一，《四庫全書》第八十九冊，頁27。

> 此之謂也。」蓋說者因薛君有「漢神」之云，而《列仙傳》又有引《詩》之語，因淆爲一事。〈巷伯・毛傳〉引顏叔子夜遇嫠婦事，凡二百言，以爲「辟嫌不審」之證。使不見其全傳，而第徵引於他書，則必謂《毛詩》以〈巷伯〉非寺人矣。《說文・鬼部》亦引《韓詩傳》「鄭交甫逢二女魃服」，與〈巷伯・毛傳〉引顏叔子事同。蓋以交甫事證漢神，非以交甫事解經也。古籍不完，難據孤文以訾全誼。〔註 99〕

此蓋因傳訛而失其眞也。《薛君章句》謂「游女」爲漢神，當如《離騷》湘君之流，以比貞靜之女。可望不可即也。今《薛君章句》與《列仙傳》混爲一事者，乃因《文選》多爲〈五臣注〉所亂，〈李善注〉以爲《列仙傳》，〈五臣注〉以爲《韓詩內傳》也，因訛傳訛，議三家者遂執此以爲大謬。〔註 100〕三家別存一義，可補《毛詩》未備者，至其亡佚則良有因矣，姜氏執《韓詩》〈漢廣〉說，以誚三家不早亡者，其言亦失公平。

六、戴震《毛鄭詩考正》

戴震爲「乾嘉學派」之巨擘，爲皖派創始者，皖派學風以考証與義理相結合，經由經典文字、音韻、訓詁之考証，來證疏經傳，闡述經義。《毛鄭詩考正》四卷及《杲溪詩經補注》二卷，即爲文字考釋與義理相結合。《鄭堂讀書記》云：

> 是書於《毛傳》、《鄭箋》無所專主，多自以己意考証，或兼摘《傳》、《箋》考証之，或專摘一家考証之，或止摘經文考正之。大都俱本古訓古義，推求其是而仍以輔翼《傳》、《箋》爲主。非若宋人說《詩》諸書，專以駁斥毛、鄭而別名一家。〔註 101〕

〈邶風・靜女〉「靜女其姝，俟我於城隅」句，戴震云：

> 此媵俟迎之禮，諸侯娶一國，二國往媵之，以姪娣從，冕而親迎，惟嫡夫人耳。媵則至乎城下，以俟迎者，然後入，「愛而不見」，迎之未至也。〔註 102〕

〈邶鄘衛答問〉駁云：

> 考《韓詩外傳》及《說苑》曰：賢者精氣闐溢而後傷，時之不可過也。不見道端，乃陳情欲，以歌道義。《詩》曰：「靜女其姝，俟我於城隅。愛而

〔註 99〕〈周南答問〉，《詩古微》中編之一，頁 425。
〔註 100〕二卷本〈三家異義〉，《詩古微》卷之下，頁 121～122。
〔註 101〕周中孚：《鄭堂讀書記》卷八，《叢書集成續編》第七冊，頁 100。
〔註 102〕戴震：〈邶風・靜女〉，《毛鄭詩考正》卷一，《皇清經解毛詩彙編》卷五五七，頁 433。

> 不見，搔首踟躕。」急時詞也。此以賢者及時思遇，托於盛年思偶者之詞。《離騷》美人懷君，本諸此也。「靜」通爲「靖」，蓋美善之稱。則是靜女爲城隅所隱蔽而不得見，君門萬里之思也。下二章皆設言一貽我以彤管，再貽我以荑茅，物愈薄而感益深，「美人贈我錦繡段，何以報之青玉案」也。《左氏傳》曰：「〈靜女〉之三章，取彤管焉。」若非全詩近於閨情，烏用斷章以取乎？至戴氏震據《易林》云：「季姬踟躕，待孟城隅。終日至暮，不見齊侯。」謂此媵俟迎之禮。諸侯冕而親迎，惟嫡夫人耳，媵則至乎城下以俟迎者而後入。此衛女嫁爲齊侯夫人，故所媵亦姬姓。孟者，嫡夫人也；季者，媵也。詩中「我」，爲夫人自稱；「女」，稱其媵妾；「彤管」，言能以道誼襄己，同〈關雎〉求賢惠下之情，戴說傅會，雖差勝毛、鄭陳古迂曲之刺，然嫡媵相俟，爲時幾何？賦詩迫切，殆非情實。《易林》隨意取象，非指此詩。且《三百篇》，齊、魯、韓說多不謀同詞，從未有參差各出若此者。當以《說苑》及《韓詩外傳》爲正釋。〔註 103〕

〈靜女〉曾引得顧頡剛爲首之古史辯派熱烈論戰；觀其詩旨，爲描寫男女相悅之詩，〈毛序〉刺時之說，固不足辯，《毛傳》於此似爲美詩，通篇無一語涉及刺者，概用《左傳》說而不得其旨；《易林》以爲季姬與齊侯之事，則爲漢儒臆說，不足採信。〔註 104〕而戴震謂媵俟待迎，執《易林》曲說爲論，魏源已辯正其謬。至魯、韓以爲賢者及時思過之說，亦附會曲取，魏源謂「當以《說苑》及《韓詩外傳》爲正釋」者，迴護三家之說，可謂用心良苦。今視〈靜女〉爲男女相悅之詩，則前人之糾紛實爲多餘。

七、阮元《揅經室集》

阮元以提倡學術自任，倡修《清史・儒林》、〈文苑傳〉，於浙設詁經精舍，於粵立學海堂，嘗輯《經籍纂詁》，校刊《十三經注疏》，匯刻《皇清經解》一百八十幾種，爲補王應麟《詩考》之遺，撰《三家詩補遺》，《揅經室集》正、續編則爲其詩文集。〈小雅・十月之交〉鄭玄以爲厲王詩，與毛不合，阮元舉毛說之合者四，《鄭箋》不合者四，力辨鄭氏厲王說之非，其說甚爲有據，當可從。至皇父七子，則阮氏謂七子皆宣王舊臣，先朝賢佐，幽王惟婦言是聽而不用，舉七例以駁《箋》以父爲厲王時人。阮元以爲：〈十月之交〉之皇父即〈常武〉之「大師皇父」，若二皇父爲兩人，則前後二、三十年間，不當有同官復同字者，其不合一也；如皇父爲后族，

〔註 103〕〈邶鄘衛答問〉，《詩古微》中編之二，頁 476～477。
〔註 104〕俞平伯：〈讀詩札記〉，《論詩詞曲雜著》，頁 108～111。

則當居於王都，不應退居向，讓尹氏爲太師卿士，其不合二也；幽王六年時，尹氏、皇父不應同時並居一官，其不合三也；如爲貪淫之臣，「不憖遺一老」二句，則辭極不順，其不合四也；〈節南山〉之尹氏，《史記》之虢石父皆不在家伯、仲允之列，忠佞立判，其不合五也；《呂覽》引《墨子‧所染》之文，皇父七子，無一列名其中，明非佞臣，其不合六也；〈瞻卬〉、〈召旻〉皆刺幽王，極言婦女傾城，未及皇父七子之權責，其不合七也；因言皇父爲宣王賢臣，漢儒視爲姦佞之首者，乃因皇父與豔妻並舉之故耳。〔註105〕於阮氏所論，魏源並不認同，因主張〈十月之交〉爲刺后族姦佞，非泛刺朝臣，而皇父七人亦非宣王遺臣，〈小雅答問下〉列舉孔穎達、崔琦、左雄、孟康諸人之論，以證皇父七子實爲后氏之外親，又舉《路史》、《左傳》、《漢書》以證皇父黨類強盛，侵奪主勢。又駁阮說之非云：

> 自《漢書》以來，齊、魯、韓、毛並無異義，乃近日阮氏《詩補箋》以「皇父孔聖」爲頌德之詞，「不憖遺一老」爲惜賢之歎。且並番、蹶七子之倫，即樊侯、蹶父之屬，皆先朝賢佐而見棄於幽王。不啻飛廉之忠殷室，武觀之造夏邦，無一取證於三家，而忽發覆於千載乎？〔註106〕

阮元謂：皇父明爲賢臣，詩人但舉皇父，則番、家伯等均以類相從，皆爲民所屬望而王所摒棄之賢臣，且端賴〈常武〉以表正之，以雪七人千古之冤；然以〈常武〉「南仲大祖，大師皇父」，而謂：皇父爲南仲之後，則魏源另有證焉，〈齊魯詩發微合篇〉云：

> 《白虎通》曰：《詩》云「王命卿士，南仲大祖」者，古者明君爵有德，必於太祖廟，君降立阼階南向，所命北向，史由君右執策命也。此《魯詩》之說，而〈常武‧毛傳〉同之，……《鄭箋》反泥前傳以改此詩，謂卿士指皇父，而南仲乃其太祖。果爾，何不云「大祖南仲」乎？何不云「王命卿士，大師皇父，南仲大祖」乎？文義齟齬，有目共見。〔註107〕

則「太祖」謂祖廟也，阮氏以爲始祖者非也。且〈常武〉爲美宣王親征之詩，詩人載王命南仲爲卿士、皇父爲太師，並未言及皇父之功過；至〈十月之交〉一詩，則皇父蠻橫霸道，貪利害民，昭然可見，詳述皇父者，蓋因其位最尊、權最重，實爲罪魁禍首也，「皇父孔聖」乃反諷之語，詩人藉天變以勸諫幽王君臣當及早醒悟，棄邪歸正，以免遭遇災禍，故列舉褒姒同黨皇父等七人之惡行，以刺幽王用小人於外，豔妻惑王心於內，終致天災人禍頻仍，宗周不保。阮元〈詩十月之交四篇屬幽王說〉

〔註105〕阮元：《揅經室集》卷四，《叢書集成初編》第六十九冊，頁179～180。

〔註106〕〈小雅答問下〉，《詩古微》中編之六，頁600～601。

〔註107〕二卷本〈齊魯詩發微合篇〉，《詩古微》卷之下，頁85。

一文，考証甚詳贍，深受後人贊許及認同，然謂皇父七人爲賢臣，所言則差矣；魏源駁正之，其論甚當也。

以上所敘即魏源批評前人詩說之概況，另有於劉歆之批評，指劉歆竄亂《左傳》〔註108〕，因不屬本文論述之範圍，略而不列。魏源嘗謂：「說經而徇私，鮮有不害道者矣。」〔註109〕然觀其所批評者，諸家多宗毛、鄭之說，則其欲使今文三家與《毛詩》並列，而曲護今文三家之詩說者，仍未能擺脫其今文家之立場，此其說令人難以全然信服者也。

〔註108〕同註103，頁482～490。

〔註109〕〈召南答問〉，《詩古微》中編之一，頁433。

第五章　《詩古微》於詩義之闡發

《尚書》記言，《春秋》記事，所載者為中國最早之歷史，惟其偏於政治，於風土民情則無聞；古地理雖載於〈禹貢〉，若以風土之殊，致好惡之別，惟於《詩經》中可求之，《詩經》確存有古代史地學之價值。而誦《詩》首要，務求多識，《詩經》所記典章制度者，古無專書，詳究於此，可知古代禮樂制作之規模，本章分史地、禮樂、名物制度，以見《詩古微》於詩義之闡論。

第一節　關於史地者

《詩經》與史事確有密切關係，實爲珍貴而可靠之史料。魏源嘗治《春秋》，於《詩》與史之關係，已多闡述；又治〈禹貢〉，以實地調查爲方法，歷遊名山大川，參酌史志，頗能推陳出新，於《詩經》中山川地理，每有新解，初步達成其通經致用之理想。

一、歷史考證

《詩經》之〈生民〉、〈公劉〉、〈皇矣〉、〈緜〉、〈大明〉五篇，爲反映周代始祖之史詩；而〈六月〉、〈采薇〉、〈出車〉、〈采芑〉、〈黍苗〉、〈車攻〉等十二篇，則可稱爲宣王中興史詩，以《詩經》考時事，則知其遞變之跡也。茲舉周公、召公分陝之時、鄭滅檜、虢二國、玁狁爲患之世，以見魏源考證史事之成績。

1. 周召分陝於武王之世

鄭玄《毛詩譜・周南召南譜》：

> 文王受命作邑於豐，乃分岐邦周、召之地爲周公旦、召公奭之采地，施先公之教於己所職之國。武王伐紂，定天下，巡守述職，陳誦諸國之詩，以

觀民風俗，六州者得二公之德教尤純，故獨錄之，屬之太師，分而國之。其得聖人之化者，謂之〈周南〉；得賢人之化者，謂之〈召南〉，言二公之德教，自岐而行於南國也。〔註1〕

鄭玄主周、召分陝於文王時，以〈二南〉爲二公之化，魏源則以爲〈二南〉諸詩，均作於未分陝之時，周公、召公分陝而治，實在武王有天下之後，〈二南義例篇〉云：

考〈書大傳〉、〈周本紀〉，文王伐崇作豐，年已九十有六，明年即薨，何暇以岐地分賜二公，施行政教？且文王身爲西伯，何得又使其臣分僭二伯？故《書・君奭篇》數文王臣，惟虢叔、閎夭、散宜生、太顛、南宮适。及武王時，虢叔先卒，則曰：「武王惟茲四人，尚迪有祿。」皆不及於旦、奭。至〈樂記〉始言：「〈武〉始而北出，再成而滅商，三成而南，四成而南國是疆，五成而分周公左、召公右」，則二公分陝，實在武王有天下之後明矣。〈二南〉之詩，實陳於武王時，周、召分陝之後，所采則皆文王之風，實非周、召之化又明矣。〔註2〕

商紂時，文王率諸侯以事商，自無暇以岐地分賜二公，且文王自稱爲西伯，不應復命召公爲西伯，是知周、召分陝而治，實於武王伐紂之後。鄭玄因〈詩序〉言「王者之風」、「諸侯之風」，衍生爲「聖人之化」、「賢人之化」，以〈二南〉爲周公、召公之德化，以文王分岐周故地爲二公采邑，而定〈二南〉作於文、武之世。魏源不取周、召風化爲義，以〈二南〉爲被文王之化，其分繫諸周、召者，以所采之地，不以人也。惟主於文王之風化，故〈召南〉皆〈周南〉之應，因創〈二南樂章篇次相應表〉：

〈關雎〉	〈鵲巢〉
〈葛覃〉	〈采蘩〉
〈卷耳〉	〈采蘋〉從《齊詩》篇次
〈芣苢〉	〈草蟲〉
〈樛木〉	〈小星〉
〈螽斯〉	〈江沱〉
〈桃夭〉	〈摽有梅〉
〈免罝〉	〈羔羊〉
〈漢廣〉	〈行露〉
〈汝墳〉	〈殷其靁〉

〔註1〕鄭玄：〈周南召南譜〉，《毛詩譜》卷首，《四庫全書》第六九冊，頁五四。

〔註2〕〈二南義例篇下〉，《詩古微》上編之三，頁252。

〈麟趾〉　〈騶虞〉〔註3〕

至於周公、召公之封地，魏源據三家詩爲說，主以陝州爲界：〈周南〉位陝州之東，其境東北至汝，南至江，北至河（原作「漢」當係「河」之訛）；〈召南〉於陝州之西，其境西北至蜀，東南至南郡。陝州即今河南陝縣，故知周公治豫、徐、荊、揚，兼有豐、鎬之風，召公治雍、梁二州，兼有荊、豫之風，此周、召分陝之時，與其分治封域之大要。

2. 鄭滅檜虢之時

檜、虢相鄰，檜位於今河南鄭州南，虢則有西虢、東虢，西虢隨平王東遷，徙至上陽，後爲晉所滅，東虢位今河南滎陽，孔穎達謂「鄭滅虢、檜而處之」者〔註4〕，即指東虢。鄭玄以爲東周初年鄭武公滅檜、虢，魏源以周、秦史傳考之，主張滅虢者，東周初鄭武公也，檜則西周末鄭桓公所滅，〈檜鄭答問〉云：

> 《紀年》：晉文侯二年，王子多父伐鄶，克之。乃居鄭父之丘，是爲桓公。十年，申人、鄶人、犬戎入宗周，弒王於戲，及鄭桓公。《韓非子》及《說苑》云：鄭桓公將襲鄶，取其豪傑良臣智辯果敢之姓名，擇鄶之良田，設壇場而埋於國門之外若盟然。鄶君疑而盡殺其臣，桓公乃襲鄶取之。子產曰：先君桓公與商人皆出自周，庸次比耦，斯其藜、蒿、蓬、藋而處之。《史記．（鄭）世家》：桓公言於王，東徙其民於洛東，虢、鄶果獻十邑，竟國之。並言檜滅於桓公，不言武公也。《國語》：「幽王八年而桓公爲司徒，九年而王室始騷，十一年而斃。」其謀檜蓋在此三年中，而富辰言鄶由叔妘。《公羊》言「古者鄭國處留，先鄭伯有善於鄶公者，通乎夫人以取其國而遷鄭焉，而野留。」是桓公寄孥與賄之後，即親至鄶地、定居鄭父之丘，而後返西都，遂及於難。其時皇父爲王卿士，而作都於向。向亦在東都畿內，皆懼王室之多故，憂逃死之無所，爭營狡窟，迫不暇待，故《國語》云：「桓公爲司徒，甚得周眾與東土之人。」《史記》云：「河、雒之間，人便思之。」史伯云：君以成周之眾奉辭伐罪，以東都迫近虢、鄶，桓公能用其眾故也。其後武公迎平王東遷，始幷滅東虢，是先有滎陽之密縣，後有滎陽之成皋，皆不居其都而居新鄭焉。以桓公先定居鄭父之丘，故武公因先業耳。若桓公先不得檜，則驪山戎禍之後，其孥、賄皆沒於虢、檜。武公身且不保，安能以兵迎王東遷，且兼幷巖邑乎？〔註5〕

〔註3〕〈二南義例篇上〉，《詩古微》上編之三，頁246～247。

〔註4〕孔穎達：〈檜譜疏〉同註1，頁75。

〔註5〕〈檜鄭答問〉，《詩古微》中編之三，頁494～495。

鄭桓公友爲幽王司徒，死於犬戎之難，武公掘突亦爲司徒，定平王於東都，得虢、檜後，乃徙其都於新鄭。魏源詳辨檜滅於鄭桓、東虢滅於鄭武，所論前儒多未及，惟朱熹言之，又或謂〈檜風〉四詩爲鄭人之作，則朱熹云：

檜，國名。……周衰，爲鄭桓公所滅而遷國焉，今之鄭州即其地也。蘇氏以爲〈檜〉詩皆爲鄭作，如〈邶〉、〈鄘〉之於〈衛〉也，未知是否。〔註6〕

虢、檜二君因貪利遭致亡國，足爲後世治國之戒也。

3. 玁狁熾於夷王時

《詩經》言及邊患者，如〈定之方中〉、〈載馳〉、〈清人〉言狄患，〈無衣〉言犬戎之擾，〈采薇〉、〈出車〉、〈六月〉言玁狁爲患。自三代以降，北方遊牧民族即爲歷代心腹要患，堯時稱葷粥，或作獯鬻；商稱鬼方，周稱玁狁、畎夷、犬戎，秦、漢時爲匈奴。〔註7〕玁狁於周世何時始成大患，〈采薇・序〉云：

文王之時，西有昆夷之患，北有玁狁之難，以天子之命命將率，遣戍役以守衛中國，故歌〈采薇〉以遣之，〈出車〉以勞還，〈杕杜〉以勤歸也。〔註8〕

〈毛詩序〉以爲文王時即有玁狁爲患，魏源則主文王時尚無玁狁之患，〈小雅答問〉云：

周初，岐、豐西逼戎而北遠狄，其時獯鬻亦附於西戎，大不如西戎之強，以《史記・匈奴傳》、《後漢書・西羌傳》證之。《史記》曰：夏道衰，而公劉失其稷官，變於西戎，邑於豳。其後三百有餘歲，戎狄攻大王亶父，亡走岐下作周。其後百有餘歲，周西伯昌伐畎夷。後十有餘年，武王伐紂，居酆、鄗，放逐戎夷涇、洛之北，以時入貢，名曰「荒服」。《後漢書》曰：后桀之亂，畎夷入居邠、岐之間。成湯既興，伐而攘之。及武乙暴虐，犬戎寇邊，周古公辟於岐下，及子季歷遂伐西落鬼戎，太丁之時，季歷復伐燕京之戎，戎人大敗周師。後六年，周人克余無之戎，於是太丁命季歷爲牧師。後更伐始呼、翳徒之戎，皆克之。及文王爲西伯，乃率西戎征殷之畔國以事周。由是觀之，周初莫亟於戎禍，故王季、文王父子世爲西伯，殷實命以扞禦西戎之職。〔註9〕

文王時無北方之邊患，則玁狁究熾於何時？魏源續論之：

穆王征犬戎，荒服不至，尚未有玁狁也，其始於夷王乎？《易林》云：「玁

〔註6〕朱熹：〈檜風〉，《詩集傳》卷七，頁85。

〔註7〕王國維：〈鬼方昆夷玁狁考〉，《觀堂集林》卷十三〈史林五〉，頁583～606。

〔註8〕孔穎達：《毛詩注疏》卷九，頁331。

〔註9〕〈小雅答問上〉，《詩古微》中編之五，頁582。

狁匪茹，侵鎬及方。元戎其駕，衰自夷王。」〈西羌傳〉曰：夷王衰弱，荒服不朝，乃命虢公率六師伐太原之戎，至於俞泉。厲王無道，戎狄寇掠云云，則知《漢書‧匈奴傳》所云：懿王時，王室遂衰，戎狄交侵，暴虐中國。中國被其苦，詩人始疾而歌之曰：「靡室靡家，獫狁之故」，「豈不日戒，獫狁孔棘」，至懿王孫宣王興師命將以征伐之，詩人美大其功曰：「薄伐獫狁，至於太原」，「出車彭彭，城彼朔方」云云者，「懿」皆當作「夷」，聲轉之誤，猶《紀年》：夷王烹齊哀侯，而《史記‧世表》以當懿王之世，其誤正同也。宣承夷、厲之後，撥亂中興，故詩人近溯狄禍所由，豈得遠咎五世以前之懿王？且夷王始下堂見諸侯，故爲內替外陵之始，果懿王時已疆圉孔棘，豈得延至五世，始行修攘乎？玁狁之師，謂在懿王時且不可，而況遠傳之文王時乎？〔註10〕

魏源嘗列九徵八間，以證〈出車〉之南仲，即〈常武〉之南仲，實爲宣王之臣，而〈出車〉、〈采薇〉確爲宣王之詩，〈詩序〉所言非是。〔註11〕且以史書所記，玁狁一詞，遲至周中葉以後方出現，〈采薇〉既屢言玁狁，自當爲周中葉以後之詩，故文王時玁狁尚未成患，其論甚確當，而以玁狁始熾於夷王時，以懿、夷爲一聲之轉，亦爲他人所未道者也。

二、地理考證

《詩經》之山川形勢、疆域沿革，已詳載於宋‧王應麟《詩地理考》、清‧朱右曾《詩地理徵》，參稽二書可以得其要；因詩以求地理所在，以觀其風土厚薄及民情好惡，故讀〈鄭〉、〈衛〉知其淫佚之風，讀〈齊〉、〈秦〉知其田獵馳騁之好，讀〈魏〉、〈唐〉知其儉嗇之俗，此因風觀政也。魏源由地理考証許穆夫人三詩，溱、沮二水，與鮮原等，分述於後：

1. 許穆夫人三詩

許穆夫人因思歸唁其兄受阻，乃賦〈載馳〉以明其志，歷來無異說。〈毛詩序〉言許穆所作者僅此一詩，於〈泉水〉、〈竹竿〉，僅云「衛女思歸」，魏源求於三詩之地理，并以三詩均屬許穆之詩，〈邶鄘衛答問〉云：

考「出宿」、「飲餞」之地，「思須與漕」之言，與〈載馳〉之驅馬歸唁，「言至于漕」相應，明即上篇「控于大邦」之旨。首章言衛國新破，思之不置，故欲遣使謀於同姓之國以救之。諸姬，謂同姓之國也。次章、三章，皆設

〔註10〕同前註，頁584。
〔註11〕〈小雅宣王詩發微〉，《詩古微》上編之四，頁312～319。

> 言謀及諸姬之事。「出宿于泲，飲餞于禰」，言欲使曹以適齊也。遣使自許國出而宿於泲水之上，將求助於漕，因以告救於齊，則曹人當餞送之于禰也。……「出宿于干，飲餞于言」，欲使唁邢而後歸衛也。《隋志》：「邢州內丘縣有干言山。」使者自齊出宿於干，既唁邢合謀，則可歸衛，而邢人餞之於言地矣。……曹、邢與衛，同姓同患，而齊、宋則衛之昏因也。齊則伯主而伯姬在焉。惟宋桓夫人已歸于衛，故語不及宋。其先適曹，次適齊，次適邢，而「遄臻于衛」，皆設言遣使求援之次第。「不瑕有害」，言得毋有害我此事而使之不遂者乎？卒章「思須與漕」，乃直言本旨。須城在楚丘東南，漕後爲白馬，皆今滑縣地。時戴公廬此，故思之悠悠。蓋〈載馳〉初聞衛難，欲控大邦，而未知「誰因誰極」。此篇則所因所極之國，歷歷有之矣。至〈竹竿〉則作於衛難已定之後，故其詞多與〈泉水〉出入而較不迫切。彼曰「毖彼泉水，亦流于淇」，此曰「泉源在左，淇水在右」，且二詩皆曰「女子有行，遠父母兄弟」，末章皆曰「駕言出游，以寫我憂」。蓋衛自渡河徙都以後，其河北故都胥淪戎狄，山河風景，舉目蒼涼。是以泉源、淇水，曩所游釣於斯，笑語於斯，舟楫於斯者，望克復以何時，思舊游兮不再。〔註12〕

〈泉水〉「思須與漕」，與〈載馳〉同作於戴公廬漕之時，言「毖彼泉水，亦流于淇」者，淇水出朝歌城西北，在衛輝府淇縣東北，東經濬縣北；肥泉出其東，二源合流東南入淇，因云「我思肥泉，茲之永歎」；肥泉二源，亦名泉源，故〈竹竿〉云：「泉源在左，淇水在右」，均懷故都新破之詩也。〔註13〕又「泲」古「濟」字，濟水東出於陶丘之北，「禰」則兗州府曹州有大禰澤，「干」，「言」則邢州有干言山，三詩時同，地近，可證爲許穆夫人所作也。如依〈詩序〉，「泲」、「禰」、「干」、「言」均爲子虛之地，「思須與漕」虛設之文，且將三詩分屬〈邶〉、〈鄘〉、〈衛〉三國，故疑而難決，今由詩中地理知：〈泉水〉爲許穆出嫁及計畫歸唁之路線；〈竹竿〉爲其懷念舊時生活及衛國風光；〈載馳〉則爲拘於禮不得歸唁焦慮之情，三詩充分表現許穆夫人之人格與才華，令人欽佩。

2. 溱沮水

溱與沮連稱凡三見：〈小雅・吉日〉「漆沮之從」，〈大雅・緜〉「自土沮漆」，〈周頌・潛〉「猗與漆沮」，漆沮之爭已久，魏源釋「自土沮漆」云：

〔註12〕〈邶鄘衛答問〉，《詩古微》中編之二，頁463～465。

〔註13〕〈邶鄘衛義例篇下〉，《詩古微》上編之三，頁271。

《齊詩》作「自杜沮漆」，《說文》曰：漆水，出右扶風杜陽縣岐山，東入渭。《水經注》：杜水出杜陽山，南流，左會漆渠水。其水出杜陽縣之漆溪，南流，岐水注之。二川并逝，俱爲一水，合逕岐山西，屈逕周城南，又歷周原下，則其屬岐周，不屬豳地明矣。惟扶風杜陽有漆無沮，爲之說者有三：胡渭謂扶風有二漆水，其中必有一沮。沈青崖謂詩不言「漆沮」而言「沮漆」者，沮非水名，猶「彼汾沮洳」之「沮」。言周民初遷，生計賴有漆水自杜山來，過陂溉田，故漢世猶名漆渠。高郵王宗伯則又以「沮」當作「徂」，言古公去豳，自杜陽而徂漆。三者之中，沈頗不詞，王則破字。考〈周本紀〉稱公劉在豳，其民自漆、沮渡渭，取材用，則齊、魯同義，明有漆、沮二水，不得以「沮」爲訓詁語詞矣。胡義長焉。〔註14〕

漆、沮本爲二水名，漆水源自陝西同官縣東北大神山，西南流經邠縣；沮水源自陝西黃陵縣西北子午嶺，二水至耀州相會，稱爲石川河，東南經富平、臨潼入渭水，漢時屬右扶風，即《尚書・禹貢》「漆沮既從」也。而〈吉日〉「漆沮之從」有別於此水，〈小雅答問〉云：

考漆沮在涇水之東，一名洛水，即《職方》雍州之浸，地近焦穫，其岡多獸，藪多魚，當玁狁驅逐之後，爲講武漁獵之所。〔註15〕

焦穫爲古湖澤名，〈六月〉：「玁狁匪茹，整居焦穫。侵鎬及方，至於涇陽。」焦穫位於涇水之北，涇、渭之間，魏源本自郭璞池陽瓠中之說，乃考焦穫在西安府涇陽、三原二縣〔註16〕，即今陝西涇陽縣西北。則〈吉日〉之「漆沮」地近焦穫，即涇陽、渭北之間，此其地望。漢時屬馮翊，爲宣王驅玁狁後，講武狩獵之所。又名洛水者，蓋因漆沮水與洛水合流入渭，與右扶風之石川河自是不同。

3. 鮮　原

〈大雅・皇矣〉：「度其鮮原，居岐之陽。」《毛傳》云：

小山別大山曰鮮。

鄭玄則云：

鮮，善也。〔註17〕

《毛傳》本於《爾雅》，鄭說非是，鮮原之地望，魏源考證其義爲：

《爾雅》：「小山別大山曰鮮。」《逸周書・和寤解》：王乃出圖商，至於鮮

〔註14〕〈大雅答問上〉，《詩古微》中編之七，頁641。
〔註15〕同註8，頁585。
〔註16〕同註8，頁576。
〔註17〕《毛詩正義》卷十六，頁572。

原。《路史・國名紀》：鮮原，在今咸陽，與畢陌接，所謂畢程。《孟子》：文王卒於畢郢。「郢」即「程」也。(〈地理志・右扶風・安陵〉：「闕駰以爲本周之程邑。」〈括地志〉：安陵故城在咸陽縣二十里，周之程邑也。《呂覽・具備篇》：「武王嘗窮於畢程。」《周書・史記解》有畢程氏。《左傳》：周景王曰：「我自夏以后稷，魏、駘、芮、岐、畢，吾西土也。」杜佑曰：畢，初，王季都之，其後畢公封焉。是則邑中之都曰程，邑外之地曰畢。程邑有畢原，而合稱之曰畢程。猶岐山旁有周原，而合稱之爲岐周也。畢程在渭北，與文王所葬之畢在渭南者有別。文王蓋卒於渭北，葬於渭南，兩地均有畢原、畢陌之名，後往往混之。〈僖二十四年・傳〉曰：「畢、原、酆、郇，文之昭也。」畢、酆皆宗邑，故武王以封兄弟。) 畢原，即鮮原。〈郡縣志〉曰：畢原在咸陽縣北五里，亦名畢陌。南北數十里，東西二三百里。案，畢原與岐山，皆在渭北。原當九嵕諸山之麓，則亦岐山支派也。岐山迤邐東出，隨地異名，盡於涇水。故咸陽畢原，去岐山三百里，而得謂「居岐之陽」。〔註 18〕

鮮原即畢原，鄭玄訓鮮爲善，其言差矣。畢原位於今陝西咸陽、西安渭水流域附近，南北綿延，其地域甚廣，其位於西安西南部份者，係文、武、周公陵墓之地；其位於長安、咸陽二縣西北部份者，爲周初王季建都之地，畢公高即封於此，〈皇矣〉「鮮原」，依魏源所論乃指後者。蓋岐山爲大山，其上別有小山，即爲鮮原。

魏源於周室始祖時世，文王受命稱王之事，周公攝政之年，宣王征戰外夷時事，邶鄘衛，東山，楚丘，終南，郇國等歷史事件與山川地理，多有精闢之論證，其論精到處自不可磨滅。

第二節　關於禮樂者

魏源嘗云：

古之學者，「歌詩三百，弦詩三百，舞詩三百」，未有離禮樂以爲詩者。〔註 19〕

詩與禮樂關係密切，本節由婚俗、祫禘之祀、〈大武〉樂章、〈貍首〉與〈九夏〉等論證，以見《詩古微》於禮俗及樂舞之考證。

一、禮　俗

〈國風〉頗能反映當時民情與禮俗，其中以反映婚嫁習俗者尤値重視，前儒於

〔註 18〕同註 13，頁 645。
〔註 19〕魏源：〈默觚上・學篇四〉，《魏源集》，頁 12。

婚娶季節，男女婚齡爭訟不已，魏源於此以駁正鄭玄之謬；祫禘之祀古來論戰不休，其論亦有可觀處，分述於後：

1. 嫁娶季節

〈桃夭〉、〈摽有梅〉、〈綢繆〉、〈東門之楊〉、〈匏有苦葉〉諸詩均言婚姻以時，毛、鄭釋各詩之婚時互異。〈綢繆〉一詩，毛以「三星」為「參」，歷舉婚嫁之正期以為刺時；鄭以為「心」，列舉婚姻之失時以刺上，二者均未協「如此良人何」之誼。於嫁娶季節毛主於嚴冬冰凍時，說本《荀子・大略》；鄭據《周禮・地官》而主於仲春解凍之後，故鄭於〈摽有梅・箋〉以仲春、孟夏、仲夏均為婚期之候。魏源駁鄭說，因論婚嫁季節為：

> 《白虎通義》言「嫁取必以春者」，謂必「迨冰未泮」以前，即〈(夏)小正・二月〉「綏多女士」之義，初無季春、孟夏、仲夏之說。至〈媒氏〉「奔者不禁」之文，明為過時殺禮，豈至是方行禮哉？且〈行露〉以非時拒男，〈綢繆〉以三星失時，安得仲春至仲夏皆昏期哉？〈鵲巢・箋〉云：鵲作巢於冬，至春乃成。《(孔)疏》引《詩緯》云：鵲以復至之月始作室家，復於消息十一月卦。〈月令〉：十二月「鵲始巢」。……此亦昏期之喻。而〈摽梅〉蓋以實多少喻女子笄年少長之時，非喻春夏早晚之時矣。孰謂《鄭箋》別有所本乎？《管子・幼官篇》：秋三卯，十二始卯合男女。春三卯，十二始卯合男女。《通典》引董仲舒曰：「聖人以男女當天地之陰陽。天地之道，向秋冬而陰氣來，向春夏而陰氣去。故古人霜降而逆女，冰泮而殺止，與陰俱近，與陽俱遠也。」《太玄》亦云：納婦始秋分。〈東門之楊・毛傳〉云：「男女失時，不逮秋冬」。是西漢以前從無異說。自馬、鄭創古文說，動異西漢。故王肅謂「二月」之文，始自馬、鄭，私立門戶，非經誼也。

於文末自註云：

> 《易・泰卦》：「六五，帝乙歸妹，以祉，元吉。」六五，爻辰在卯，春在陽中，萬物育生，嫁取之禮，福祿大吉。〈召南・草蟲〉之時，夫人待禮，隨從在途，見采鼈者，以詩自興。而《春秋》魯送夫人嫁女，四時通用，無譏文。或者「仲春」之文，所以令士庶，天子、諸侯不在此制。則以為侯王之法，不同三代也。案「爻辰」者，鄭氏一家之說，不可據。且王侯即四時通用，則亦無仲春至仲夏之文。鄭說無一合者。〔註20〕

歷來論周代婚娶正時問題者，約可歸納為四說：其一為馬融、鄭玄所主張之仲春說，

〔註20〕〈召南答問〉，《詩古微》中編之一，頁438～439。

其重要依據爲《周禮・地官・媒氏》、〈夏小正〉、《白虎通義》及〈野有死麕〉、〈七月〉等；其二爲王肅、孔晁主張之秋冬說，據〈匏有苦葉〉、〈東門之楊〉、〈氓〉等詩立論；其三爲束晳所倡，而爲杜佑《通典》所支持之不限季節說；其四倡自惠士奇，孫詒讓繼而發揮，主張民俗多於秋末至春初婚娶。〔註21〕鄭玄據〈媒氏〉立論，然以「令會男女」之文，實指過正期之後，故「奔者不禁」，非言正式婚期也，此仲春說難令人信服者。王肅以反鄭爲要務，故主秋冬爲期，然考《詩經》言婚期者，春最多，秋次之，冬最少，王肅所論亦不週延也。束晳以《春秋》二百四十年間，魯女出嫁，夫人來歸，大夫逆女，天王娶后，由正月至十二月，均未以得時、失時爲褒貶，且〈摽有梅〉之三章，乃夏之向晚，則不僅春、秋、冬可成婚，夏季亦能成夫婦，因云：「通年聽婚，蓋古正禮。」束晳所舉爲貴族婚期，因士以上無需避農忙，故四時均可，而民間於秋末至春初農閒時舉行〔註22〕，則周代禮法於婚娶之期，並未作時限，此近情理，故知周代嫁娶正時，四季均可舉行，魏源師法胡承珙及束晳之說，以駁馬、鄭、王所論者，蓋可信也。

2. 男女婚齡

於男女嫁娶之年齡，毛、鄭異誼，毛主男三十、女二十爲限，鄭主男三十、女二十爲婚齡，魏源辯云：

> 〈摽梅・傳〉云：「三十之男，二十之女，禮未備則不待禮，會而行之者，所以蕃育民人也。」王肅、譙周述毛皆以男自二十至三十，女十五至二十，皆可昏嫁。而鄭依《周官》、《大戴禮》、《穀梁傳》皆言男三十而娶，女二十而嫁。許慎《五經異義》同之，以十五、六後可嫁取者，國君及卿大夫、士之禮；二十、三十而嫁取者，庶人之禮。范寧不從之，謂《周官》、《（毛）傳》、《（禮）記》言不得逾限，非必以三十、二十爲期。《禮》：爲夫之姊妹服長殤，年十九至十六。如必三十、二十而嫁取，安得有殤姊乎？可謂「片言折獄」。而馬昭盧氏尚強申之。東漢師心立異大抵如斯。近日恤歙縣俞氏正燮斷之曰：〈媒氏〉之文，是令也，非禮也。禮不下庶人，令言其極不是過。何以知周時有此令，若〈曲禮〉、〈內則〉冠笄有室之文，若《穀梁傳》冠取許嫁之文，若《墨子》、《大戴禮》所述上古、中古之文，及《說文》、《白虎通》、《淮南・氾論訓》云云。此自周時爲民之令，不通於古今，不達於士以上，亦不限於民之有力者。後儒以令爲禮，說始難通，豈知絕無

〔註21〕周策縱：〈古代的婚期與霜露〉，《古巫醫與六詩考》，頁33～43。
〔註22〕裴普賢：〈詩經時代嫁娶季節平議〉，《詩經研讀指導》，頁152～158。

與於禮制。〔註23〕

俞正燮文爲〈媒氏民判解〉。〔註 24〕觀「爲夫之姊妹服長殤」之文，則男三十而娶，女二十而嫁，爲男女婚嫁之大限，過此限而未婚者，乃「令會男女」，「奔者不禁」，鄭說不足信也。鄭注《三禮》，每執以說《詩》，《周禮》是否確爲春秋時作品，仍有疑慮，鄭據以爲論，頗值商榷，亦啓人疑竇。

夫婦爲人倫之首，《詩古微》除論其婚娶正期及年齡外，並以古者嫁娶必燎炬爲燭，故凡言娶妻者，均以「析薪」起興，與「秣馬」、「秣駒」爲婚禮親迎御輪之禮同誼。〔註25〕蓋亦持之有故，言之成理也。

3. 祫禘之祀

祫禘之辨，先儒聚訟，厥有三端：祭之大小，所祭之多寡，祭之年月。於祭之大小，鄭玄主祫大禘小，〈雝・箋〉云：

禘，大祭也，大於四時而小於祫。〔註26〕

魏源以爲祫者諸侯、天子皆可行，禘者惟天子能行。〈商頌答問〉考祫祭云：

祫祭之文不見於《易》、《書》、《詩》、《周禮》、《儀禮》、《中庸》、《孝經》、《爾雅》、《左氏內外傳》（即《左傳》、《國語》），惟一見於〈王制〉之言時祫，則殷禮也；再見於《公羊傳》之言大祫，則諸侯禮也；三見於〈曾子問〉言「祫祭於祖，則祝迎四廟之王」，亦明明諸侯禮也；四見於〈記大傳〉言大夫有大事省於其君，干祫可及高祖，則又明明諸侯以下之禮也。自後人誤以殷制說周制，又以諸侯之禮說天子之禮，於是俶擾千載，群言淆亂，則折諸經。考《周官・大宗伯》、〈大司樂〉有六享、六樂之禮，其稱春礿、夏祠、秋嘗、冬烝，與〈天保〉詩合。蓋周人既改殷制春礿、夏禘爲春礿、夏祠，而別以大禘、特禘爲重祭，別無時禘、時祫之名，此〈王制〉外諸經皆無祫祭之由也。然「禮，不王不禘」，禘則僭，故天子之大禘，諸侯謂之大祫。《春秋・文公三年》：「大事於太廟。」《公羊》、《穀梁》以爲「大祫」，《左氏・杜注》謂之「吉禘」，蓋魯本僭禘，《公羊》正其名曰「大祫」，以見諸侯之不當禘。其言「五年再殷祭」者，三年大祫，五年特祫，皆言諸侯之禮，與王朝之禘無與。蓋祫通於諸侯以下，而禘惟天

〔註23〕同註20，頁439～440。

〔註24〕俞正燮：〈媒氏民判解〉，《癸巳類稿》卷三，《叢書集成續編》第十八冊，頁375～377。

〔註25〕〈周南答問〉，《詩古微》中編之一，424。

〔註26〕《毛詩正義》卷十九，頁734。

子，此《公》、《穀》外諸書皆無祫祭之由也。〔註27〕

此為諸侯三年喪畢之祫祭，而鄭玄謂祫大於禘者，魏源辯云：

《周禮》宗廟之祭有六：〈大宗伯〉「以肆獻祼享先王，以饋食享先王」，在春禴、夏祠、秋嘗、冬烝四季之外。肆獻祼者，大禘也。饋食者，特禘也。〈司尊彝〉：「凡四時之間祀，追享、朝享。」追享者，大禘。朝享者，特禘也。《鄭注》皆以大禘為祫，特禘為禘。此濫周制同殷制，故有祫大於禘之說，不知天子有禘無祫，諸侯有祫有禘，一祭而上下異名，雖賜魯郊禘，止令同殷制之時禘、時祫，故牲用白牡，非如天子大禘、特禘在時享之外。〔註28〕

〈王制〉謂春礿，夏禘，秋嘗，冬烝為夏、商之祭名，至周改為春祠，夏礿，為宗廟四時祭祀之名，「諸侯有祫有禘」者，即指夏、商制中之「夏禘」，為四時祭名，與五年一禘天子之禮不同，禘尊祫卑，禘止於天子，祫逮於諸侯，禘大祫小，故知鄭說非是。孫希旦云：

以〈大傳〉、《公羊傳》及《周禮・司勳》之所言考之，則禘大祫小；禘止於天子，祫逮於諸侯；禘惟祭始祖所出之帝，而以始祖配之；祫祭則合祭群主，而并及於功臣。其義本自明白，自鄭氏誤以〈大傳〉之禘，為祭感生帝；於是郊之說謬，而禘之說亦晦，而祫之說亦混。至趙伯循始正之，而朱子據之以釋《論語》；自是禘祫之大小，與其所祭之祖，皆坦然而無疑義矣。〔註29〕

明乎禘祫命名之誼，則禘大祫小自無疑義，魏源所論得之也。

至於周時天子禘禮若何？則有宗廟之禘與郊祀之禘區別，〈周頌答問〉云：

禘有郊禘之禘，有禘祫之禘。郊禘之祭二：一曰圜丘方澤之禘，一曰明堂宗祀之禘。此皆主於祀天神地祇而配以祖宗者。宗廟之禘三：曰吉禘、曰大禘、曰特禘。吉禘乃嗣王喪終，奉新主入廟，乃合群廟之主而禘之於太祖廟者；大禘則五歲行之，特禘則三歲行之，亦皆合祭群廟之大典。諸侯則無禘而有祫，《傳》言「五年而再殷祭」，皆謂諸侯之祫，非謂天子之禘。而魯有禘祀則僭也。凡禘郊皆一祖配之，而明堂乃祖、宗幷配。〔註30〕

吉禘每君僅行一次，大禘、特禘則於五年內相間舉行。惟天子能行禘禮，故魯雖法

〔註27〕〈商頌答問〉，《詩古微》中編之十，頁749～750。

〔註28〕同前註，頁750～751。

〔註29〕孫希旦：〈王制〉，《禮記集解》卷十三，頁318。

〔註30〕〈周頌答問〉，《詩古微》中編之九，頁712。

周，然僭越行禘禮，終爲聖人所譏，由孔子以「吾不欲觀之」、「不知也」〔註31〕，顯示其不肯苟同之立場，則知大禘、特禘者惟天子之祀，諸侯則否。魯僭禮行禘，由魯禘舉行之時，可知周代天子行禘之時節，魏源云：

> 魯禘在孟夏，嘗在孟秋，爲殷祭、時祭之最大，故又謂之大嘗禘。魯禮法周，則知周人三年、五年之殷祭，亦必於孟夏舉行之。〔註32〕

由是知周於孟夏行禘禮，此魏源祫禘說之大要。

二、樂　章

樂崩而詩存，《詩古微》論及樂章者，有〈大武〉樂章、〈貍首〉非詩非樂、〈九夏〉爲樂非詩，今述於下：

1.〈大武〉樂章

《左傳》未見〈大武〉之名，惟始見於《公羊傳》、《周禮》、《禮記》，《公羊傳・昭公二十五年》：

> 朱干玉戚，以舞〈大夏〉，八佾以舞〈大武〉，此皆天子之禮也。〔註33〕

《周禮・大司樂》：

> 以樂舞教國子，舞〈雲門〉、〈大卷〉、〈大咸〉、〈大磬〉、〈大夏〉、〈大武〉。〔註34〕

《禮記・明堂記》：

> 升歌〈清廟〉，下管〈象〉，朱干玉戚，冕而舞〈大武〉。〔註35〕

三項記載未詳釋〈大武〉樂章內容，致諸儒於〈大武〉之篇次爭訟不休，魏源據〈樂記〉與《左傳・宣公十二年》論〈大武〉篇次云：

> 〈樂記〉述孔子之言曰：「〈武〉，始而北出，再成而滅商，三成而南，四成而南國是疆，五成而分周公左、召公右，六成復綴以崇天子。」《左傳》楚莊王舉其詩曰：昔武王克商，「作〈武〉，其卒章曰：『耆定爾功。』其三曰：『鋪時繹思，我徂維求定。』其六曰：『綏萬邦，屢豐年。』」《孔疏》謂卒章者，章之末句。蓋〈武〉惟六成，既以〈桓〉爲六章，則〈武〉詩不應居卒。且楚莊首舉之，則〈武〉一，〈賚〉三，〈桓〉六可知。此外，

〔註31〕〈八佾篇〉，《論語注疏》卷三，頁27。
〔註32〕同註27，頁755。
〔註33〕《春秋公羊傳注疏》卷二十四，頁302。
〔註34〕《周禮注疏》卷二十二，頁337～338。
〔註35〕《禮記注疏》卷三十一，頁578。

〈頌〉中之一字名篇，而不見於本詩者，惟〈酌〉與〈般〉。考〈小序〉云：「〈酌〉，告成〈大武〉也。」〈內則〉：十三舞〈勺〉。論者謂〈勺〉爲武舞。又隨武子稱〈汋〉曰「於鑠王師」，〈武〉曰「無競維烈」，亦〈汋〉、〈武〉並舉。(「勺」「汋」「酌」同字。）則此篇爲〈大武〉之次章明矣。至〈般〉詩則《釋文》引崔靈恩《集注》稱三家詩篇末有「於繹思」三字。夫〈賚篇〉之末曰「時周之命，於繹思」，此詩次〈賚〉，而末亦曰「時周之命，於繹思」，〈賚〉爲〈大武〉之三成，則〈般〉爲〈大武〉之四成明矣。獨五成於〈頌〉無之。考《國語》言武王克商，作詩以爲飫歌，名之曰〈支〉，以貽後人，知詩之亡佚多矣。〔註36〕

〈大武〉樂章一組六詩，其篇次多歧說，羅列於下：

何　楷	〈武〉	〈酌〉	〈賚〉	〈般〉	〈時邁〉	〈桓〉
龔　橙	〈武〉	〈酌〉	〈賚〉	〈象〉〈維清〉	〈般〉	〈桓〉
王國維	〈昊天有成命〉	〈武〉	〈酌〉	〈桓〉	〈賚〉	〈般〉
高　亨	〈我將〉	〈武〉	〈賚〉	〈般〉	〈酌〉	〈桓〉
孫作雲	〈酌〉	〈武〉	〈般〉	〈賚〉	無	〈桓〉
袁定基	〈時邁〉	〈武〉	〈賚〉	〈酌〉	〈般〉	〈桓〉

〔註37〕

其中龔橙以第四成有〈象〉與〈維清〉二首，魏源大抵承自何氏之說，而以《左傳》列〈時邁〉於〈大武〉之外，遂以爲已亡佚，因闕第五成，乃駁何楷云：

何氏楷漫鑿以〈時邁〉，則其名篇既不一例，且楚子明舉「載戢干戈」二語在〈武〉詩之外，而《韓詩・薛君章句》其釋「震疊」則又謂「美成王能奮舒文、武之道」，其非頌武王詩明甚。〔註38〕

魏源以第五成亡佚，孫作雲之次第雖不同，其五成則以爲原本即無詩，蓋師承魏源。今以〈樂記〉所載之舞容及〈周頌〉諸詩相配合，則「始而北出，再成而滅商」，爲武王滅商紂之階段，〈武〉、〈酌〉二詩之內容可當之；「三成而南，四成而南國是疆」，爲克商後告祭與巡狩，〈賚〉、〈般〉可相符；「五成而分周公左、召公右，六成復綴以崇天子」，爲成王致治以追祀武王，〈時邁〉、〈桓〉可符合也；何楷所論蓋可信也。復由《禮記》、《公羊傳》之文，則〈大武〉樂章之舞容可知爲：六十四人手執朱干

〔註36〕〈周頌篇次發微中〉，《詩古微》中編之六，頁388～389。

〔註37〕孫作雲：〈周初大武樂章考實〉，《詩經與周代社會研究》，頁239～272。袁定基：〈周大武樂章考正〉，《南開學報》1980年五期，頁75～77。

〔註38〕二卷本〈詩樂篇三〉，《詩古微》卷之上，頁35。

玉戚，由冕服者指揮，成戰鬥狀態，以模擬牧野之戰，其所配音樂，由〈時邁〉推測之，係鐘鼓之樂，以描寫刺伐戰鬥之聲，其作者應為周公。〔註 39〕魏源所論雖與何氏不同，其相去不多，蓋亦可信也。

2. 〈貍首〉與〈九夏〉

〈貍首〉與〈九夏〉，鄭玄以為係古詩樂章名，隨《樂經》散佚而亡佚；魏源則主張〈貍首〉、〈九夏〉，孔子不曾見，三家并無，因論〈貍首〉非詩非樂，〈九夏〉為樂非詩。〈貍首〉載於《周禮》、《禮記》，《周禮・春官・樂師》云：

> 凡射，王以〈騶虞〉為節，諸侯以〈貍首〉為節，大夫以〈采蘋〉為節，士以〈采蘩〉為節。

鄭玄注云：

> 〈騶虞〉、〈采蘋〉、〈采蘩〉皆樂章名，在〈國風・召南〉，惟〈貍首〉在〈樂記〉。〔註 40〕

《禮記・射義》：

> 〈騶虞〉者，樂官備也；〈貍首〉者，樂會時也；〈采蘋〉者，樂循法也；〈采蘩〉者，樂不失職也。〔註 41〕

魏源謂〈貍首〉樂章未嘗有，其理由凡四：

> 周初此詩，於樂章果何屬乎？編於〈召南〉，則詩不類；編於〈雅〉，則武王時散軍郊射，右射〈騶虞〉，其時〈雅〉、〈頌〉未作。故天子、大夫、士之節皆用〈召南〉，何以獨遺〈鵲巢〉國君之詩，而別制〈貍首〉之〈雅〉，其可疑一也。歌詩以為發矢之節，詩不容長，故〈騶虞〉、〈采蘋〉諸篇，皆章三、四句，而《大戴禮・投壺篇》載〈貍首〉詩曰：曾孫侯氏，今日大射。張侯參之，四正具舉。大夫君子，凡以庶士。小大莫處，御於君所，以燕以射，則燕則譽。……其詩不類風體，煩而不可為節。可疑二也。先鄭《周禮注》以〈貍首〉為曾孫，後鄭《儀禮注》：貍之言不來也。其詩有射諸侯不來朝者之言，因以名篇，後世失之。考全詩無「貍首」字，而篇名〈貍首〉，則是畫貍首為鵠而射之，故詩有「亢而射女」之言，豈先王建萬國親諸侯之義？且武王克商，散軍郊射，右射〈騶虞〉，左射〈貍首〉，而貫革之射息。若射貍以威諸侯，其不仁甚於貫革，安得與〈騶虞〉

〔註 39〕糜文開、裴普賢：〈周頌・武〉、〈般〉，《詩經欣賞與研究》，頁 1580～1586，頁 1623～1625。

〔註 40〕《周禮注疏》卷二十三，頁 351。

〔註 41〕《禮記注疏》卷六十二，頁 1014。

歎仁人之詩爲左右節乎？且〈射義〉嘗云「諸侯以〈貍首〉爲節，畏失時」矣，安得云「樂會時」乎？可疑三也。《大戴禮・投壺記》曰：凡〈雅〉二十六篇，八篇可歌，〈鹿鳴〉、〈貍首〉、〈鵲巢〉、〈采蘩〉、〈采蘋〉、〈伐檀〉、〈白駒〉、〈騶虞〉；又八篇廢，不歌；其七篇〈商〉、〈齊〉可歌也；三篇間歌。考〈二雅〉之材百有五，而云二十六；〈鵲巢〉、〈采蘋〉、〈采蘩〉、〈騶虞〉則南樂，〈伐檀〉則變〈風〉而皆以爲〈雅〉，〈商〉、〈齊〉七篇不知何詩。若〈樂記〉「商者，五帝之遺聲」，「齊者，三代之遺聲」，則皆在〈雅〉、〈頌〉以前，何以亦謂之〈雅〉？是夫子「得所」之〈雅〉、〈頌〉，已殘缺於秦灰，而夫子未見之〈貍首〉，反獲全於末學，且《小戴・投壺》又無此記，其可疑四也。

然則〈貍首〉究爲何屬，魏源認爲係〈鵲巢〉之訛文，其論復云：

漢初，《周官》、《儀禮》初出屋壁，皆古文科斗。儒者習聞俗射有〈貍首〉之詩，而求諸《禮經》，見「鵲巢」篆文與「貍首」形近，遂舉〈樂師〉大射儀之「諸侯以〈鵲巢〉爲節」者，一切讀爲〈貍首〉。後儒遂載其詩於〈射義〉、〈投壺〉之記。……〈射義〉所云「樂會時」者，蓋取〈鵲巢〉嘉禮會合之得時，以寓諸侯賓禮朝會之及時。若奏〈貍首〉而射之，諸侯何樂之有乎？〔註42〕

至於〈九夏〉者，《周禮・春官・鐘師》云：

掌金奏，凡樂事，以鐘鼓奏〈九夏〉：〈王夏〉、〈肆夏〉、〈昭夏〉、〈納夏〉、〈章夏〉、〈齊夏〉、〈族夏〉、〈祴夏〉、〈驁夏〉。

鄭玄注云：

以〈文王〉、〈鹿鳴〉言之，則〈九夏〉皆詩篇名，〈頌〉之族類也。此歌之大者，載在樂章，樂崩亦從而亡，是以〈頌〉不能具。〔註43〕

魏源以〈九夏〉爲前代樂章，係樂非詩，周代用以教民，以事先公者，其言云：

考〈尚書大傳〉曰：維五祀奏鐘石，論人聲，招樂興於大麓之野，謨然乃作大唐之歌，〈招〉爲賓客，〈雍〉爲主人。始奏〈肆夏〉，納以〈孝成〉，舜爲賓客而禹爲主人。是〈肆夏〉明爲禹之樂章，而〈王夏〉、〈昭夏〉、〈納夏〉、〈章夏〉、〈齊夏〉、〈族夏〉、〈祴夏〉、〈驁夏〉從可知矣。屈原曰：「啓〈九辯〉與〈九歌〉」，可見夏樂以九爲數矣。《漢書》言王者未作樂之時，因先王之樂宜於世者，以深入教化於民。《逸周書》：武王克商

〔註42〕〈夫子正樂論下〉，《詩古微》上編之一，頁190～192。

〔註43〕《周禮注疏》卷二十四，頁365。

告廟，萬獻〈明明〉三終，籥人奏〈崇禹〉、〈生開〉三終，此時未作樂，而所奏則〈崇禹〉之章，則知先用前代〈大夏〉之樂，以定夏教尚文之治。至夫子爲邦，而以〈韶〉、〈武〉易〈大夏〉焉。……且金奏〈九夏〉，皆用於王出入，尸出入，牲出入，公出入，賓客出入之際，故有樂無詩，矧趨走之促節，烏容〈楚茨〉之長篇？「行中和鸞」，豈有章句耶？〔註44〕

孔子正樂，使〈雅〉、〈頌〉各得其所，若〈九夏〉、〈貍首〉爲古樂章，則孔子直當力保之，故知〈九夏〉之屬爲樂非詩，鐘師以鐘鼓奏之；〈貍首〉則爲非詩非樂，爲〈鵲巢〉篆文之訛，二說均爲卓見，爲前儒所不能道者。

第三節　關於名物制度者

讀《詩經》，能多識草木鳥獸蟲魚之名，而貴於能辨名物之別，明《詩經》中所載之名物制度，可詳周代器物用具之梗概。魏源旣譏考據學派「以鳥獸草木蔽《詩》」，由其引述今文三家之說，考辨草木、兵車、井田廬舍……等，知其論亦可別存一說也。

一、草木之名

《詩古微》釋草木之名，舉芣苢、甘棠二例，以知其別於《毛詩》之說者。

1. 芣　苢

芣苢者，《毛傳云》：

芣苢，馬舄；馬舄，車前，直懷妊也。〔註45〕

唐・陸德明《經典釋文》云：

芣苢，木也。實似李，食之宜子，出於西戎。〔註46〕

古人以爲芣苢可治婦人不孕及難產，食其籽即易妊。然毛氏以爲草類，陸氏以爲木類，魏源述今文之說，以芣苢爲臭惡之草，非用安胎也。其引《韓詩》云：

《文選・辨命論・注》引〈韓序〉云：「〈芣苢〉，傷夫有惡疾也。」《薛君（章句）》曰：芣苢，澤瀉也，臭惡之草。……又引《韓詩內傳》：「直曰車前，瞿曰芣苢。」與《爾雅》「芣苢，馬舄；馬舄，車前」之訓合。而《薛君》所謂澤瀉，即瞿異於直者，其草大葉長穗，江東人呼爲蝦蟆衣，

〔註44〕周註42，頁193～194。
〔註45〕《毛詩正義》卷一，頁141。
〔註46〕陸德明：〈毛詩音義上〉，《經典釋文》卷五，頁210。

以其可治癩也。晉欒肇《論語駁》謂冉伯牛病癩，故〈辨命論〉云：「冉耕歌其〈芣苢〉。」〔註47〕

則《韓詩》以芣苢爲治癩病之藥草。〈周南答問〉駁毛、陸之論云：

車前利水，既匪懷妊所宜；西戎李木，復非婦人所采。〔註48〕

據詩言「掇之」、「捋之」，皆宜指取子而言，則芣苢當爲草類；而車前爲利水之劑，從無以車前安胎者，此今、古文異說也。然芣苢既爲臭惡，何以婦人仍結伴採擷？今文家以爲〈芣苢〉一詩，乃興詩非賦，故以芣苢草雖臭惡，而猶採不已者，以興君子雖有惡疾，猶守之不去，取臭草爲興，不以利水爲用，此異於毛說也。

2. 甘　棠

〈甘棠〉「蔽芾甘棠」者，《毛傳》云：

蔽芾，小貌；甘棠，杜也。

鄭玄云：

召伯聽男女之訟，不重煩勞百姓止舍小棠之下而聽斷焉。〔註49〕

如其言，則甘棠高不數尺，召伯巡行，既不可弁帶而坐灌莽之間，復不可佝僂而入蝸廬之內，則「蔽芾」不當釋爲「小貌」，魏源考證甘棠樹非小木，〈召南答問〉云：

《呂氏春秋》：「果之美者，沙棠之實。」而古詩木蘭之楫沙棠舟，則其木不小。《易林》云：「大椨之子，百條其母，當夏六月，召伯游暑。」其爲沙棠芾茂之大樹，而非杕杜道左之小木明矣。故《韓詩外傳》謂「廬於樹下」，《說苑》以爲「舍於甘棠之下」。〔註50〕

甘棠樹下既可以結廬爲舍，復可以爲舟楫，則甘棠爲大樹明矣，《毛傳》所言非是。

二、兵車之制

西周爲車戰時代，對外征戰，以車戰決其勝負。《詩經》記載派兵車征討夷狄者，如〈六月〉「元戎十乘」，〈采芑〉「其車三千」，〈閟宫〉「公車千乘」、「公徒三萬」等。試由此三詩，以探究周代之兵制。

1. 其車三千

〈采芑〉屢言「其車三千」，出車三千，究有若干人，古無詳細記載，根據《司馬法》則有二說，〈小雅答問〉引用其說：

〔註47〕二卷本〈韓詩發微上〉，《詩古微》卷之下，頁104～105。

〔註48〕〈周南答問〉，《詩古微》中編之一，頁422。

〔註49〕同註45，頁54。

〔註50〕〈召南答問〉，《詩古微》中編之一，頁431～432。

> 《司馬法》兵車有二數，七十五人與三十人不同。蓋七十五人者，邱甸之本法；三十人者，調發之通制。其調發一乘三十人，除五人將重車外，戰止用二十五人，則三千乘得七萬五千人，正符六軍之制。故〈魯頌〉「公車千乘」，「公徒三萬」。〈齊語〉「革車八百乘」。又云：以此士三萬人方行於天下。皆可證古者六軍每乘三十人，二十五人之制，烏有每乘七十五人之事乎？至古者用兵，簡選精銳，且有每乘止用甲士十人，不用徒卒者。武王革車三百乘，虎賁三千人。齊使公子無虧帥車三百乘，甲士三千人以戍曹。桓公封杞、封邢，各予車百乘，卒千人。封衛予車五百，卒五千。又曰：大侯車二百乘，卒二千人。小侯車百乘，卒千人。〈楚策〉曰：秦王「遂出革車千乘，卒萬人」。是皆每乘十人之證。則出車三千，且不過甲士三萬人矣。〔註51〕

每乘三十人，將輜車五人不計，「其車三千」，即爲七萬五千人，即爲天子六軍之數。若一乘七十五人，三千乘有二十二萬五千人，周天子雖有六軍，絕無一次出兵數目如此之多。而古復有十人之制，則大抵古時征戰較少，至春秋戰事頻仍，人口繁殖，雖未加兵車之數，諸侯已將兵車編制擴大至每車七十五人，此《司馬法》有二說之因也，而〈魯頌〉「公車千乘」，「公徒三萬」者，則仍遵舊制也。

2. 公徒三萬

〈魯頌‧閟宮〉言「公車千乘」、「公徒三萬」，《鄭箋》謂三萬三軍，《鄭志‧答臨碩》謂此爲二軍，魏源以爲天子六軍，諸侯一軍，方伯二軍，魯爲方伯，而「公徒三萬」者，係因：

> 千乘有出賦、出軍二義：井邑丘甸出賦法，以一乘七十五人計之，千乘當有七萬五千人；通成終同出軍法，以一乘三十人計之，千乘當有三萬人。〈楚語〉曰：「國馬足以行軍，公馬足以稱賦。」此軍與賦之不同。如以出軍當出賦，則千乘三萬人僅充二軍，不足三軍之數。魯大國，方五百里，所出之賦，人數當羨餘於三軍，不當退減爲二軍。而《鄭志》謂三萬二軍者，謂於軍興起徒，約三而用二。古者天子六鄉六軍，六卿掌之；大國三鄉三軍，三卿掌之；次國二鄉二軍，二卿掌之；小國一鄉一軍，一卿掌之。然出師不必盡行，大約大國以一卿將一軍留守，二卿將二軍出征伐。《襄十一年‧公羊傳》曰：「作三軍，何以書？譏。何譏爾？古者上卿、下卿，上士、下士。」《春秋繁露‧爵國篇》曰：「諸侯大國四軍。」此謂卿爲帥，

〔註51〕〈小雅答問上〉，《詩古微》中編之五，頁579～580。

士爲佐，故有四軍之號，其實諸侯大國，亦止二軍耳。《穀梁傳》曰：「古者天子六師，諸侯一軍。作三軍，非正也。」〈昭五年〉「舍中軍」，《穀梁傳》以爲復正，是亦謂魯當用二軍，皆就調發之制言之也。《隱五年．公羊傳．注》曰：「禮，天子六師，方伯二師，諸侯一師。」《莊十六年．左傳》「王使虢公命曲沃伯以一軍爲晉侯。」此諸侯一軍之證也。詩言「公徒三萬」，此方伯二軍之證也。〈齊語〉又以萬人爲一軍，三軍三萬人。雖變古制，亦通率方伯二軍之制爲之。〔註 52〕

3. 元戎十乘

蠻荊之強，不及玁狁，而〈采芑〉「出車三千」，〈六月〉僅「元戎十乘」，何以多寡懸殊如此之多，魏源以爲：

〈六月〉之元戎，非全軍之車數也。《毛傳》：「元，大也。夏后氏曰鉤車，先正也。殷曰寅車，先疾也。周曰元戎，先良也。」《韓詩薛君章句》曰：「元戎，大戎，謂兵車也。車有大戎十乘，謂車縵輪，馬被甲，衡軛之上盡有劍戟，名曰陷陳之車，所以冒突先啓敵家之行伍也。」是則十乘特先鋒前驅之兵，又必有游兵及殿後之兵，皆在正軍之外。〔註 53〕

蓋蠻荊、徐方其患緩，因大閱以簡車徒，使其聞之不戰而服。而玁狁已據焦穫，爲腹心之疾，其患迫近，故遣精銳出其不意，以克敵制勝，因知：〈采芑〉征蠻荊、征徐方，爲堂堂正正之兵也。〈六月〉伐玁狁，出奇制勝之兵也，「元戎十乘」者，於此見先發制人之兵機，見敵愾勤王之情勢。非僅出兵十乘也。

三、井田廬舍之制

古代軍制與田制實密而難分，田賦者，「賦」與「兵」相關，由孔子云：「由也，千乘之國，可使治其賦也。」可知其間關係。於田制，《尚書》無明確記載，《國語》、《左傳》語焉不詳，《周禮》可信價值不高，惟於《詩經》中求之，可窺其輪廓。關於周代土地分配，見於《詩經》者，如〈大雅．篤公劉〉、〈崧高〉、〈江漢〉，〈小雅．大田〉、〈信南山〉等。於〈信南山〉「中田有廬」，《韓詩外傳》詳述井田廬舍之制，其論云：

古者八家而井田，方里爲一井，廣三百步，長三百步，爲一里，其田九百畝。廣百步，長百步，爲百畝。八家爲鄰，家得百畝，餘夫各得二十五畝。家爲公田十畝，餘二十畝，共爲廬舍，各得二畝半。八家相保，出入相守，

〔註 52〕〈魯頌答問〉，《詩古微》中編之十，頁 740～741。
〔註 53〕同註 51，頁 577～578。

> 疾病相憂，患難相救，有無相貸，飲食相召，嫁娶相謀，漁獵分得，仁恩施行，是以其民和親而相好。詩曰：「中田有廬，疆埸有瓜」。〔註54〕

《韓詩》但言二畝半在田，不及於邑也，《魯詩》亦云：

> 八家共之，各受私田百畝，公田十畝，是爲八百八十畝，餘二十畝以爲廬舍。……田中不得有樹，用妨五穀。力耕數耘，收穫如寇盜之至。還廬樹桑，菜茹有畦，瓜瓠果蓏，殖於疆易，雞豚狗彘，毋失其時。〔註55〕

此班固《漢書・食貨志》說也，亦但有在田廬舍之畝數，無在邑之畝數也。惟趙岐於《孟子・梁惠王篇》「五畝之宅，樹之以桑」注云：

> 廬井、邑居各二畝半以爲宅，冬入保城二畝半，故爲五畝也。〔註56〕

趙岐以爲二畝半在田，二畝半在邑，合成五畝之宅。魏源因考証云：

> 考〈遂人〉：辨其野之土以頒田里。上地，夫一廛，田百畝，萊五十畝。中地，夫一廛，田百畝，萊百畝。下地，夫二廛，田百畝，萊二百畝。餘夫亦如之。《鄭注》：廛，城邑之居，《孟子》所謂「五畝之宅，樹之以桑」者也。是「五畝之宅」，專指邑中之廛。故《韓詩》、《漢・志》皆但謂二畝半爲田中之廬，而邑宅皆不言其畝數。《趙岐注》始合井廬、邑宅各一半，共爲五畝，絶非《孟子》專言邑宅之意。〈載師〉：園廛二十而一，凡宅不毛者出里布。止責廛宅以樹桑，而不征及田中之廬也。《詩》則中田之廬，惟疆埸有瓜，而不及五畝宅外之桑也。蓋田中不得樹木，恐妨五穀，故《穀梁傳》曰：「古者公田有居，井竈葱韭盡取焉。」無樹桑之說。《說文》：廬，寄也。春夏居，秋冬去。故《詩》言「于時廬旅」。廬之異於廛宅明矣。《春秋井田記》曰：人受田百畝，公田十畝。廬舍在內，貴人也。公田次之，貴公也。私田在外，賤私也。與《漢・志》二十畝爲廬舍，及《韓詩》二畝半在田之說悉合。〔註57〕

此駁正趙岐之說。至於《孟子・滕文公》引〈大田〉「雨我公田，遂及我私」爲「雖周亦助」之證，而言「請野九一而助，國中什一使自賦」，以爲周之井田，行殷時助法，則魏源云：

> 三代以上之天下，禮樂而已矣；三代以下之天下，賦役而已矣。然變〈風〉變〈雅〉，多哀行役之苦，刺征役之煩，而刺重斂者惟一〈碩鼠〉，則知井

〔註54〕韓嬰：《韓詩外傳》卷四，《叢書集成新編》第十八冊，頁52。

〔註55〕班固：〈食貨志上〉，《漢書》卷二十四上，《新校漢書集注》，頁1119～1120。

〔註56〕趙岐：〈梁惠王章句上〉，《孟子注疏》卷一，頁12。

〔註57〕〈小雅答問下〉，《詩古微》中編之六，頁622～623。

田什一尚存，履畝未稅，民惟困役，不困賦焉。〔註58〕

於私田取十分之一稅之徹法，與借民而耕之助法，爲古代因地理環境差異而有兩稅徵稅方法，孟子所論之井田制，古今學者聚訟未決，孟子不能憑空臆造，然亦不可據孟子之論，即輕信西周果有八家共據一井字形之田地，蓋孟子所傳述之井田制，頗能符合初期封建社會土地制度之特徵。此魏源論井田廬舍制度之大要也。

〔註58〕〈默觚下·治篇三〉，《魏源集》，頁42。

第六章　《詩古微》說詩觀點之商榷

《詩古微》說詩不乏高論，然其論詩樂關係、美刺、無邪、比興、世次、霸者陳詩，均有些自相矛盾，應予以駁正。

第一節　論詩與樂關係之缺失

《詩古微》論詩與樂，力主孔子有正樂之功，無刪詩之事，〈九夏〉是樂非詩，〈貍首〉非詩非樂，均為卓見，為前儒所不能道。於《詩》入樂與否之爭議，魏源廣徵博引，據文獻史料考證春秋時無不入樂之詩，以駁程大昌「〈南〉、〈雅〉、〈頌〉之為樂詩，而諸國為徒詩」說；復因詩既全入樂，主詩教與樂教合一，以駁陳啓源詩與樂分為二教論，其論《詩三百》全入樂之觀點，實有創見，已為後人視為定論。然其詩全入樂說及詩教與樂合一說論點亦有未周延處，茲分辨其缺失於後。

一、詩全入樂說

《詩古微》引據《左傳》、《史記》、《墨子》所載，論證周時無不入樂之詩，固為卓見，然魏源以為：三百篇雖均入樂章，其間則有區別：其詩為樂作者，謂之正歌；不為樂作者，謂之散歌。因力主詩有為樂作者，有不為樂作者。然依〈虞書〉所謂：「詩言志，歌永言，聲依永，律和聲。」則詩播為樂，樂乃緣詩而作，有詩而有樂，詩不因樂而作也。樂既以詩為體，樂不能獨成，據是，不可謂「詩有為樂作、不為樂作之分」，且詩既全入樂，「不為樂作者」之詩，從何產生？此其論所以啓人疑竇者，胡樸安因此質疑其論：

> 魏氏此論，略本於孔穎達，故稱孔氏之言，深悉源流。推孔氏之意，以為周公制樂之後，本聲律以作詩，所謂〈二雅〉正經，皆是為樂而作者也。

> 自是以後，作者日多，所謂不爲樂而作者也。雖不爲樂而作，而亦用之於樂。《儀禮》燕鄉賓射，皆於升歌笙間合樂之後，工告正歌備，乃繼以無算爵，亂之以無算樂。無算云者，或間或合，盡歡而止。所歌之詩，即不爲樂而作者，故於工告正歌備後行之，謂之散歌也。歌有正散，魏氏之論，不可以非。至於詩有爲樂作不爲樂作之分，則當分別言之。三百篇中，爲樂而作者，不可謂盡無；而必謂爲房中之樂而作〈關雎〉〈鵲巢〉，爲豳樂而作〈豳雅〉〈豳頌〉，爲燕享祭祀之樂，而作〈正雅〉及諸〈頌〉，則未免拘泥矣。〔註1〕

魏源嘗謂：「古聖人爲禮作樂，爲樂作詩」，則詩、禮、樂三者互爲依存，依其言，音樂因典禮而譜，詩文因樂而作，其於《詩》之製作，《詩》與樂之關係，論述甚詳。然過於篤信《周禮》，特將「豳詩」別爲一部，故以〈小雅・甫田〉、〈大田〉爲「豳雅」，〈周頌・豐年〉、〈載芟〉、〈良耜〉爲「豳頌」以示其爲特製之樂章，然今《詩經》惟有〈豳風〉、無「豳雅」、「豳頌」之名，知其曲意附會《周禮》也。且若詩人於創作之初，即分有爲樂者，不爲樂者，則如〈關雎〉之三及〈鹿鳴〉之三，春秋時已爲典禮所必備，然考察詩人創作之原意，〈卷耳〉乃爲行役者思家之苦，〈四牡〉爲出征者思歸之作，多與禮、樂無關。〈二南〉正風，〈漢廣〉爲詩人仰慕游女而作，〈行露〉爲女子拒婚之詩。若果因樂而作，緣禮而設，諸如此類之詩因何禮所需而作。蓋詩人本意原係發抒胸懷情感，後采之入樂，樂當因詩而作，施於典禮，初意並無爲樂及不爲樂作之區別，故知魏源論詩有爲樂作者，不爲樂作者，其論過於拘泥也。

二、詩教與樂教合一說

陳啓源據《禮記》之〈經解〉、〈王制〉二篇，分詩教與樂教爲二，其論頗確當。魏源既主詩全入樂，詩與樂合一，則詩與樂不得分爲二教，因斥陳氏爲「不知祖述」，此二者師法不同，而生歧異，古文家主張原有《樂經》，因遭秦火而亡佚；今文學家則謂本無《樂經》，《樂》即存於《禮》與《詩》中，詩與樂實分二教，魏源批評陳說需駁正之，故胡樸安云：

> 魏氏以爲詩有爲樂章而作者，不能與樂分爲二；且舉「大司樂以樂語教國子，興諷誦言語；太師教六詩，以六德爲本，以六律爲之音；瞽矇諷誦詩，奠世繫掌。九德六詩之歌，以役太師；季札請觀周樂，而爲之歌〈二南〉、歌〈風〉、歌〈雅〉、〈頌〉。」以爲詩與樂不分二教之證。不知以志意見之

〔註1〕胡樸安：〈詩樂〉，《詩經學》，頁54。

> 文詞者，謂之詩；以詩詞協之聲律者，謂之樂。太師所教，瞽矇所諷誦，季札所請，皆指以詩詞協之聲律而言，所歌誦者雖詩，而其用則樂也。古詩樂既分爲二經，則詩與樂自應分爲二教。魏氏所駁陳氏之論，未必然也。〔註2〕

〈經解〉：「溫柔敦厚，詩教也；廣博易良，樂教也。」則詩教、樂教旨趣相異；〈王制〉：樂正立四教以造士，「春、秋教以禮、樂，冬、夏教以詩、書。」則詩與樂異時而教，其分爲二教明矣。且詩雖入爲樂章，古人用詩於樂，多取其聲而不取其義，與詩人之本意不相謀也。如《周禮・鐘師》：「凡射，王奏〈騶虞〉，諸侯奏〈貍首〉，卿大夫奏〈采蘋〉，士奏〈采蘩〉。」〈貍首〉詩義不可考；〈騶虞〉爲美田獵，〈采蘋〉、〈采蘩〉與射獵無關，故知此數詩之入樂，蓋取其聲而非取義也。又如〈清廟〉爲祭祀文王詩也，而《禮記》之〈明堂位〉、〈文王世子〉、〈仲尼燕居〉俱言「升歌〈清廟〉」，可證僅取其莊嚴肅穆之聲，與詩之本義實無涉也，由此知詩與樂實分爲二教〔註3〕，魏源之論非矣。

《詩古微》論詩與樂之關係，稍有凝滯，然其正歌、散歌說，可補諸家所未及者，三百篇悉可謂之樂詩，然不可直謂之樂。三百篇之詩，古均協以音律，而入爲樂章，以《樂經》散佚，聲律無考，因失樂詩之用，究其初則悉爲入樂也。

第二節　世次說與霸者陳詩說之缺失

頌其詩，讀其書，果能知其作者身世，與其當世行事之跡，當有助於瞭解詩旨；三百篇中，除少數篇章時世可考，餘多未可考。魏源論詩篇之世次，如考訂〈商頌〉爲周代宋人美襄公之詩；〈載馳〉、〈泉水〉爲許穆夫人所作；〈出車〉、〈采薇〉爲宣王時事，其論精當處，固不容忽視，然其說每有不事深考者，強附以政治，以教化，難符詩之本旨。其世次說多附會，霸者陳詩說亦與事實相違，均需駁正，先敘世次說之不確當。

一、世次說

魏源尊奉「《詩》亡而後《春秋》作」之語，以《春秋》啓始之年，即爲「《詩》亡」之時，復欲繼承漢儒以《詩》諫世之精神，其作於春秋後之詩，勢得重新編排其世次。魏源論三百篇之時世，約爲：

〔註2〕同前註，頁52。
〔註3〕郭明華：〈詩經問題諸論・詩與樂〉，《毛詩稽古編研究》，頁82～85。

文王——〈關雎〉〈葛覃〉〈卷耳〉〈芣苢〉〈樛木〉〈螽斯〉〈桃夭〉〈兔罝〉〈漢廣〉〈汝墳〉〈麟之趾〉〈鵲巢〉〈采蘩〉〈采蘋〉〈草蟲〉〈小星〉〈江沱〉〈摽有梅〉〈羔羊〉〈行露〉〈殷其靁〉〈騶虞〉〈鹿鳴〉〈四牡〉〈皇皇者華〉〈文王〉〈大明〉〈緜〉〈棫樸〉〈旱麓〉〈思齊〉〈皇矣〉〈靈臺〉

文、武之際——〈伐木〉〈天保〉〈常棣〉

武王——〈蓼蕭〉〈湛露〉〈彤弓〉〈魚麗〉〈南有嘉魚〉〈下武〉〈文王有聲〉〈生民〉〈既醉〉〈鳧鷖〉

成王——〈七月〉〈鴟鴞〉〈東山〉〈破斧〉〈伐柯〉〈九罭〉〈狼跋〉〈楚茨〉〈信南山〉〈甫田〉〈大田〉〈篤公劉〉〈行葦〉〈泂酌〉〈卷阿〉〈清廟〉〈維天之命〉〈維清〉〈烈文〉〈天作〉〈昊天有成命〉〈我將〉〈時邁〉〈思文〉〈臣工〉〈噫嘻〉〈振鷺〉〈豐年〉〈有瞽〉〈潛〉〈雝〉〈載見〉〈有客〉〈武〉〈閔予小子〉〈訪落〉〈敬之〉〈小毖〉〈載芟〉〈良耜〉〈絲衣〉〈酌〉〈桓〉〈賚〉〈般〉

康、昭、穆——〈瞻彼洛矣〉〈裳裳者華〉〈桑扈〉〈鴛鴦〉〈鼓鐘〉〈執競〉〈瓠葉〉

夷王——〈雞鳴〉〈東方未明〉〈東方之日〉〈還〉〈著〉〈盧令〉

厲王——〈羔裘〉〈素冠〉〈隰有萇楚〉〈匪風〉〈頍弁〉〈角弓〉〈菀柳〉〈民勞〉〈板〉〈蕩〉〈桑柔〉

共和——〈車鄰〉〈駟鐵〉〈柏舟〉〈小戎〉

宣王——〈六月〉〈采芑〉〈采薇〉〈出車〉〈杕杜〉〈車攻〉〈吉日〉〈鴻雁〉〈庭燎〉〈沔水〉〈鶴鳴〉〈祈父〉〈白駒〉〈黃鳥〉〈我行其野〉〈小弁〉〈斯干〉〈無羊〉〈魚藻〉〈采菽〉〈黍苗〉〈雲漢〉〈崧高〉〈烝民〉〈韓奕〉〈江漢〉〈常武〉〈假樂〉

幽王——〈節南山〉〈正月〉〈十月之交〉〈雨無正〉〈小旻〉〈小宛〉〈巧言〉〈何人斯〉〈巷伯〉〈谷風〉〈大東〉〈蓼莪〉〈四月〉〈北山〉〈無將大車〉〈小明〉〈白華〉〈車舝〉〈青蠅〉〈賓之初筵〉〈瞻卬〉〈召旻〉

平王——〈甘棠〉〈何彼襛矣〉〈野有死麕〉〈柏舟〉〈綠衣〉〈燕燕〉〈日月〉〈終風〉〈擊鼓〉〈碩人〉〈淇澳〉〈考槃〉〈伯兮〉〈緇衣〉〈將仲子〉〈叔于田〉〈大叔于田〉〈揚之水〉〈山有樞〉〈椒聊〉〈綢繆〉〈蒹葭〉〈終南〉〈君子于役〉〈君子陽陽〉〈中谷有蓷〉〈兔爰〉〈葛屨〉〈汾沮洳〉〈園有桃〉〈陟岵〉〈十畝之間〉〈采葛〉〈葛藟〉〈大車〉〈丘中有麻〉

〈彼都人士〉〈揚之水〉〈采綠〉〈隰桑〉〈緜蠻〉〈漸漸之石〉〈苕之華〉〈何草不黃〉〈抑〉

桓王——〈式微〉〈旄丘〉〈新臺〉〈二子乘舟〉〈牆有茨〉〈君子偕老〉〈桑中〉〈鶉之奔奔〉〈蝃蝀〉〈相鼠〉〈伐檀〉〈碩鼠〉〈氓〉〈芄蘭〉〈鴇羽〉〈黍離〉

莊王——〈南王〉〈甫田〉〈墓門〉

釐王——〈無衣〉〈有杕之杜〉

惠王——〈泉水〉〈定之方中〉〈葛生〉〈采苓〉〈敝笱〉〈載驅〉〈猗嗟〉〈清人〉〈羔裘〉〈遵大路〉〈女曰雞鳴〉〈有女同車〉〈山有扶蘇〉〈籜兮〉〈狡童〉〈褰裳〉〈揚之水〉〈丰〉〈東門之墠〉〈風雨〉〈子衿〉〈出其東門〉〈野有蔓草〉〈溱洧〉

襄王——〈黃鳥〉〈晨風〉〈無衣〉〈渭陽〉〈蜉蝣〉〈候人〉〈鳲鳩〉〈下泉〉〈駉〉〈有駜〉〈泮水〉〈閟宮〉〈那〉〈烈祖〉〈玄鳥〉〈長發〉〈殷武〉

頃王——〈權輿〉

定王——〈月出〉〈株林〉

以教化說《詩》，故魏源論〈二南〉以文王風化爲義，主張〈召南〉全風均與〈周南〉相應，惟因〈周南〉僅十一篇，於〈召南〉所多三篇——〈甘棠〉、〈何彼穠矣〉、〈野有死麕〉，因不符其相應之例，乃因史傳所引，以爲係采於舊王畿之詩，故以類相從附於〈召南〉也，其論〈甘棠〉三詩時世云：

> 至〈甘棠〉，則召公稱伯在武王分陝之後，非文王詩矣。《左傳》、《史記》、《漢書》、《韓詩外傳》、《孔叢子》，並以作於召伯久沒之後，西周遺民追思之詞，則並非康王詩矣。〈野有死麕篇〉，《舊唐書・禮儀志》謂平王東遷，諸侯侮法。男女失冠昏之節，〈野麕〉之刺興。則明以爲平王詩矣。〈何彼穠矣〉，三家詩以爲齊侯嫁女，與毛異義，則亦東周平王後詩矣。〔註4〕

其以爲〈二南〉作於文王之世，而陳於周、召分陝之後，實受〈詩序〉誤導，〈麟之趾，序〉云：

> 〈麟之趾〉，〈關雎〉之應也。

〈騶虞・序〉云：

> 〈騶虞〉，〈鵲巢〉之應也。〔註5〕

循此推演成其〈二南〉相應說之獨特見解。而〈詩大序〉云：

〔註 4〕〈二南義例篇上〉，《詩古微》上編之三，頁 243～244。
〔註 5〕《毛詩正義》卷一，頁 44 及 68。

〈關雎〉、〈麟趾〉之化，王者之風，故繫之周公。……〈鵲巢〉，〈騶虞〉之德，諸侯之風也，先王之所以教，故繫之召公。〔註6〕

以其地爲周公、召公之采邑，故名之〈周南〉、〈召南〉。考究其實，則知其論〈二南〉時世不可信。

〈二南〉時世，孔子未嘗言，史籍不曾載，以〈關雎〉爲例，三家謂：刺康王晏起，〈詩序〉雖指爲后妃，未明言所指何人，實難以論定其時代，且〈國風〉多平民所作，〈關雎〉如此，其餘諸詩從而可知也。故魏源以〈甘棠〉非康王詩，〈何彼襛矣〉、〈野有死麕〉爲平王後之詩，難以置信。以文王風化而言，三家詩以〈行露〉爲夫家禮不備，而欲迎娶之，女因以拒婚，夫家訟於官，〈二南〉若果曾被文王德化，何有此蠻橫無禮之人？何以德教能化貞女，不能化男？且〈周南・汝墳〉「王室如燬」之語，爲春秋初年之作品。故知其〈二南〉世次不可信，相應說意在顯現以詩諫世之詩教功能，以此牽附歷史，實不足取信。

〈毛詩義例篇〉譏〈詩序〉於〈衛〉、〈鄭〉、〈齊〉、〈晉〉、〈秦〉、〈陳〉、〈曹〉諸風，因其史載於《史記》，故以其世次各傅以惡謚；於〈魏風〉、〈檜風〉，因無世家可供附會，遂無世次，而言「刺其君」，「刺其大夫」。至於魏源論〈魏〉、〈檜〉二風，則依〈詩序〉爲說，且曹國并無世家，其世次又當作何解？遂據《論衡・氣壽篇》而論〈執競〉云：

詩作於成、康以後，當昭王初年，召公壽百餘歲。〔註7〕

因詩有「不顯成、康」，以爲祭武、成、康王三王之詩，則當作於昭王之世，以〈周頌〉均爲周、召二公制作，而《魯詩》言召公百九十餘歲乃卒，乃繫〈執競〉爲召公作。然考召公奭卒於康王二十六年〔註8〕，猶如周公之子孫續稱爲周公，則此召公不必爲奭，或爲奭之子孫也；且以其所論，則上古多髦年之人，何以三代以降不多見。魏源主張王室衰微，王跡止熄，霸者自陳詩以見其功，故〈衛風〉終〈木瓜〉爲「所以著齊桓攘狄之功也」〔註9〕；以〈鳲鳩〉、〈下泉〉爲曹人思霸之詞〔註10〕，〈木瓜〉詩文實係男女互相贈答，以齊桓救衛，衛從無回報，何來投輕報重之意，此誤信〈毛序〉美齊桓公之語也，〈下泉〉「四國有王，郇伯勞之」，爲美郇伯勤王之證，自明・何楷以此詩爲曹人美晉荀躒納敬王於成周之作，清・馬瑞辰證成其說，

〔註6〕同前註，頁19。
〔註7〕〈詩序集義〉，《詩古微》下編之一，頁815。
〔註8〕糜文開、裴普賢：〈召南・甘棠〉，《詩經欣賞與研究》，頁70～71。
〔註9〕〈邶鄘衛義例篇下〉，《詩古微》上編之三，頁274。
〔註10〕〈陳曹答問〉，《詩古微》中編之四，頁551。

經屈萬里、裴普賢考證，則〈下泉〉作於周敬王之世應可信〔註11〕，魏源不信何氏之說，遂以爲曹人思晉文之霸，然〈下泉〉時世實與晉文無涉。至於其論〈鄭風〉多文公詩者，因《左傳》載〈清人·序〉，以〈清人〉後之詩，全繫於文王，如以〈羔裘〉「三英粲兮」爲叔詹、堵叔、師叔；〈有女同車〉爲文公背夏婚楚之詩。以〈唐風·椒聊〉爲惡曲沃奬遺臣，諸如此類，均言之鑿鑿，求於史實，即知其多牽強附會，《續修四庫全書提要》辯之詳矣，自不須贅述。〔註12〕

知其人，以誦其詩，讀其書，固有助於瞭解詩旨，然觀孟子之說詩態度，常憑事理推論，於史實多未事深求，依其說解詩，導詩入乎歧途，無助吾人理解詩意，可知其「《詩》亡」之說，無需曲護。魏源既尊孟子，復繼漢儒以政教說詩之傳統，欲以詩諫世，藉古鑑今，強牽詩以政以道，離詩人本旨遠矣；復以美刺、正變說詩，故自訂世次，以符正即美、變則刺之原則，其考證世次，多罔顧史實，當予以駁正之。

二、霸者陳詩說

《詩經》如何纂定，有采詩及刪詩二說，歷來說刪詩者每執司馬遷之言爲據，〈孔子世家〉云：

> 古者詩三千餘篇，及至孔子，去其重，取可施於禮義，……三百五篇，孔子皆弦歌之，以求合〈韶〉、〈武〉、〈雅〉、〈頌〉之音。〔註13〕

然唐·孔穎達始疑之，宋·鄭樵、朱熹、葉適，清·朱彝尊、趙翼、崔述、魏源等，均疑而辨之。魏源以爲：古詩三千餘篇不可信，若古詩果有三千，何以《國語》、《左傳》所引之詩，其逸者不及今《詩經》二十之一，存多佚少，故知古詩三千不足採信。且刪詩之說，自周、秦諸子，四家詩，董、劉、揚、班之著述，均未嘗言，惟司馬遷載之，因駁史遷云：

> 《史記》謂古詩三千者，殆猶《書緯》稱孔子得黃帝之孫帝魁之書，迄於秦繆公，凡三千三百四十篇，孔子刪之爲《尚書》百二十篇，以十八篇爲《中候》。又《春秋緯》稱孔子將修《春秋》，使子夏等求得百二十國之寶書。今《春秋》所載諸國不及二十，古詩三千殆亦是類，皆秦、漢學者侈言匪實。史遷雜采輕信，而遽謂出《魯詩》，過矣。〔註14〕

復引逸詩及今文三家異文爲證，證孔子後無逸詩，既無逸詩，則孔子刪詩之說自不

〔註11〕同註8，〈曹風，下泉〉，頁680～686。
〔註12〕江瀚：〈經部·詩類〉，《續修四庫全書提要》，頁483。
〔註13〕司馬遷：〈孔子世家〉，《史記》卷四十七，《史記會注考證》，頁759～760。
〔註14〕〈夫子正樂論中〉，《詩古微》上編之一，頁183。

足信，故其結論云：

> 《魯詩》班固之言云：孔子純取周詩，上取殷，下取魯，凡三百五篇。曰「純取」者明無所去取其間也。因是以通《史記》之言曰：孔子去其重，取可施於禮義者凡三百五篇。曰「去其重」者，謂重複倒亂之篇，而非謂樂章可刪，列國可黜也。吾故曰：夫子有正樂之功，無刪詩之事。三家之本有同異，則三百之外，不盡逸詩也。〔註 15〕

其論根據三家異文證明逸詩不盡爲逸，孔子無刪詩事，有正樂之功，即將錯亂篇次，重新編排，使其「各得其所」，即如〈孔子世家〉云：

> 〈關雎〉之亂，以爲〈風〉始；〈鹿鳴〉爲〈小雅〉始；〈文王〉爲〈大雅〉始；〈清廟〉爲〈頌〉始。〔註 16〕

然而魏源謂「去其重者，謂重複倒亂之篇」，以孔子常說「詩三百」，可知於孔子正樂之前，即爲三百篇，無需孔子「去其重」。若孔子曾去其「重複倒亂之篇」，則古有詩三千篇爲可信之說。且詳考司馬遷之言，其言未及「刪」字，最早言孔子「刪」詩者，當屬東漢・王充。〔註 17〕不得執此以責司馬遷「雜采輕信」，故知魏源言夫子有正樂之功，其論略有些瑕疵。

孔子刪詩之說，既不可盡信，遂有采詩之說。古書記采詩制最詳者，爲班固《漢書》及《公羊傳》何休注，然班、何二說，即相參差，令人生疑。〈食貨志〉云：

> 孟春三月，群居者將散，行人振木鐸行於路，以采詩獻之太師，比其音律，以聞於天子，故曰，王者不窺牖戶而知天下。〔註 18〕

〈藝文志〉云：

> 古有采詩官，王者所以觀風俗，知得失，自考正也。〔註 19〕

此以王官下至各國采詩，歸而獻之太師。而何休云：

> 男年六十，女年五十，無子者，官衣食之，使之民間求詩。鄉移於邑，邑移於國，國以聞於天子。〔註 20〕

則采詩並無專官，由各國自採集之，以聞於天子。先秦之書并無采詩官之記載，「行人振木鐸行於路」者，似爲宣導政令，而非爲采詩，班說無據也。至於何說，若由各國自獻詩，何以無宋、魯、楚之風，且春秋時無魏國，〈周南〉、〈召南〉、〈唐〉、〈豳〉

〔註 15〕同前註，頁 187。

〔註 16〕同註 13，頁 760。

〔註 17〕金德建：〈論孔子整理詩經去其重複〉，《詩經研究論集（二）》，頁 17～23。

〔註 18〕班固：〈食貨志〉，《漢書》卷二十四上，《新校漢書集注》，頁 1123。

〔註 19〕〈藝文志〉，《漢書》卷三十，《新校漢書集注》，頁 1708。

〔註 20〕〈宣公十五年〉，《公羊注疏》卷十六，頁 208。

均非國名，班固及何休之說均難成立，前人論之詳贍矣。

采詩制亦不可信，故魏源有霸者陳詩之說，〈王風義例篇〉云：

觀〈齊風〉終於襄公，〈唐風〉終於獻公，而桓、文創伯反無一詩，則知桓、文陳其先世之風於王朝。而〈衛〉終於〈木瓜〉美齊桓者，亦齊伯所陳，以著其存衛之功。〈秦〉之〈渭陽〉、〈曹〉之〈候人〉，皆與晉文相涉，而〈曹〉之〈下泉〉，有思伯之詞，〈秦〉之〈駟鐵〉、〈無衣〉，又有勤王之烈。陳靈〈株林〉，則楚莊陳之盛舉，而鄭則二伯所必爭，蓋亦伯者所代陳矣。若非以伯者所陳爲斷，則齊景公〈徵招〉、〈角招〉之詩，尚存於孟子之世，豈齊、晉自桓、文以後，遂無一詩可錄耶？〔註21〕

魏源推崇亞聖，奉孟子「王者之跡熄而《詩》亡，《詩》亡而後《春秋》作」爲圭臬，以天子黜陟、太師陳詩觀政爲王者之跡，自東遷後，黜陟、陳詩之典儀不復，王跡止熄，因知「《詩》亡」者爲變〈雅〉、〈王風〉不作也。而列國變〈風〉則由霸王陳之，故其論十五〈國風〉次第，遂執諸侯繼霸爲論，將說《詩》與政治盛衰結合，爲其世次說預設理論依據。基於此說，《詩古微》於諸〈國風〉設問論證之末，常有段文字以爲其霸者陳詩說辯護。如〈邶鄘衛答問〉云：

〈衛風〉於宣公、文公獨詳，蓋齊桓城楚丘後，采其風陳於天子，以見魏亂之所由，猶〈齊風〉於刺襄公獨詳，亦齊桓陳之以見其繼亂創伯，而〈衛風〉終於〈木瓜〉之故益明矣。〔註22〕

又因〈清人・序〉載於《左傳》，謂〈清人〉後均係文公詩，至於何以獨詳於鄭文公，乃因：

諸國變〈風〉，類皆陳於齊、桓二伯，而圖伯之事，莫大於攘楚；攘楚之事，莫要於服鄭。故齊桓陳其詩，自〈清人〉以下，於文公獨詳。〔註23〕

而〈陳曹答問〉亦云：

惟〈秦風・黃鳥〉以下，〈陳風，株林〉等篇，皆在晉文以後，知其錄秦穆、楚莊之伯無疑焉。〔註24〕

魏源謂〈木瓜〉爲美齊桓之詩，〈羔裘〉爲美鄭叔詹、堵叔、師叔三良所作，〈褰裳〉之狂童、〈山有扶蘇〉之狂童均指文公，〈國風〉諸詩，除少數有確證外，頗難確認某詩作於某公之時，其論詩時世不免多附會，令人無法信服。其論又謂陳靈諸詩陳

〔註21〕〈王風義例篇下〉，《詩古微》上編之三，頁262～263。

〔註22〕〈邶鄘衛答問〉，《詩古微》中編之二，頁480。

〔註23〕〈檜鄭答問〉，《詩古微》中編之三，頁502。

〔註24〕同註10，頁548。

於楚莊，楚莊既陳他國之風，何不陳本國之風？且齊桓、晉文稱霸之際，魯、宋二國列於會盟，桓、文陳詩，何獨缺魯、宋之風？此殆因魏源受囿於〈毛詩序〉之美刺、正變說，依時代順序以釋詩，過於著重儒家詩教功能之結果。然美刺、正變說之舛誤，眾人皆知；孟子之言不需迴護。魏源說詩雖欲復西漢以詩諫世之傳統，其立意誠較「乾嘉學派」考據餖飣者爲佳，然受限於舊有詩說之窠臼中，不能跳脫，實令人遺憾。

《詩經》之纂輯，采詩、刪詩、霸者陳詩三說，均難盡信，於史無明據，古無定制情況下，《詩經》如何採集成書，吾人不能驟下定論。惟以漢代立樂府采詩夜誦揆之，則《禮記・王制》所云：

> 天子五年一巡守，歲二月東巡守，……命太師陳詩以觀民風。〔註25〕

或爲可信，三百篇係由太師採集、制作並去其重複而成，而後孔子自衛反魯，據太師所有之詩篇，將次序錯亂者，重新編排，「各得其所」。而魏源所謂世次說，與霸者陳詩說，於史無証，難以盡信。

第三節　比興說與美刺說之缺失

一、比興說

《詩經》輯整成書後，漢儒就其表現技巧，歸納出風、雅、頌三種體裁，與賦、比、興三種作法，然首倡者於賦、比、興未予明確界說，致比、興混淆難分。比本易曉，興較難明，學者常將比、興合釋，致興義愈難解，亦與比混雜難分。因缺明確界說，毛未下定義，鄭言興者，多近於比，朱熹比、興有別，與毛、鄭大異其趣。歷來傳注者於比、興定義之解說，各發其見，仁智互見，然多未臻週全。而劉勰提出「附理」與「起情」以釋比、興之義，頗値重視，可補經學家之不足。《文心雕龍》云：

> 比者，附也；興者，起也。附理者切類以指事，起情者依微以擬議。起情故興體以立，附理故比例以生。〔註26〕

比以附理而生，興因起情以立，蓋詩以言志，志者以抒發情感爲基礎。起情之情，爲情感之直接觸發、融合；附理之理，則由理智主導情感活動。即比爲情感之反省表現，興乃情感之直接表現，比、興之區別，非以情感性質而言，實指情感抒發過

〔註25〕〈王制〉，《禮記注疏》卷十一，頁225～226。
〔註26〕劉勰：〈比興〉，《文心雕龍讀本》下篇，頁145。

程而論。〔註 27〕故興者，作者於當時環境中，偶就聞見之事物以抒發情感，比則作者將所欲表達之情感，經事先擇定之外物以表達。劉氏以爲比、興同是譬喻，然比附於理智以說明之，興爲引起情感而表達之，劉氏復論比云：

> 且何謂爲比？蓋寫物以附意，颺言以切事者也。故金錫以喻明德，珪璋以譬秀民，螟蛉以類教誨，蜩螗以寫號呼，澣衣以擬心憂，卷席以方志固，凡斯切象，皆比義也。至如麻衣如雪，兩驂如舞，若斯之類，皆比類者也。〔註 28〕

劉勰舉〈淇奧〉、〈卷阿〉、〈小宛〉、〈蕩〉、〈柏舟〉、〈蜉蝣〉、〈大叔于田〉爲例，以凡句中有譬語者，均爲比，魏源則否，因云：

> 劉勰文士遂以字句形容者當之，豈知《詩》美有斐之君子，既圭、璧、金、錫皆言如；敘憂心之貞女，既石、席、澣衣皆言匪，文皆直賦，義匪更端，特屬詞之末節，豈六詩之大體乎？〔註 29〕

魏源以句中言譬喻者，非爲比，惟於句首者方爲比。然《詩經》中所用之比，不當只限於起句或全篇者；通篇用比者，如〈魏・碩鼠〉以大鼠之可恨，以增加人憎恨貪官污吏之程度，此較起句用比者，加深分量；起句用比者，如〈邶・北風〉:「北風其涼，雨雪其雱。惠而好我，攜手同行。」〈齊・敝笱〉:「敝笱在梁，其魚魴鰥；齊子歸止，其從如雲。」等，然起句用比者，《毛傳》多標爲興，後人則以爲比。至於劉勰以句中譬喻者爲比，如〈衛・淇奧〉:「有匪君子，如金如錫，如圭如璧。」以金錫喻君子品德精純：〈大雅・蕩〉:「如蜩如螗，如沸如羹。」藉蜩螗鳴聲，比況飲酒歡呼叫喊之聲，諸如此類，均係運用聯想，將主觀情感意象轉爲客觀化，可見以句中譬語爲比，亦不能責其非，故知魏源論比略有缺失，不當以此非劉勰之論。

興於六義中，最爲幽隱，故《毛傳》獨標興體，比與興最易混淆，尤以句首用比者與興最易混雜。於興義之解釋，蘇轍以有所觸動而無取義者爲興，鄭樵附和其說，以爲所見在此，所得於彼，不可以事類推，不可以義理求。又倡以聲爲主以釋之見解。朱熹繼蘇、鄭之說，因以無取義者爲興，有取義者爲比。魏源非三氏之論，舉三家詩爲證，以爲興亦取義，其所舉證者，如:〈關雎〉、〈鹿鳴〉、〈芣苢〉、〈漢廣〉、〈羔羊〉、〈蝃蝀〉、〈東方之日〉等，確爲有所取義；然不能因此而言興全係有所取義。蓋依興義之表現方式，可分爲三類。一則假借無關之事物以引起詩句；其二乃

〔註 27〕徐復觀：〈釋詩的比興——重新奠定中國詩的欣賞基礎〉，《詩經研究論集（一）》，頁 69～89。

〔註 28〕同註 26。

〔註 29〕〈毛詩義例篇下〉，《詩古微》上編之二，頁 219。

假借部份與主題相關之事物，以增加詩內氣氛；其三為利用觸動作詩動機之事物，以增加詩內情趣。〔註 30〕蘇轍謂興無所取義，即為第一類，如〈小雅・南山有臺〉:「南山有桑，北山有楊。樂只君子，邦家之光。」〈鄭風・山有扶蘇〉:「山有扶蘇，隰有荷華。不見子都，乃見狂且。」桑、楊、光、蘇、華、都、且僅為音調和諧，與詩中所詠之主旨，原無關係，除為協韻，別無他意，《詩經》中諸如此類之興詩頗多，然僅為興之一類，非為全體，應與有所取義之興，合而觀之，不可偏廢一端，不可得興體之全貌。由是知蘇轍、鄭樵等以興無所取義，魏源謂興有所取義，乃各執一端，實因於興義未能充分掌握之故。

詩人將心中情感經由反省後，再尋求特定物象以喻之，即為比，係經事先安排就緒之有意聯想。比或用於章首、章中、章末，或用於全篇，用於章中、章末及全篇者，易於辨認，惟用於章首者，除有如、若、猶等譬喻之詞者外，則易與用於篇首之興相混。若能深刻瞭解二者之區別，當不致混而言之，魏源即因不知比、興之表現形式，有多種方式，而駁擊劉勰、蘇轍、朱熹所論為非，故其執一端為說，顯示其所論不週延也。

二、美刺說

魏源謂：詩有作詩者之心，有采詩、編詩者之心；有說詩者之義，有賦詩、引詩者之義。於《毛詩》主采、編者之心，循政教之需要，於詩文外求義，多表不滿；而三家則罕見美刺之說，故多得作詩之本旨，則美刺實為《毛詩》一家之例。然觀其釋詩，並未盡棄美刺之說，以直探詩人之本義，於〈詩序集義〉中，不僅錄有《毛詩》美刺之說，三家之說者亦屢見不鮮，故知詩之美刺功能，深為所贊許。

〈詩序集義〉所羅列美刺之說，有全取〈毛序〉者，有採〈毛序〉與三家同者，有僅採三家者，亦有其自訂為美刺者，其贊同〈毛序〉美刺之例，如：

〈北門〉，刺士不得志也。

〈桑中〉，刺奔也。

〈淇奧〉，美武公之德也。

〈木瓜〉，美齊桓公也。衛敗於狄，出處於漕，齊桓公救而封之，遺以車馬器服。衛人得之，而作是詩。

〈小旻〉，大夫刺幽王也。

〈瞻卬〉，凡伯刺幽王也。

〔註 30〕高葆光：〈詩賦比興正詁〉，《詩經新評價》，頁 223～248。

贊同〈毛序〉與三家同以美刺者，如：

〈子衿〉，刺學校廢也。(《毛》、《韓》同誼。)

〈蒹葭〉，刺襄公也。(〈毛序〉及服虔、三家詩並同。)

〈終南〉，美襄公也。(〈毛序〉及服虔述三家詩，并以爲襄公詩。)

贊同三家美刺之例者，除取〈關雎〉之三、〈鹿鳴〉之三爲刺詩外，如：

〈兔罝〉，刺紂時所任小人，非干城腹心也。(《鹽鐵論》、三家詩。)

〈駟鐵〉，美秦仲也。始有戎車、四牡、田狩之事，國人美之。其孫襄公立而追錄其詩。(服虔《左傳注》述三家詩。)

自訂美刺之例，如：

〈羔裘〉，美三良也。文公之時，三良爲政，所謂「三英粲兮」也。

〈載驅〉，刺哀姜也。

〈汾沮洳〉，刺賢者不得用，用者未必賢也。

〈子衿〉，刺廢學即是刺淫。〔註31〕

由引文知：美刺說不僅非爲《毛詩》一家之言，三家亦不乏其例，魏源雖欲辯正〈毛序〉美刺說之舛誤，其論贊許〈毛序〉者甚多，且自訂美刺之義，較〈毛序〉甚而過之，試問刺廢學與刺淫何涉？其關鍵爲魏源遵信孔子「鄭聲淫」，朱熹釋鄭聲淫云：

鄭、衛之聲皆爲淫聲，然以《詩》考之，〈衛〉詩三十有九，而淫奔之詩才四之一；〈鄭〉詩二十有一，而淫奔之詩已不啻七之五；〈衛〉猶爲男悅女之辭，而〈鄭〉皆爲女惑男之語；衛人猶多刺譏懲創之意，而鄭人幾於蕩然無復羞愧悔悟之萌，是則鄭聲之淫有甚於衛矣。故夫子論爲邦，獨以鄭聲爲戒，而不及衛，蓋舉重而言，固自有次第也。〔註32〕

朱熹爲調和「無邪」與「放鄭聲」之說法，直釋「鄭聲」即「鄭詩」，大肆指責〈鄭風〉中男女戀歌爲淫邪之作，魏源承其說，故主張：《詩》不能無邪，三百篇中有淫詩，謂「三家詩未嘗以詩皆無邪，而必爲刺邪也」，「是〈毛詩序〉、《箋》之例，亦未嘗以詩皆無邪，而盡出於刺邪也」，三百篇中有邪詩，則孔子云「詩無邪」者，當作何解？魏源云：

夫美刺之例，本謂出於淫者自賦則邪，出於刺淫則無邪。

又云：

夫惟國史序詩，上奉先王之典訓，以下治其子孫臣庶，於是以陳詩之賞罰

〔註31〕〈詩序集義〉，《詩古微》下編之一，頁760～817。

〔註32〕朱熹：〈鄭風〉，《詩集傳》卷四，頁56～57。

爲美刺，以編詩之鑒戒爲刺，使誦其詩者，如先王之賞罰黜陟臨其上，而思無邪之義，與天地終始焉。〔註 33〕

則宋代所謂淫奔之詩者，係太師錄之以爲勸戒世人之用，而〈詩序〉爲將情歌說成諷刺或隱喻之作，乃深合詩教之意義，當曾獲孔子正樂之宗旨。故其釋〈鄭風〉，以其說婦人者九，而云：

〈遵大路〉、〈女曰雞鳴〉、〈有女同車〉、〈丰〉、〈東門之墠〉、〈子衿〉、〈出其東門〉、〈野有蔓草〉、〈溱洧〉，其詩非必皆淫詩，而風聲習氣所漸靡，雖思賢諷政之詩，常同綺靡流連之詠，雖詩人亦有不自知其然者矣。〔註 34〕

又其論〈邶・凱風〉，以爲婦人改嫁爲罪大惡極之過失，實落入宋、明以來道學家思想之牢籠，不知春秋時男女之關係，並非如後世般嚴格，孔子之觀念亦與道學家相異。《左傳》中，上烝下報、父取子妻、兄妹相姦、易妻奪妻之記載，不一而足，則孔子不能超越時代之觀念。且《詩經》有大量戀歌，孔子不當單獨譴責〈鄭〉詩，「一言以蔽之」者，當然包括整部《詩經》。故知所謂「鄭聲淫」係由樂聲之角度立論，「詩無邪」則從文學方面來評價《詩經》。「淫」者指淫溢、過度之意，非如朱熹所釋爲淫邪、淫奔之意，「放鄭聲」者，孔子所欲放逐者爲當時以鄭聲爲代表之流行音樂，非《詩》中之〈鄭風〉〔註 35〕，魏源以爲採詩者兼收淫詩入〈國風〉，以示風俗淳薄，可獲致勸懲黜陟之功用，實因誤解「鄭聲淫」爲「鄭詩淫」而來，其論失之偏頗。

漢儒本著詩之教化原則，所訂美刺之例已多違詩人本意，魏源因欲復漢儒諫書之傳統，勢得由歷史人物上，加以附會，或美或刺，捨作詩者本意，而以采詩、編詩者之意主觀釋詩，其立場原欲釐清〈毛序〉美刺之滯例，然其論非但不能擺脫〈毛序〉之束縛，甚或過之。其反對〈毛序〉美刺說，係基於宗三家，然觀其引三家之文，如〈芣苢〉引劉向《列女傳》爲據，以爲此詩乃宋人之女、蔡人之妻所作，魏源因而云：

蔡、宋無詩，賴是詩存之。〔註 36〕

此言自不可靠，劉向乃借詩說教，於詩意題旨多出於有意之編造，如說〈式微〉爲黎莊夫人傅母勸夫人離去，夫人不肯，將一詩分屬二人，實不通；解〈碩人〉爲齊女傅母教誨莊姜，使之改其冶容淫心，欲使〈碩人〉變爲諫詩，其用心可知也，故

〔註 33〕〈毛詩義例篇中〉，《詩古微》上編之二，頁 210 及 212。

〔註 34〕同註 31，頁 776～777。

〔註 35〕蔣凡：〈思無邪與鄭詩淫考辯〉，《詩經學論叢》，頁 323～349。

〔註 36〕〈周南答問〉，《詩古微》中編之一，頁 421。

知《列女傳》所載，多乏史實價值，《詩古微》每引爲《魯詩》說之證，其可信度令人起疑。又書中引《易林》者，凡七十餘例，焦延壽著《易林》之目的，在於說易象非記歷史，其所引述之史料與人物，亦多缺史證價值〔註37〕，不值得採信，則三家說詩附會史事，與《毛詩》相較，實有過之而無不及。魏源因誤解《詩經》中有淫邪之詩，故強牽史事以釋詩，以美刺說詩，與其原先反《毛詩》之立場，其論前後矛盾，相去甚遠也。

由上所述知：《詩古微》雖嘗就《毛詩》不當之處，予以駁正，然其論實多尊毛，如〈二南〉王化、相應說，〈毛序〉僅微發其端，正變、美刺亦出於〈毛序〉，而〈毛序〉世次說已屬牽強，魏源自訂時世，以符合正變、美刺說，其考訂之世次，多罔顧史實。雖揭櫫反毛旗幟，然由其批評陳啓源「一生自命述毛，多處違毛」之語，則其大處尊毛，小處違毛，已躍然於紙上。可見魏源論述詩義，實乏健全而完整之體系與見解，空有高論，苦無相應之論，此爲其論詩觀點值得吾人商榷處。

〔註37〕趙制陽：〈焦氏易林的史證價值〉，《詩經名著評介》，頁387～398。

結論

綜合前述六章，將其重要觀點，整理如下：

一、就其時世學風而言

魏源一生歷經乾、嘉、道、咸四朝，政治上，清室正逢由盛轉衰之際，內憂外患戰亂頻起，社會民生愈發凋弊。學術上，「乾嘉學派」雖爲古籍研究提供豐富可信之材料，然多數考據學者逃避現實，專事繁瑣餖飣訓詁考證，並無助於處理社會民生大計，道光後，危難日亟，考據脫離現實之學風，漸爲學者所厭棄，「常州學派」乘勢興起，提倡通經致用。魏源即在此種時世與學風背景下，積極發揮經書中之微言大義，宣揚托古改制之議論，以期達成經世濟民之功用，並謀求振危補弊之救國良藥。

二、就其寫作動機而言

《詩古微》因反《毛詩》學盛極而撰，而發揮《詩經》之微言大義，與繼承西漢以《詩》諫世之傳統，則爲魏源之主要寫作動機。魏源崇信儒家詩教之準則，相信《詩經》懲惡褒善之功能，故依託某一篇章，以發揮其撥亂返治之政治思想。因欲托古改制，故每多牽強附會，曲解詩文本旨，罔顧詩人原義，其方法猶未超脫漢儒附會引申之模式，鮮有新解。且過於相信詩之教化功用，因自創美刺之例，以爲三百篇中有淫詩，其說法難令人信服。

三、就其論四家異同而言

魏源以爲《毛詩》僅可爲一家之言，若欲明古訓、古義，則當於今文三家中求之，《詩古微》於前人輯佚成績上，論述三家與毛之異同，就〈詩序〉、傳授源流、四始、六義、說詩方法諸端，以比較四家之優劣，張揚三家與《毛詩》並列，觸類旁通，厥功甚偉，然取證過濫，變亂家法，未能篤守古義，終遭今古文學家之大力批駁。

四、就其批評前人詩說而言

魏源未嘗自言述毛，然由其所批評者，多係宗毛、鄭者，則其尊毛意已躍於筆端，《詩古微》全書貫穿其批判〈毛序〉之美刺、正變、世次說，以爲〈毛序〉有違詩人本旨，然魏源美刺、正變，其名稱猶出自〈毛序〉；而於歐陽脩等人之批評，則因宗主各異，說法自難一致，不得因此即指責宗毛、鄭者之非。

五、就其考證詩文而言

魏源考證詩文時世之成績，如考證〈泉水〉、〈竹竿〉、〈載馳〉爲許穆夫人所作；〈采薇〉、〈出車〉、〈杕杜〉爲宣王時事；〈商頌〉爲宋詩；釋邶鄘衛之義，謂古者均以所都名國，均爲可喜之論，爲後人所採信。然採今文說，以〈關雎〉爲刺詩，強合伯封爲衛壽字，以〈黍離〉爲衛壽所作，諸如此類，不免失於武斷。

以魏源積學深博何至如此？蓋其撰《詩古微》，旨在發揮治亂改制之政治思想，恢復西漢今文學者諫書傳統，勢得由美刺、正變、世次上，明其政治盛衰軌跡，以發揮其微言大義，達到通經致用、撥亂返治之功能，其論精要確當處，令人欣喜；然因講微言大義，故每多牽強附會，前後矛盾，空有善論，苦無相應之說，吾人讀其書，於其前後牴牾處，則當以細心分辨，予以指正。

《詩古微》承今文餘緒，徵引三家遺文殘句，以與《毛詩》相抗衡，其所徵引之書卷帙繁複，復多不註明出處，筆者囿於時限，不能遍觀群書，以進一步瞭解《詩古微》精要所在，待他日積學日廣，再彌補此一缺憾也。

參考書目

一、經　部

（一）詩　類

1. 《韓詩外傳》，漢．韓嬰著，叢書集成新編本，新文豐出版公司，民國74年。
2. 《毛詩正義》，漢．毛亨傳，東漢．鄭玄箋，唐．孔穎達正義，十三經注疏南昌府學刊本，藝文印書館，民國70年。
3. 《毛詩譜》，漢．鄭玄著，唐．孔穎達疏，文淵閣四庫全書本，臺灣商務印書館，民國72年。
4. 《毛詩本義》，宋．歐陽脩著，同前。
5. 《詩論》，宋．程大昌著，叢書集成新編本，新文豐出版公司，民國74年。
6. 《詩集傳》，宋．朱熹著，臺灣中華書局，民國78年12版。
7. 《詩經世本古義》，明．何楷著，文淵閣四庫全書本，臺灣商務印書館，民國72年。
8. 《詩序補義》，清．姜炳璋著，同前。
9. 《詩廣傳》，清．王夫之著，河洛出版社，民國63年。
10. 《讀風偶識》，清．崔述著，學海出版社，民國68年。
11. 《毛詩稽古編》，清．陳啓源著，皇清經解毛詩類彙編本，藝文印書館，民國75年初版。
12. 《毛鄭詩考正》，清．戴震著，同前。
13. 《毛詩後箋》，清．胡承珙著，續經解毛詩類彙編本，藝文印書館，民國75年初版。
14. 《毛詩傳箋通釋》，清．馬瑞辰著，同前。
15. 《詩地理徵》，清．朱右曾著，同前。
16. 《詩毛氏傳疏》，清．陳奐著，同前。

17. 《詩經廣詁》，清・徐璈著，道光十年刊本，中研院傅斯年圖書館藏。
18. 《詩古微（十六卷）》，清・魏源著，光緒十一年楊刊本，中研院傅斯年圖書館藏。
19. 《詩古微（十七卷）》，清・魏源著，續經解毛詩類彙編本，藝文印書館，民國75年初版。
20. 《詩古微（二十卷）》，清・魏源著，何慎怡點校，嶽麓書社，民國78年初版。
21. 《詩三家義集疏》，清・王先謙著，吳格點校，明文書局，民國77年初版。
22. 《詩經新評價》，高葆光著，東海大學出版社，民國54年。
23. 《詩經今論》，何定生著，臺灣商務印書館，民國57年。
24. 《漢武帝之用儒及漢儒之說詩》，劉光義著，臺灣商務印書館，民國64年臺二版。
25. 《詩經篇旨通考》，張學波著，廣東出版社，民國65年。
26. 《詩經研讀指導》，裴普賢著，東大圖書公司，民國66年初版。
27. 《詩經地理考》，任遵時著，著者自印本，民國67年初版。
28. 《三百篇演論》，蔣善國著，臺灣商務印書館，民國69年臺二版。
29. 《讀詩四論》，朱東潤著，東昇出版事業公司，民國69年初版。
30. 《詩經學纂要》，徐英著，廣文書局，民國70年初版。
31. 《詩經研究論集》，熊公哲等著，黎明文化事業公司，民國70年初版。
32. 《詩經研究》，黃振民著，正中書局，民國71年臺初版。
33. 《詩經名著評介》，趙制陽著，臺灣學生書局，民國72年初版。
34. 《詩經研究》，謝旡量著，臺灣商務印書館，民國73年臺五版。
35. 《詩經學論叢》，江磯編，崧高書社，民國74年。
36. 《詩經周南召南發微》，文幸福，學海出版社，民國75年。
37. 《詩經研究論集（一）》，林慶彰編，臺灣學生書局，民國76年二次印刷。
38. 《詩經研究論集（二）》，林慶彰編，臺灣學生書局，民國76年初版。
39. 《詩經學》，胡樸安著，臺灣商務印書館，民國77年臺五版。
40. 《先秦儒家詩教思想研究》，康曉城著，文史哲出版社，民國77年初版。
41. 《南宋三家詩經學》，黃忠慎著，臺灣商務印書館，民國77年初版。
42. 《詩經評釋》，朱守亮著，臺灣學生書局，民國77年二次印刷。
43. 《詩經毛傳鄭箋辨異》，文幸福著，文史哲出版社，民國78年初版。
44. 《古巫醫與六詩考》，周策縱著，聯經出版事業公司，民國78年二次印行。
45. 《詩經詮釋》，屈萬里著，聯經出版事業公司，民國79年六次印刷。
46. 《詩經欣賞與研究（改編版）》，糜文開、裴普賢著，三民書局，民國80年再版。
47. 《中國歷代詩經學》，林葉連著，臺灣學生書局，民國82年初版。

48. 《詩經研究論文集》，高亨等著，人民文學出版社，民國 48 年第一版。
49. 《詩經與周代社會研究》，孫作雲著，北京中華書局，民國 55 年。
50. 《詩經研究史概要》，夏傳才著，語文出版社，民國 74 年。
51. 《詩經新論》，宮玉海著，吉林人民出版社，民國 74 年初版。
52. 《詩經探微》，袁寶泉、陳智賢著，花城出版社，民國 76 年。
53. 《詩三百精義述要》，盛廣智著，東北師範大學出版社，民國 77 年。
54. 《詩經研究概觀》，韓明安著，黑龍江教育出版社，民國 77 年第一版。
55. 《詩經注析》，程俊英、蔣見元著，北京中華書局，民國 80 年第一版。
56. 《詩經六論》，張西堂著，文星書局，不著出版年月。
57. 《詩經語言藝術》，夏傳才著，語文出版社，民國 74 年。

（二）書　類

1. 《書古微》，清・魏源著，皇清經解續編本，復興書局，民國 61 年。
2. 《尚書今註今譯》，屈萬里著，臺灣商務印書館，民國 77 年十二版。

（三）禮　類

1. 《周禮注疏》，漢・鄭玄注，唐・賈公彥疏，十三經注疏南昌府學刊本，藝文印書館，民國 70 年。
2. 《儀禮注疏》，漢・鄭玄注，唐・賈公彥疏，同前。
3. 《禮記正義》，漢・鄭玄注，唐・孔穎達正義，同前。
4. 《禘祫答問》，清・胡培翬著，叢書集成新編本，新文豐出版公司，民國 74 年。
5. 《周禮研究》，侯家駒著，聯經出版事業公司，民國 76 年。

（四）春秋類

1. 《春秋左氏傳》，晉・杜預注，唐・孔穎達正義，十三經注疏南昌府學刊本，藝文印書館，民國 70 年。
2. 《春秋公羊傳》，漢・何休解詁，唐・徐彥疏，同前。
3. 《春秋穀梁傳》，晉・范甯集解，唐・楊士勛疏，同前。

（五）四書類

1. 《論語注疏》，魏・何晏集解，宋・邢昺疏，十三經注疏南昌府學刊本，藝文印書館，民國 70 年。
2. 《孟子注疏》，漢・趙岐注，宋・孫奭疏，同前。
3. 《論語駢枝》，清・劉台拱著，百部叢刊續編本，藝文印書館，民國 51 年。
4. 《論語注譯》，楊伯峻著，源流文化事業公司，民國 71 年再版。
5. 《孟子注譯》，楊伯峻著，源流文化事業公司，民國 72 年再版。

（六）群經通論類

1. 《經典釋文》，唐・陸德明著，上海古籍出版社，民國 74 年。
2. 《六經奧論》，宋・鄭樵著，文淵閣四庫全書本，臺灣商務印書館，民國 72 年。
3. 《揅經室集》，清・阮元著，叢書集成新編本，新文豐出版公司，民國 74 年。
4. 《經義述聞》，清・王引之著，江蘇古籍出版社，民國 74 年。
5. 《經學通論》，清・皮錫瑞著，臺灣商務印書館，民國 78 年臺五版。
6. 《經學歷史》，清・皮錫瑞著，藝文印書館，民國 76 年二版。
7. 《新學僞經考》，清・康有爲著，世界書局，民國 68 年三版。
8. 《兩漢經學今古文平議》，錢穆著，東大圖書公司，民國 78 年臺三版。
9. 《周予同經學史論著選集》，周予同著，朱維錚編，上海人民出版社，民國 72 年。
10. 《中國經學史》，馬宗霍著，臺灣商務印書館，民國 75 年臺七版。
11. 《中國經學發展史論》（上冊），李威熊著，文史哲出版社，民國 77 年初版。
12. 《近代經學與政治》，湯志鈞著，北京中華書局，民國 78 年第一版。

二、史　部

（一）正史類

1. 《史記會注考證》，漢・司馬遷著，日・瀧川龜太郎考證，洪氏出版社，民國 75 年。
2. 《新校漢書集注》，漢・班固著，唐・顏師古注，世界書局，民國 67 年三版。
3. 《清史稿》，趙爾巽等，國史館，民國 75 年。

（二）別史類

1. 《國語韋氏解》，吳・韋昭注，世界書局，民國 64 年三版。
2. 《聖武記》，清・魏源著，世界書局，民國 69 年三版。

（三）政書類

1. 《通志》，宋・鄭樵著，京都中文出版社，民國 67 年。
2. 《文獻通考・經籍考》，元・馬端臨著，新文豐出版公司，民國 75 年臺一版。

（四）地理類

1. 《海國圖志》，清・魏源著，珪庭出版社，民國 67 年。
2. 《中國歷代地名要覽》，日・青山定雄編，洪氏出版社，民國 73 年初版。
3. 《古史地理論叢》，錢穆著，東大圖書公司，民國 71 年初版。
4. 《中國歷史地圖集》，譚其驤主編，地圖出版社，民國 74 年二次印刷。

（五）目錄類

1. 《四庫全書總目提要》，清・紀昀等著，臺灣商務印書館，民國 72 年初版。

2. 《續修四庫全書提要》，不題著者，臺灣商務印書館，民國 61 年初版。
3. 《鄭堂讀書記》，清・周中孚著，叢書集成續編本，新文豐出版公司，民國 78 年。
4. 《清人文集別錄》，張舜徽著，明文書局，民國 71 年。
5. 《六十年來之國學（一）》，程發軔主編，正中書局，民國 66 年。

（六）方志類

1. 《湖南通志》，李瀚章、曾國荃修纂，華文書局，民國 56 年。
2. 《寶慶府志》，黃宅中、鄧顯鶴修纂，中國地方文獻學會印行，民國 64 年。
3. 《邵陽縣志》，黃文琛纂，成文出版社，民國 64 年臺一版。
4. 《再續高郵州志》，龔定瀛修，夏子鐊纂，成文出版社，民國 63 年。

（七）傳記類

1. 《列女傳》，漢・劉向著，廣文書局，民國 68 年。
2. 《清代傳記叢刊》，周駿富輯，明文書局，民國 74 年。
3. 《魏源傳》，李漢武著，湖南大學出版社，民國 77 年。
4. 《清儒學記》，張舜徽著，齊魯書社，民國 80 年。
5. 《魏源師友記》，李柏榮著，湖南人民出版社，民國 76 年。

（八）年譜類

1. 《魏源年譜》，王家儉著，中研院近史所，民國 71 年再版。
2. 《魏源年譜》，黃麗鏞著，湖南人民出版社，民國 74 年。

（九）其　他

1. 《國史大綱》，錢穆著，臺灣商務印書館，民國 79 年修訂六版。
2. 《西周史》，許倬雲著，聯經出版事業公司，民國 79 年修訂三版。
3. 《古史辨第三冊》，顧頡剛等著，明倫出版社，民國 59 年。
4. 《清代學術概論》，梁啓超著，臺灣商務印書館，民國 74 年臺二版。
5. 《中國近三百年學術史》，梁啓超著，華正書局，民國 78 年初版。
6. 《中國近三百年學術史》，錢穆著，臺灣商務印書館，民國 79 年臺十版。
7. 《清代思想史》，陸寶千著，廣文書局，民國 72 年三版。
8. 《近代中國思想人物論——晚清思想》，周陽山、楊肅獻編，時報文化出版公司，民國 74 年初版四刷。
9. 《中國十九世紀思想史（上）》，韋政通著，東大圖書公司，民國 80 年。
10. 《中國近代著名哲學家評傳》，張立文、丁冠之主編，齊魯書社，民國 71 年。
11. 《中國近代哲學史論文集》，中國哲學史研究編輯部編，天津人民出版社，民國 73 年。

12. 《中國思想通史》，侯外廬著，北京人民出版社，民國 47 年二次印刷。

三、子　部

1. 《荀子集解》，周・荀卿著，清・王先謙集解，藝文印書館，民國 66 年四版。
2. 《新序》，漢・劉向著，臺灣商務印書館，民國 64 年臺一版。
3. 《易林》，漢・焦延壽著，臺灣中華書局，民國 73 年臺三版。
4. 《朱子語類》，宋・朱熹著，宋・黎靖德編，文津出版社，民國 75 年。
5. 《日知錄集釋》，清・顧炎武著，黃汝成集釋，世界書局，民國 70 年。
6. 《癸巳類稿》，清・俞正爕著，叢書集成新編本，新文豐出版公司，民國 78 年。
7. 《老子本義》，清・魏源著，臺灣商務印書館，民國 69 年臺四版。
8. 《清末的公羊思想》，孫春在著，臺灣商務印書館，民國 74 年初版。
9. 《魏源思想研究》，楊愼之、黃麗鏞編，湖南人民出版社，民國 76 年。

四、集　部

1. 《文心雕龍讀本》，梁・劉勰著，王更生注譯，文史哲出版社，民國 74 年。
2. 《昭明文選》，梁・蕭統編，藝文印書館，民國 72 年十版。
3. 《劉禮部集》，清・劉逢祿著，道光十年刊本，中研院傅斯年圖書館藏。
4. 《求是堂文集》，清・胡承珙著，道光十三年刊本，中研院傅斯年圖書館藏。
5. 《求志居集》，清・陳世鎔著，道光二十五年刊本，中研院傅斯年圖書館藏。
6. 《花甲閒談》，清・張維屏著，道光十九年廣東刊本，中央圖書館善本室藏。
7. 《鉢山文錄》，清・顧雲著，臺聯國風出版社，民國 59 年。
8. 《龔定盦全集類編》，清・龔自珍著，世界書局，民國 62 年再版。
9. 《魏源集》，清・魏源著，漢京事業文化公司，民國 73 年。
10. 《清經世文編》，清・賀長齡、魏源編，北京中華書局，民國 81 年。
11. 《劉申叔先生遺書》，劉師培著，華世出版社，民國 64 年。
12. 《觀堂集林》，王國維，河洛圖書出版社，民國 64 年初版。
13. 《章太炎全集》，章炳麟著，學海出版社，民國 72 年。
14. 《論詩詞曲雜著》，俞平伯著，長安出版社，民國 75 年。
15. 《經世思想與新興企業》，劉廣京著，聯經出版事業公司，民國 79 年。
16. 《司馬遷所見書考》，金德建著，上海人民出版社，民國 52 年。
17. 《魏源詩文繫年》，李瑚著，北京中華書局，民國 68 年。
18. 《魏源詩文選》，楊積慶選註，華東師範大學出版社，民國 79 年。
19. 《古籍整理研究論叢》，山東大學古籍整理研究所編，山東大學出版社，民國 80 年。

五、學位論文與期刊論文

（一）學位論文

1. 《清代之詩經學》，周浩治，政大中研所五十九年碩士論文。
2. 《清代今文學述》，李新霖，師大國研所六十六年碩士論文。
3. 《王船山詩廣傳義理疏解》，陳章錫，師大國研所七十四年碩士論文。
4. 《陳壽祺父子三家詩遺詩研究》，江乾益，師大國研所七十四年碩士論文。
5. 《周代宗廟祭祀之研究》，梁煌儀，政大中研所七十五年博士論文。
6. 《毛詩稽古編研究》，郭明華，東吳中研所八十一年碩士論文。
7. 《魏源研究》，陳耀南，乾惕書屋，民國 68 年。

（二）期刊論文

1. 〈海國圖志對於日本的影響〉，王家儉，《大陸雜誌》，32 卷 8 期，民國 55 年。
2. 〈魏默深先生學術思想簡述〉，蕭天石，《湖南文獻》，2～4 期，民國 59～60 年。
3. 〈清代詩經著述考（一）〉，周駿富，《輔仁人文學報》，3 期，民國 62 年。
4. 〈魏源詩古微評介〉，趙制陽，《孔孟學報》，49 期，民國 74 年。
5. 〈孔子春秋〉，束世澂，《歷史研究》，1962 年 1 期，民國 51 年。
6. 〈魏源海國圖志研究〉，吳澤、黃麗鏞，《歷史研究》，1963 年 4 期，民國 52 年。
7. 〈詩經中有關周代農業史料之探討〉，陳棨照，《新社學報》2 期，民國 57 年。
8. 〈詩經中有關周代政治史料之探討〉，陳棨照，《新社學報》4 期，民國 59 年。
9. 〈魏源的經學思想〉，北村良和，《中國哲學史的展望與摸索》，民國 65 年。
10. 〈清代的今文經學〉，楊向奎，《清史論叢》一輯，民國 68 年。
11. 〈龔魏之歷史哲學與變法思想〉，許冠三，《中華文史論叢》，1980 年 1 期，民國 69 年。
12. 〈魏源與中國的現代化〉，陳耀南，《書目季刊》13 卷 4 期，民國 69 年。
13. 〈魏源南京故宅的歷史變遷〉，魏韜，《求索》，1983 年 2 期，民國 72 年。
14. 〈魏源爲太平天國三老之一說辨正〉，樊克政，《文史》23 輯，民國 73 年。
15. 〈魏源卒年考〉，樊克政，《中華文史論叢》，1984 年 1 期，民國 73 年。
16. 〈魏源年譜〉，李瑚，《中國哲學》10～12 輯，民國 72～73 年。
17. 〈魏源的變易思想和詩書古微〉，湯志鈞，《求索》，1984 年 5 期，民國 73 年。
18. 〈荀子與魏源〉，陳耀南，《求索》，1985 年 5 期，民國 74 年。
19. 〈試論「春秋筆法」對於後世文學理論之影響〉，敏澤，《社會科學戰線》，1985 年 3 期，民國 74 年。
20. 〈論魏源的經學思想及其影響〉，李漢武，《船山學報》，1986 年 2 期，民國 75 年。

21. 〈詩古微的成立和它的版本〉，高橋良政，《中國古典研究》，31 期，民國 75 年。
22. 〈魏源論齊魯韓與毛詩的異同〉，何慎怡，《湖南師大社會科學學報》，1988 年 5 期，民國 77 年。
23. 〈詩古微審讀識疑〉，胡漸逵，《古籍整理出版情況簡報》，197 期，民國 77 年。
24. 〈詩古微版本述略〉，何慎怡，《中國文學研究》，1990 年 3 期，民國 79 年。